Se prohíb r afectos des pensión

Novela

Mamen Sánchez

Se prohíbe mantener afectos desmedidos en la puerta de la pensión

ESPASA

El papel utilizado para la impresión de este libro es cien por cien libre de cloro y está calificado como **papel ecológico**.

Avinguda Diagonal, 662, 6.ª planta. 08034 Barcelona (España)
www.espasa.com
www.planetadelibros.com

Adaptación de la cubierta: Booket / Área Editorial Grupo Planeta a partir de la idea original de más!gráfica
Primera edición en Colección Booket: octubre de 2015

Depósito legal: B. 19.210-2015
ISBN: 978-84-670-4545-1
Impresión y encuadernación: Liberdúplex, S. L., Barcelona
Printed in Spain - Impreso en España

Biografía

Mamen Sánchez es licenciada en Ciencias de la Información por la Universidad Complutense y ha realizado cursos de doctorado en Historia y Literatura, además de cursos de Literatura y Civilización Francesa en la Sorbona y de Literatura Inglesa en las universidades de Londres y Oxford. Es directora adjunta de la revista *¡Hola!* y directora de *¡Hola!* México. Está casada y tiene cinco hijos. Ha publicado tres libros infantiles y en los últimos años ha triunfado con las novelas *Gafas de sol para días de lluvia*, *Agua del limonero*, *Juego de damas*, *La felicidad es un té contigo* y *Se prohíbe mantener afectos desmedidos en la puerta de la pensión*, una serie de bestsellers que mezclan de forma cautivadora y original géneros como la novela de intriga, el romanticismo, la comedia de costumbres y un personalísimo sentido del humor.

Para Caro, que me regaló el título y la idea.
Para Ana Rosa y Miryam, que me regalaron su entusiasmo.
Y para Mónica, que le va a encantar.

1

PROHIBIDO AFLIGIRSE POR CAUSAS AJENAS AL SENTIDO COMÚN

Cecilia iba a escribir llorar en lugar de afligirse, pero pensó que, tal vez, después de algún tiempo más o menos razonable, podría ocurrir que un día se le acabaran las lágrimas, y, sin embargo, la amargura se resistiera a abandonar su casa y se quedara enquistada entre el techo y el suelo, en los quicios de las puertas o en los cercos de las ventanas, viciando el aire, condensándose, como el vapor de agua en las nubes, capaz de seguir fabricando lágrimas de lluvia por años y años.

Habría que desterrar la tristeza, entonces. «Se prohíbe estar triste», escribió. Y se fue a la cama.

Como todavía no había llegado el día en que dejaran de brotarle aquellas lágrimas tan persistentes, lloró durante una hora antes de conciliar el sueño.

Lo de las causas ajenas al sentido común se le ocurrió por la mañana, después de analizar por enésima vez los motivos alegados por su marido para abandonarla. Eran básicamente tres: que ya no estaba enamorado de ella; que ahora, después de doce años de matrimonio y a punto de cumplir los cuarenta y cinco, se daba cuenta de que no quería tener hijos; y que necesitaba encontrarse a sí mismo.

Los tres motivos podían ser fácilmente rebatidos, ya que no se ajustaban al sentido común. En primer lugar, uno no se desenamora de un día para otro. En segundo lugar, uno no se percata de algo tan fundamental como el deseo o no de ser padre cuando lleva doce años intentando dejar embarazada a su mujer. Y en tercer lugar, es imposible encontrarse a sí mismo si lo único que uno busca con verdadero afán son las medias que su amante se dejó olvidadas en el dormitorio conyugal y que encontró la asistenta, echó a lavar sin hacer preguntas y colocó cuidadosamente entre la ropa interior de la esposa, la cual jamás en su vida había utilizado unas medias de rejilla porque le parecían cosa de fulana.

Así que escribió: «Prohibido afligirse por causas ajenas al sentido común», y aquella fue la primera norma que estableció en la pensión.

No soportaba la idea de seguir viviendo en el ático frente al Retiro que había sido su hogar durante los últimos años. De repente, su propio hábitat se le había vuelto un entorno hostil, traidor. Y su ropa de cama le daba asco.

Cuando llegó el momento de extinguir la sociedad de gananciales —apañado término, aséptico e indoloro que utilizan los abogados para referirse a un matrimonio que fracasa—, ella renunció a todos los bienes inmuebles y los conmutó por una pequeña fortuna. Él estuvo de acuerdo porque se sentía culpable. Y al salir de la asesoría legal donde se acordaron los términos del divorcio, una vez disuelta aquella historia de amor que de la noche a la mañana se había convertido en una empresa —un contrato resuelto con un apretón de manos y un hasta luego— las partes, o sea, su marido y ella, ya sin apellido ni patrimonio común, tomaron caminos separados. Se extinguieron, se disolvieron, tal y como les habían explicado sus abogados: él se extinguió. Ella se consumió. Él se disolvió. Ella se ahogó.

Por suerte, la cuestión del alojamiento era lo único que a Cecilia no le preocupaba. Era propietaria de una vivienda; no muy elegante, ni muy moderna, pero sí colmada de buenos recuerdos.

En los años setenta, sus abuelos habían comprado una casa bastante humilde a la orilla del río que, según fue creciendo la ciudad y, sobre todo, después de las obras de la M30 y las de embellecimiento de la ribera del Manzanares, medró en la vida hasta convertirse en un refugio apetecible. Llevaba tres años vacía; desde el fallecimiento de los abuelos por causas naturales; él, noventa y tres; ella, noventa y uno; una gripe mal curada, una neumonía compartida y en un plis plas, los dos al cielo. En un mes. Y no podía considerarse bien ganancial, la casa, porque ya era de la nieta desde antes de casarse.

—Os compro la casa, os la voy pagando a plazos, vosotros seguís viviendo aquí como siempre y el día de mañana me la quedo yo.

—Te la ibas a quedar tú de todas formas; no tenemos más nietos.

—Pues si preferís, os pago un alquiler. La cuestión es ayudaros con los gastos. Es lo justo.

—¿Y tus padres están de acuerdo?

Por supuesto que sí. De acuerdo y felices con el apaño. Todos contentos: los abuelitos atendidos, la niña acompañada, la cuestión económica resuelta y la casa a salvo de acabar cayéndose de vieja por falta de cuidados. Ellos siguieron viviendo en Águila, capital de Tierra de Campos, encima de la librería Macondo, propiedad de la familia, paseando por la alameda y oyendo misa en la catedral. Ella terminó la carrera de derecho, entró a trabajar en un despacho de renombre, le fue bien, la hicieron fija y pudo hacer frente a los plazos de la hipoteca con cierto desahogo. La casa de los abuelos era oficialmente suya desde mucho antes de que ellos murieran. Qué bendición cuando llegó la hora del litigio.

Se llamaba Cecilia en honor al bisabuelo Cecilio, arquitecto ilustre al que la ciudad de Águila había dedicado una calle en recuerdo a sus grandes obras, entre ellas la reforma de la plaza de toros y la construcción de un casino social en la plaza Mayor. Los descendientes de aquel prohombre disfrutaban de grandes ventajas en la vida: podían ser socios del casino sin pagar la cuota e ir a los toros invitados por el ayuntamiento.

—¿Qué más quieres, hija? —le preguntaron sus padres, entre intrigados y atónitos, el día en que ella les dijo que quería irse a estudiar derecho a Madrid.

—Conocer mundo —respondió ella, con todas las ilusiones intactas.

Entonces, entre los tres resolvieron aquel arreglo tan conveniente que zanjaron por teléfono con los abuelos: «Que Cecilia, si no os parece mal, se vaya a vivir con vosotros mientras estudia la carrera».

El 1 de octubre de 1990, sábado, lo recordaba como si fuera ayer, tomó el tren que la transportó, en poco más de tres horas, de la infancia a la edad adulta. Al final del camino la estaban esperando aquel par de soles, los abuelitos, felices de recibirla en su casa junto al río.

Le habían asignado la mejor habitación, la más grande, la del ventanal, la del armario empotrado y el cuarto de baño integrado: la suya de toda la vida. Y se habían retirado a una esquina sombría con vistas a la calle de atrás.

Ella se negó en redondo a ocupar aquel dormitorio excesivo. Les explicó que prefería la buhardilla, donde se sentiría independiente y libre, donde podría hacerse la ilusión de estar viviendo en París en un ático sobre el Sena, donde podría tomar el sol en bikini en aquella terraza de ladrillos y baldosas e imaginar que estaba en Hawái o encerrarse a estudiar en silencio mientras ellos trasteaban abajo, pareja de duendes ruidosos, en esa orquesta suya de cacharros de cocina y herramientas de jardín.

La buhardilla tenía dos habitaciones de techos inclinados y un pequeño cuarto de baño junto a la escalera. La grande era la que tenía salida a la terraza y armario. La pequeña la usaban los abuelos para guardar trastos. Cecilia pasó varios días trasladando objetos variopintos y muebles viejos al sótano. Algunos los rescató del destierro y los reutilizó, una vez pintados, barnizados y encolados, para decorar su nueva vida. El resultado fue asombroso: la buhardilla había resucitado.

—Deberías dedicarte a la arquitectura —exclamó la abuela Teresa cuando vio la obra de su nieta—. Has salido a tu bisabuelo Cecilio.

Las vigas del techo estaban lijadas y pintadas de blanco, lo mismo que el cabecero viejo y apolillado; las mesitas de noche, con su tapa de mármol y su puertita para esconder el orinal, lucían de un color azul marinero; y los visillos antiguos, los que llevaban siglos doblados en el arcón, ahora tamizaban la luz del atardecer que se colaba por los hilos del encaje. En la terraza florecían unos geranios tardíos y las paredes estaban cubiertas de rosales trepadores. La silla de mimbre que siempre pensaron encasquetar al chatarrero, había vuelto a la vida sólo con una capa de pintura blanca y un cojín de flores. En el cuarto de baño todas las toallas eran blancas, y el ventanuco también era blanco, y las paredes blancas. El trastero se había convertido en un pequeño cuarto de estudio, con sus nuevas estanterías repletas de libros, el escritorio olvidado, la silla de hierro, el espejo dorado y la lámpara de pie con una pantalla nueva, de tela de saco, qué cosa tan moderna, que lo nuevo parece viejo y lo viejo nuevo.

Cecilia guardaba las llaves de la casa en una cajita de madera. Después de la muerte de los abuelos sólo había ido allí una vez: el día en que vaciaron los armarios y se llevaron los muebles de vuelta a Águila. Repartieron aquellas cosas entre los familiares y amigos que quisieron quedarse con algún recuerdo, tal había sido la voluntad de los abuelos y así quedaba recogido en su escueto testamento: «No es más rico el que más tiene, sino el que menos necesita, y nosotros hemos sido infinitamente ricos —decía el abuelo— porque jamás hemos necesitado más que nuestro amor, nuestra casa y lo poco que contiene. Regalad todo lo que no vayáis a usar. Tened en cuenta que lo que no se da, se pierde, como dijo la madre Teresa de Calcuta».

Como en aquel momento Cecilia estaba felizmente casada y vivía una vida despreocupada en su ático del Retiro, sólo se quedó con la vajilla de Talavera azul y blanca con las iniciales T y M, los manteles bordados a mano por la abuela Teresa y el juego de pipas de madera del abuelo Miguel. Derramó cientos de lágrimas delante de los operarios de la empresa de mudanzas y cerró la puerta con llave en cuanto los camiones se perdieron en lontananza. Su madre le contó días más tarde los detalles del reparto: la alegría de los afortunados que recibieron aquellos regalos inesperados, el sorprendente destino de los libros, la ropa, los cuadros, la colección de cajitas de porcelana, el piano, el reloj de cuco y la mecedora. Al final, había recuerdos de los abuelos desperdigados por toda la provincia.

Nunca se planteó poner la casa en alquiler. Habría sido difícil encontrar un inquilino solvente para aquel inmueble anticuado y vacío que necesitaba reformas estructurales. Las tuberías eran de hierro, la calefacción de carbón y la cocina de butano. La inversión habría superado con creces las expectativas de ingresos, más aún en plena crisis, con las noticias de desahucios por impagos a la orden del día y la falta de crédito de los bancos. Ni ella estaba en situación de emprender una obra como aquella ni el negocio tenía pinta de resultar provechoso, así que la única opción parecía ser la de echar el cerrojo y esperar acontecimientos. Tal vez un día, por fin, se quedara embarazada, tuviera hijos, y aquellos niños terminaran por reconstruir la casa de los abuelos y dotarla de una segunda juventud.

No pudo ser. A los cuarenta y tres y sin pareja, era muy improbable que aquellos constructores imaginarios se hicieran cargo de la reforma. Sobre todo porque ni siquiera tenían muchas posibilidades de llegar a nacer.

—Podría ser madre soltera —se le ocurrió una noche de soledad, todavía en el ático del Retiro, cuando llegó a la conclusión de que su vida había sido la mayor pérdida de tiempo de la historia de la humanidad y creía que aún podía tener arreglo.

Concertó una cita en un centro de reproducción asistida y cometió el error de acudir sola, sin una amiga que le enjugara las lágrimas.

En un pequeño despacho, blanco y aséptico, le describieron al detalle los tratamientos de estimulación hormonal a los que debería someterse y sus efectos secundarios. Le dijeron que a su edad iba a necesitar un óvulo de donante; que los suyos eran de una calidad pésima. Después, le mostraron el menú de dosis de esperma, con precios que oscilaban entre trescientos y quinientos euros. Finalmente, le advirtieron que la fecundación in vitro tenía ciertos riesgos, un precio de unos doce mil euros y un porcentaje de éxito del veintisiete por ciento.

—Lo quiero rubio con los ojitos azules —se atrevió a desear.

—Pues lo tiene usted difícil —le respondió la doctora—, porque en España no se permite elegir al donante. Estamos obligados a buscar características comunes con los futuros padres. Y siendo usted morena y bajita, ya se imagina cómo serán sus hijos. Pero vamos, que eso ocurre también en la Naturaleza. Los hijos suelen parecerse a sus padres.

—No, señora —protestó Cecilia—. En la Naturaleza sí se elige al donante, a ver qué se cree usted. Y si yo me hubiera casado con un sueco, tendría hijos rubios, ¿o no?

—Es posible.

—¡Pues búsqueme un sueco, leñe! ¿O acaso no hay donantes suecos en su maldito hospital, tan blanquito, tan limpito, tan llenito de euros?

La echaron de allí con la delicadeza del psicólogo del centro, que llegó de inmediato tras la llamada de socorro de la doctora y redactó un informe de idoneidad negativo. «Por si vuelve por aquí esta loca», le dijo a la aterrada doctora cuando le entregó el documento que ponía fin al súbito capricho de Cecilia de ser la madre de un sueco.

Desechada, pues, la posibilidad de unos descendientes a los que dejar la casa de los abuelos en herencia, aquella propiedad empezó a aparecérsele en sueños. Al principio era sólo el escenario de sus aventuras oníricas, pero luego, poco a poco, se fue convirtiendo en la protagonista absoluta de todas ellas. Cuando despertaba en su cama revuelta y sola, le daba la sensación de que aquel ático había dejado de pertenecerle y quería regresar a los brazos protectores de sus abuelos, a la buhardilla de las vigas blancas, al jardín donde el abuelito Miguel cultivaba un huerto y a la habitación donde la abuelita Teresa tocaba el piano.

—Te vendo el ático —le propuso a su marido unos meses después de la separación.

—¿En serio? —Él adoraba aquella casa, aquella zona, con el Retiro tan cerca, y los restaurantes de la calle Alfonso XII que tanto frecuentaba, y las tiendas elegantes de

Serrano y Velázquez, y las galerías de arte, las terrazas de verano, las librerías de viejo, las aceras anchas y los largos paseos.

—No lo quiero.

—¿Y dónde piensas vivir entonces?

—Pues en mi casa. La de la ribera del Manzanares.

Su marido se echó a reír.

—Me encanta cómo hablas de esa ruina. Cualquiera diría que la apestosa orilla del Manzanares es como la Île de France.

—En mis sueños lo es.

Él estuvo de acuerdo con el trato. Tasaron el ático en un millón de euros: ciento veinte metros cuadrados, terraza incluida, con todos los muebles, el menaje y la plaza de garaje. El mismo día en que firmaron el divorcio se instalaron allí su exmarido y su novia. De Cecilia, asombrosamente, no quedaba ni rastro.

2

SE PROHÍBE MOSTRAR COMPASIÓN HACIA QUIEN NO LA SOLICITA

Había quedado con el constructor a las doce de la mañana de un miércoles laborable que se tomó libre alegando asuntos propios. El responsable de recursos humanos del despacho estaba siendo muy comprensivo con la situación personal de Cecilia. Desde el divorcio, hacía la vista gorda a pesar de sus continuas ausencias. Ella lo llamaba por teléfono pretextando gripes que no existían, pero con una voz de ultratumba y una congestión nasal de tal calibre que hubieran dado el pego a cualquiera menos experimentado que él.

—Deberías pedirte una baja por depresión —le recomendaba.

—Es que no estoy deprimida —respondía ella—. Estoy triste, enfadada, dolida, angustiada, irritable, decaída, humillada. Pero deprimida, no.

De cualquier modo, su rendimiento en los últimos meses dejaba mucho que desear. En las reuniones de equipo, Cecilia permanecía en silencio, con la vista perdida, vagando por un mundo interior en guerra, aturdida por el estruendo de los combates y la pérdida de vidas humanas. Sus clientes se quejaban por la falta de interés que mostraba en sus asuntos. Y también en los juzgados se empezó a cuchichear a su paso. Ella, que siempre había sido de lo más coqueta, se estaba descuidando hasta el punto de parecer una monja vestida de civil. En lugar de tacones, ahora llevaba mocasines, y el pelo, salpicado de canas, se lo ataba en un moño bajo. Se había comprado unas gafas de concha para la vista cansada y había desterrado de su vestuario los trajes de chaqueta ajustados para sustituirlos por prendas de punto y pantalones cómodos. En lugar de los cuarenta y tres años de los que daba fe su carné de identidad, ella arrastraba cincuenta. Empezaba a resultar una pieza discordante en aquel despacho de renombre donde el éxito se medía por la ropa de firma o la marca del reloj de sus abogados.

—Entonces esfuérzate por estar alerta —le advertía el director de recursos humanos—. Es mejor pedir una baja por enfermedad o una excedencia temporal que encontrarte un día con un despido procedente.

—Pero me puedo tomar el día, ¿verdad?

—Que sí, mujer. Te lo descuento de tus vacaciones de verano, no te preocupes.

Eran las doce menos cuarto. La calle estaba en silencio y brillaba un tímido sol oblicuo e invernal. Antes de abrir la puerta de la cancela que daba al jardín, Cecilia observó que las enredaderas habían crecido tanto en los últimos tres años que ahora asomaban por encima del brezo un poco siniestras, un poco desaliñadas. Apuntó mentalmente que también el jardín necesitaría arreglos y no pudo evitar acordarse del abuelo Miguel, siempre preocupado por sus plantas, con aquellas tijeras de podar en ristre, la regadera amarilla, las botas de agua cubiertas de barro y los bajos de los pantalones sucios. Se hubiera puesto muy triste si hubiera podido ver el lamentable estado del césped al que tanto mimaba.

Al otro lado de la cancela, la casa no tenía tan mal aspecto como había temido. El tejado había resistido bien a los tres inviernos de abandono, las ventanas conservaban sus cristales y la puerta seguía en su sitio. En la parte de atrás, aún se notaba que una vez había existido un huerto fértil y generoso, capaz de surtir a todo el barrio de tomates recién cortados, manojos de zanahorias o cebollas frescas. Los abuelos distribuían cestos de verduras a los vecinos en agradecimiento por todos los cuidados que recibían de ellos, ya que no había día que no se pasara alguno por allí para preguntar por su buena salud o para ayudarles con los recados.

La casa de los abuelos había sido el hogar de Cecilia durante diez años. Los cinco de carrera, los dos de pasantía y los tres de noviazgo. De allí había salido, como quien dice, vestida de novia, lista para ser feliz junto al amor de su vida, con el que pensaba formar una familia a la que traer de visita los domingos a comer. Nunca imaginó que regresaría sola, tantos pasos atrás, con el corazón roto y los óvulos de una calidad tan pésima. Al menos los abuelos no estarían allí para recibirla como a una náufraga de la vida, tremendamente acogedores y cariñosos, pero preocupados, claro, igual que sus padres, que, aunque se esforzaran por disimular su angustia, no podían evitar preguntarse qué iba a ser ahora de ella, sin las seguridades de los dos sueldos, el ático, el marido protector y el futuro resuelto. De haber estado vivos, la abuelita Teresa la habría ahogado en tisanas hirviendo y el abuelito Miguel la habría atormentado con sus historias atropelladas sobre su juventud en el Secarral, tan aislado del mundo que cuando se enteró de que había estallado la Guerra Civil, Madrid llevaba dos meses sitiada.

Se equivocaba. Al otro lado de la puerta, los abuelitos seguían existiendo, llenando el espacio con una presencia incorpórea pero cierta. Probablemente su descanso eterno había sido interrumpido por asuntos terrenales, como el sufrimiento de la nieta, que inconscientemente los había invocado y traído del más allá, de vuelta a su casa de la ribera del Manzanares.

Pero no estaban enfadados. Al contrario. Tal vez el cielo se parezca un poco a una capital de provincias, en la que uno vive en paz, apaciblemente, sin sobresaltos, una existencia reposada y envidiable, pero de la que apetece escapar de vez en cuando. Así que los fantasmas del abuelito Miguel y de la abuelita Teresa recibieron a Cecilia con el mismo entusiasmo con el que lo hubieran hecho en vida. Y ella sintió su abrazo cálido y acogedor, los respiró en las partículas del aire quieto, los vio reflejados en los cristales de las ventanas y descubrió sus pisadas en el polvo del pasillo.

En moviola, al ralentí, Cecilia fue recorriendo la casa. Abrió las persianas y la luz blanca se proyectó en las partículas que flotaban en el espacio. Era descorazonador comprobar los estragos del tiempo en las paredes envejecidas o en los techos, de los que aún colgaban algunas bombillas sin lámpara, bordadas de telarañas polvorientas, o la capa de suciedad que alfombraba la escalera. El cerco de los cuadros en las paredes. El color amarillento del agua de los grifos. Y el frío. Un frío estancado, sólido e inmóvil.

Cuántas horas había pasado allí imaginando cómo sería su vida adulta. «A los cuarenta —pensaba— seré una mujer interesante, con mucho mundo, elegante y atractiva. Habré encontrado el amor verdadero y tendré tres o cuatro hijos, la gente se asombrará de que sean míos. Dirán: "No es posible, parecen sus hermanos". Porque mi marido y yo y los niños patinaremos por el parque de Rosales, como John-John Kennedy por Central Park, y seremos unos eternos adolescentes».

Cecilia se vino abajo. Ni marido, ni hijos, ni esbelta, ni mundo, ni siquiera John-John, que el pobre murió en su avioneta, qué romántico, para siempre perdido ese cuerpo tan espléndido, en las aguas de Martha's Vineyard.

En ese momento llamaron a la puerta. A golpes.

—¡Ya va, ya va! —gritó entre lagrimones desde lo alto de la escalera.

Los golpes se intensificaron.

—¡Que ya voy, mierda! —Se le quebró la voz. Llevaba una temporada bastante histérica. Se limpió los ojos con la manga del jersey y el poco rímel que le quedaba le embadurnó los párpados. Se sorbió los mocos. Abrió la puerta.

—Miguel Ángel Buonarroti —dijo el mismísimo John-John Kennedy, resucitado y en buena salud, alargando el brazo musculoso con el que pensaba estrecharle la mano.

—Cecilia Dueñas —respondió ella con un tono de voz más agudo de lo normal.

Inconscientemente, se enderezó un poco y se pasó la mano por el pelo. Miguel Ángel Buonarroti sonrió y preguntó si podía pasar y algo más sobre un perro, que Cecilia no procesó en aquel momento de pasmo.

—¿Entonces no le importa que entre?

—¿Quién?

—El perro.

—Ah, no, adelante.

Cuando recobró la compostura, el hombre y un labrador de color negro se paseaban por la casa de los abuelitos, perturbando su paz e invadiendo su espacio. Por alguna extraña razón, a Cecilia le incomodó aquella presencia: la camisa de cuadros, el pantalón vaquero, las botas sucias y el perro cojo.

—Le falta una pata —dijo.

—Sí.

Luego se fijó en que Miguel Ángel Buonarroti cojeaba aún más que el perro.

—A mí también me falla una pata —le aclaró él, adivinándole el pensamiento.

—Pues no se le nota nada —mintió absurdamente Cecilia, que aún tenía la vista fija en la pernera de su pantalón.

Miguel Ángel Buonarroti se echó a reír.

—No mienta. Se le da muy mal.

—¿Y es usted cojo de nacimiento?

Esta vez el hombre respondió con un escueto «no». La risa se le ahogó en la garganta.

—Así que esta es la casa que hay que reformar —añadió, echando un vistazo general al lamentable estado de los suelos, las paredes y el techo—. Yo empezaría por quitar el gotelé —apuntó—. Vaya invento del demonio.

Cecilia lo siguió por la casa, tomando notas de lo que él decía en un pequeño cuaderno: las ventanas había que cambiarlas por unas nuevas, el parqué había que acuchillarlo, la cocina estaba pasada de moda, los cuartos de baño daban asco, la escalera quedaría mucho mejor pintada de blanco, las persianas ahora las hacían automáticas, las tuberías, qué barbaridad, todavía de hierro, como en el siglo pasado. Habría que instalar una caldera, eso era fácil si cambiaban los rodapiés de toda la casa y colocaban radiadores.

En el último tramo de la escalera, antes de llegar a la buhardilla, Cecilia sintió que se desvanecía. El peso que cargaba sobre los hombros era demasiado abrumador y aquella reforma se le estaba haciendo inabarcable.

Se sentó en un escalón, escondió la cara entre las manos y se echó a llorar.

—¿Qué coño...? —exclamó el desalmado de Miguel Ángel Buonarroti, que, trabajosamente, subía la escalera apoyado en la barandilla, arrastrando su pierna mala y ayudándose de los brazos.

«Claro —pensó Cecilia—, he ahí el motivo de semejantes bíceps».

—No me mire —le rogó ella un poco avergonzada—. Usted a lo suyo. No se preocupe por mí.

El hombre se detuvo un instante al pasar por su lado.

—Apártese —le dijo sin mostrar compasión alguna—. Y deme el cuaderno, que ya apunto yo lo de arriba.

Cecilia dejó de llorar. Jamás en su vida se había topado con un ser tan insensible como ese tal Buonarroti, capaz de ignorar el sufrimiento de una mujer bañada en lágrimas. La autocompasión se tornó en rabia. Se levantó del suelo, se sacudió el polvo de los pantalones y siguió al constructor hasta la buhardilla. Al llegar arriba el hombre tenía la respiración agitada. La subida de aquellos dieciséis escalones era, sin duda, una tarea ardua para alguien con una pierna lesionada. Pero él no hizo ningún comentario al respecto. Cuando habló, todavía estaba un poco ahogado.

—Aquí ha habido alguien —advirtió alarmado—. ¿Ve las pisadas?

En efecto, el suelo de arriba, cubierto de polvo, estaba cuajado de huellas. Las de los pies del abuelito Miguel enfundados en sus botas de agua. Obvio. ¿Pero aquel extraño también podía verlas? Cecilia había dado por hecho que sólo existían en su imaginación alterada por el Valium. De hecho, al entrar en la casa, las había encontrado por todas partes: en la cocina, en el cuarto de baño, en la escalera... Y ella, con su nostálgico ir y venir del pasado al presente, del presente al pasado, las había ido borrado con la suela de sus mocasines.

—Son de mi abuelo —respondió azorada—. Murió hace tres años, pero ya ve.

—Estas pisadas son recientes. De hoy mismo. Si fueran de hace tres años, estarían cubiertas de polvo, como el resto del suelo.

Cecilia se calló lo que pensaba: que el abuelito había regresado del más allá para consolarla. Que, junto con la abuelita Teresa, se había instalado de nuevo en aquella casa y que le haría compañía hasta que pudiera valerse por sí misma. Prefirió preservar la imagen de mujer cuerda, alterada por las circunstancias y algo propensa a echarse a llorar de repente, sí, pero en sus cabales.

—Aquí ha subido alguien, créame —continuaba diciendo Buonarroti—. Será mejor que sigamos estas huellas para ver por dónde ha entrado.

Bajaron la escalera, él apoyado en la barandilla, ella sin atreverse a ofrecerle su ayuda, a pesar de que la dificultad del descenso era mayor que la de la subida. El constructor llamó al perro, que vino cojeando, con la lengua fuera.

—Por si acaso —dijo.

—¿Por si acaso hay un asesino en serie escondido en mi casa?

—Nunca se sabe lo que se puede encontrar en una casa abandonada.

Las pisadas, a medio borrar, estaban por todas partes. Recorrían cada rincón y se detenían, sobre todo en la cocina y en el aseo de la primera planta.

—En este retrete ha meado alguien —observó Buonarroti.

—¡No, por Dios! —Cecilia arrugó la nariz—. ¡Qué asco!

Hasta ese momento, la presencia del fantasma del abuelo, en contra de toda lógica, se le había aparecido a Cecilia como posible y deseable. Pero esto del pis echaba por tierra su teoría esotérica. «Los fantasmas no hacen esas cosas —se dijo—. Mueven objetos, encienden luces, hacen ruidos o provocan misteriosas bajadas de temperatura; pero pis, no; eso no lo hacen los fantasmas».

—Peor sería caca —se le ocurrió decir al hombre para romper la tensión.

Las pisadas los condujeron hasta la puerta lateral que daba a la parte del jardín donde antes estuvo el huerto.

—¿Qué hay en ese cobertizo? —preguntó Buonarroti.

—Nada. Ahí es donde mi abuelo guardaba sus aperos. Cultivaba un huerto magnífico, ahí mismo. Pero lleva años cerrado y vacío.

—Ni cerrado ni vacío —dijo el constructor. Y se encaminó hacia allí con el paso más firme que pudo. Su perro, que no parecía un gran sabueso, ni siquiera un buen perro guardián, lo siguió dócilmente moviendo la cola.

Cautelosos, Cecilia y Miguel Ángel Buonarroti empujaron la endeble puerta de madera. El olor los golpeó con fuerza física. Los dos, instintivamente, se echaron atrás. El cobertizo era muy pequeño: apenas un par de metros cuadrados, con tejado de madera a dos aguas y paredes de tablas.

—Aquí vive alguien. Mire, en el centro aún queda el rescoldo de un fuego, ¿lo ve? Y aquí, sobre estas mantas, se nota que duerme una persona. Hay algo de ropa colgada de ese clavo de ahí, y el suelo está asqueroso, lleno de restos de comida. ¡Bicho! No te comas esa porquería —regañó al perro.

—¡Un okupa! —se le ocurrió verbalizar a Cecilia—. ¡Dios santo, hay un okupa en mi casa!

—Pues habrá que llamar a la policía —dijo el constructor—. Estas cosas tienen difícil arreglo. Llamamos, nos vamos antes de que vuelva el mendigo y lo dejamos todo en sus manos. ¿Le parece bien?

—Muy bien —estuvo de acuerdo Cecilia.

Pero no tuvo tiempo de sacar el móvil del bolso. En ese mismo instante, un chico enorme acababa de cruzar el jardín y los contemplaba boquiabierto. No tendría más de veinte años, era negro como el ébano, el blanco de los ojos amarilleaba y estaba sucio. Sucio y cubierto de polvo.

—¡Bicho, no ataques! —gritó el constructor al perro más pacífico de la tierra, el cual movía la cola de lado a lado al tiempo que saludaba afablemente al recién llegado. Aquel perro no hubiera sido capaz de matar a una mosca. Cecilia entendió que aquella orden absurda era una estrategia de protección, pero tan inservible como hubiera sido invocar el espíritu del abuelito Miguel para que los defendiera con sus habilidades sobrenaturales recién adquiridas.

—No hago daño —dijo el chico con acento suajili.

A Cecilia, por alguna extraña razón, aquella criatura desgarbada le inspiró una súbita ternura. Iba a preguntarle su nombre cuando escuchó la amenaza de Buonarroti.

—La has cagado, chaval —le estaba diciendo—. La policía está en camino para llevarte a la cárcel. ¿Entiendes cárcel?

—¡No hago daño! —repitió el okupa, esta vez más angustiado—. Cuido casa, no rompo cosas, no hace ruido.

—¿Cómo te llamas? —La voz de Cecilia a sus espaldas sobresaltó a los dos hombres.

—Justice —dijo el muchacho.

—¡Ay, Dios, se llama Justice! —exclamó Cecilia.

Miguel Ángel Buonarroti no podía creer lo que estaba sucediendo. Aquella mujer, enternecida, miraba al chico con cara de boba.

—Es que me da mucha pena —reconoció.

Buonarroti la llevó aparte.

—¿Está usted loca o qué? Uno no se puede fiar de esta gente. Igual le saca un cuchillo y la mata aquí mismo —le advirtió—. En los países de donde vienen, la vida no vale nada.

—Ya, pero es tan joven. Es casi un niño.

—Un niño de metro ochenta, fuerte como un estibador de puerto. Hay que llamar a la policía.

El okupa interrumpió el cuchicheo.

—Policía no. Por favor.

En aquel momento de debilidad, Cecilia tomó la decisión menos recomendable de su vida. Al fin y al cabo, pensó, la meditada resolución de casarse con su marido había resultado desastrosa. A partir de ahora tomaría las decisiones con el corazón y no con la cabeza. Con espontaneidad y no con tanto recelo, tanto cálculo, tanto razonamiento. Que me apetece llorar, pues lloro. Que me apetece gritar, pues grito. Que me apetece refugiar a un inmigrante ilegal, subsahariano, potencialmente peligroso, procedente de un país en el que la vida no vale nada, pues lo refugio.

—Que se quede en su cobertizo —resolvió—, al menos mientras dure la reforma. Luego ya veremos.

Miguel Ángel Buonarroti se rindió.

—Haga usted lo que quiera. Yo no se lo recomiendo.

Justice sonrió y sus dientes eran blancos. Su cuerpo, hasta entonces en tensión, se relajó, y ya no parecía un gigante fortachón y agresivo, sino un niño grande, perdido y expuesto a muchos peligros.

—Oye, Justice —dijo Cecilia—. ¿Tienes hambre?

—Hambre sí. Mucha.

—Pues vamos a comernos un chuletón, anda.

Mientras el chico se instalaba en el coche de Cecilia, ella y Buonarroti resolvieron algunos asuntos del proyecto de reforma. Quedaron en enviarse un e-mail en el que se detallaran los trabajos y presupuestos, que Cecilia debería aprobar antes de empezar la obra.

—Tenga cuidado —le advirtió Buonarroti por enésima vez, señalando con la cabeza al chico, que se entretenía manipulando la radio del coche—. No se debe mostrar compasión hacia quien no la desea. Suele ser el origen de muchas desilusiones.

Cecilia comprendió que aquel hombre llevaba sus teorías a la práctica de manera magistral: no le gustaba hablar del motivo de su cojera; había subido la escalera sin solicitar su ayuda; no había intentado consolarla cuando tontamente había roto a llorar en su presencia; trataba a su perro con una aspereza llamativa, considerando que era un pobre animal herido, y hacia aquel chico indigente y hambriento no había mostrado la menor empatía. Qué pedazo de salvaje, que encima se jactaba de su falta de humanidad.

—En fin, nos veremos pronto —se despidió, tendiéndole por segunda vez esa mano tan fuerte—. Y por cierto, no me llamo Miguel Ángel Buonarroti. Ese es el nombre de mi empresa, creí que era evidente —se burló—. Me llamo Andrés Leal.

—Cecilia Dueñas —respondió ella, estrechándosela de mala gana.

—Sí. Me lo dijo usted al llegar —respondió—. Le deseo muy buena suerte, Cecilia Dueñas.

3

Se prohíbe alojar criaturas desvalidas en el cobertizo de la pensión

Durante aquella copiosa comida en un restaurante cercano a la casa de los abuelos, Justice devoró un buen plato de paella, seguido de un chuletón de Ávila y un flan de huevo, ante la atónita mirada de Cecilia, que no pudo terminarse su propio chuletón de lo grande que era.

—Si te has quedado con hambre, puedes comerte el mío —le dijo a Justice.

Hasta que no tuvo la barriga bien llena, el muchacho no se decidió a contarle su historia a aquella desconocida desaliñada que acababa de convertirse en su casera. Justice había nacido en Kenia, pero era nieto de somalíes; tenía padre y madre, cuatro hermanos pequeños, una vivienda miserable junto a un río apestoso y una televisión en la que continuamente aparecían personas que vivían en la más envidiable abundancia. Es curioso cómo difiere la percepción de la realidad según quien esté al otro lado de la pantalla, pensó Cecilia, que solía cambiar de canal cuando la cosa se ponía fea. No soportaba los programas de concienciación social, en los que continuamente aparecían niños desnutridos o campamentos de refugiados, o los informativos en los que se daba noticia de la llegada de pateras a las playas de Cádiz. Jamás pensó que la televisión propagara una imagen de opulencia como la que acababa de describirle Justice, sino precisamente la contraria.

—No serás uno de esos chicos de las pateras, ¿verdad?

—Ah, no —respondió Justice—. Yo nadando.

Justice se había colado como polizón en un crucero de lujo. Según le relató a Cecilia, se había subido a un yate en Rabat, aprovechando un descuido del encargado de vigilar el pantalán, y había esperado oculto en un armario hasta estar lo suficientemente cerca del puerto de Algeciras para lanzarse al agua y alcanzar la orilla a nado. Como era de noche, nadie se fijó en la mancha oscura que salió del mar reptando y se ocultó entre la maleza de una playa poco concurrida. Luego sobrevivió gracias a la recogida de fresas, primero, y a la vendimia después. Y cuando empezó el frío, decidió probar fortuna en Madrid.

—Yo ayuda en supermercado —explicó en su media lengua—. Ayuda señoras con compra. Aparca carrito.

Cecilia se hizo una idea aproximada de la situación. Justice llevaba en Madrid unos seis meses, alimentándose de la caridad de las clientas de un supermercado que en ocasiones le daban comida a cambio de que él las ayudara a cargar con las bolsas de la compra. Unas veces comía patatas fritas de bolsa, otras pan con queso, otras algo de fruta. La mayor parte de los días conseguía algunas monedas que guardaba en una lata en el fondo del cobertizo.

—Para familia. Cuando vuelva.

Pidieron café con leche y azúcar. Todo un lujo a juzgar por la sonrisa de Justice, y mientras lo bebían en silencio, el cerebro de Cecilia comenzó a elucubrar soluciones para la situación del chico. Igual que en el cuento de la lechera, se le ocurrió que tal vez Andrés Leal necesitara un vigilante para la obra o un chico de los recados y así, al menos durante los próximos meses, Justice podría tener un trabajo digno con el que subsistir. Si pretendía alojarlo en el cobertizo, habría que hacer mejoras, desde luego. Quizá convertirlo en un anexo a la casa, con su propio retrete y su ducha, sus paredes de cemento y un tejado en condiciones. Y ya que había que instalar una caldera, podría colocar un radiador en aquel cuarto, no iba a permitir que el chico siguiera encendiendo hogueras para calentarse. En el suelo mandaría poner baldosas o algún tipo de tarima impermeable, y sería necesario abrir una ventana para ventilar el espacio. Cuando la obra de reforma terminara, probablemente Justice se habría ganado un puesto fijo en Miguel Ángel Buonarroti. O, de no ser así, tal vez accedería a ocuparse del jardín y del mantenimiento de la casa a cambio de comida y alojamiento.

No podía ser tan difícil, pensó Cecilia, encontrar un futuro en condiciones para un superviviente como Justice.

—¿Andrés Leal?

—Al habla.

—Soy Cecilia Dueñas, la propietaria de la casa que ha visitado esta mañana.

—¿Sigue viva?

—Claro. Qué cosas se le ocurren. ¿De verdad cree que el chico querría asesinarme? Pues está usted muy equivocado, ¿sabe? Y demuestra tener muy poca confianza en el ser humano.

—No lo sabe usted bien.

—Resulta que Justice es un chico estupendo y que estaría dispuesto a trabajar para usted a cambio de un sueldo muy pequeño. Con trescientos euros al mes se apañaría. Es fuerte, listo y muy dispuesto.

—Pare el carro —protestó Andrés Leal—. ¿Quién le ha dicho que yo vaya a contratar al chaval?

—Es una idea buenísima que se me ha ocurrido esta tarde. En definitiva, yo soy la que paga la reforma, ¿no? Pues creo que necesitamos un vigilante mientras duren los trabajos. ¿O quiere usted que le roben la máquina esa con la que piensa eliminar el gotelé?

—A ver, déjeme que le explique. —Andrés Leal trataba de controlarse al otro lado del teléfono. Bicho, que estaba tumbado a sus pies, levantó la cabeza, alerta, porque sabía adivinar los estados de ánimo de su amo, y en ese preciso momento notaba que la sangre le hervía por dentro—. Todo lo que a usted se le ocurre es ilegal. No se puede contratar a alguien que no tiene permiso de trabajo ni papeles. No se puede alojar a alguien en un cobertizo que no cumple con unas mínimas condiciones de habitabilidad.

—Eso ya está resuelto. Lo del cobertizo.

—¿Ah, sí?

—Sí. —Cecilia hablaba atropelladamente—. He decidido empezar la obra por ahí. Vamos a echar el cobertizo abajo y vamos a construir una habitación nueva, adosada a la parte de atrás. Con su baño y todo, sus paredes de cemento y su suelo de baldosas.

—Pero oiga. —El teléfono echaba humo—. No tenemos permiso de obra, sólo de reforma. Usted está hablando de unos cimientos, una instalación eléctrica, agua corriente, calefacción...

—Y tal vez una ventanita para que se ventile el cuarto, sí.

—¿Cuánto hace que conoce al chico?

—Pues desde las dos de la tarde, igual que usted.

—¿Y ya quiere arreglarle la vida? ¿Ya le ha buscado casa y trabajo?

—Y un futuro, sí, señor. ¡Un futuro! —La voz de Cecilia se quebró. De nuevo las lágrimas inundaron sus ojos. Andrés Leal se dio cuenta.

—Ea —dijo—, a llorar otra vez. Mire, ¿sabe lo que le digo? Que se tome un tranquilizante y se vaya a dormir. No cuente conmigo para esta locura de obra ilegal y contrato ilegal. ¿A qué se dedica usted? ¿A fundar oenegés?

—Pues no, señor —respondió ella, reponiéndose del sofoco—. Para que lo sepa, soy abogada.

—Quién lo diría —replicó el desalmado de Andrés Leal.

Cecilia pasó la noche dándole vueltas a la conversación con el constructor más inhumano del planeta. A ratos lloraba. A ratos sentía una rabia de uñas y dientes, ganas de sacarle los ojos y de arrancarle la pierna mala. Pero luego recordaba a Justice y se lo imaginaba junto al fuego, dentro del cobertizo, solo y desamparado.

Antes del amanecer había tomado la segunda decisión menos recomendable de su vida: construir aquella habitación con sus propias manos —y las de Justice—, sin depender nunca jamás de ningún hombre intolerante y cruel. Se tomaría libre lo que quedaba de semana y en cuatro días de trabajo intensivo, aquel cobertizo se habría transformado en una vivienda en condiciones.

El jueves alquiló una furgoneta, recogió a Justice, entró en Leroy Merlín y alucinó. Aquel lugar era el paraíso de las reformas ilegales. Uno podía comprarse un tejado prefabricado, ventanas de fácil montaje, paredes y suelos a medida, listones de madera recién cortados, puertas con bisagras y herramientas de todo tipo. Febrilmente, ignorando el estupor de Justice, cargaron la furgoneta con todo lo necesario para llevar a cabo su plan.

—Puedes quedarte a dormir en la casa mientras trabajamos —le ofreció Cecilia—. Si tienes frío, conecto la luz y te traigo un radiador portátil. Pilla uno, ya que estás. En el tercer pasillo de la derecha los he visto. Nuevecitos, muy baratos.

Por aquello de no empezar la casa por el tejado, tomaron la precaución de comenzar por el suelo. Pasaron el día entero clavando listones de pino en una plataforma elevada sobre el terreno, que venía desmontada dentro de una caja enorme. Tardaron dos horas en ensamblar las piezas y otras dos en nivelar el terreno, con la ayuda de una pala y un rastrillo. Justice trabajaba sin protestar a las órdenes de Cecilia.

Terminaron el suelo el viernes por la tarde. Los dos exhaustos, las manos astilladas y los pies doloridos.

—Se mueve bastante —reconoció Cecilia—. Tal vez falta algún anclaje.

El sábado emprendieron la tarea de fabricar cemento, mezclando los ingredientes en la bañera del primer piso y trasladando la amalgama en cubos de plástico hasta el jardín. Con semejante mejunje fueron cubriendo las paredes a pegotes. Abrieron el hueco para la ventana con una sierra eléctrica que alquilaron a buen precio, y no supieron cómo evitar que el cemento chorreara por el hueco donde pensaban instalar el marco que habían adquirido desmontado.

El domingo, Cecilia sufrió un ataque de nervios delante de Justice. La visión de aquella chabola inmunda, cubierta de churretes de cemento, en la que se estaba convirtiendo el cobertizo, le provocó una llantina inabarcable. Podría haber inundado el jardín sólo con sus lágrimas. Justice, impotente, trataba de consolarla hablándole en suajili.

De pronto, en medio del desastre, apareció un perro cojo, moviendo la cola.

—¡Bicho!

Para empeorar aún más las cosas, a Andrés Leal no se le había ocurrido un modo mejor de aprovechar la tarde del domingo que pasándose por la casa de Cecilia a ver cómo le iba.

—¿No estará usted llorando otra vez, verdad? —le gritó desde la cancela en un tono de burla que hasta Justice, con su media lengua, fue capaz de percibir.

Se acercó a la caseta con sus andares de lisiado y con una sonrisa insolente adivinándose entre los pelillos de la barba.

—¿No se estará usted burlando de mí? —respondió Cecilia con la misma ironía malintencionada.

—¡Qué magnífica obra de arquitectura, la felicito!

—¡Váyase a la mierda!

Andrés permaneció un rato en silencio, dándole tiempo a Cecilia a digerir su enfado.

—A ver —dijo por fin—. Se me ha ocurrido una solución temporal para su problema.

—Mira qué bien.

—Le traigo un catálogo de cabañas de madera, prefabricadas, con agua corriente y electricidad, que puede adosar a la pared posterior de su casa sin necesidad de permiso de obras. ¿Se acuerda usted de Antonio Flores, el hijo de Lola Flores, que vivía en una cabaña en el jardín del Lerele? Pues eso.

Cecilia levantó la vista hacia la camisa de cuadros del constructor.

—¿Tiene ventana?

—Dos. Una a cada lado. Y una pequeña baranda, un porche, el suelo elevado y un tejado de madera cubierto de pizarra.

Aquella noche, y las quince siguientes, lo que tardó el pedido en llegar de Galicia, las pasó Justice cómodamente instalado en uno de los tres dormitorios del piso de arriba de la casa de los abuelos. Con un radiador eléctrico y un colchón con somier. Sábanas nuevas, mantas de lana y una almohada de plumas, no fuera a dolerle el cuello al muchacho por dormir en mala postura.

—Y si quiere contratar al chico, lo contrata usted. A mí podría costarme la licencia y no estoy dispuesto a correr semejante riesgo por nadie. Mucho menos por un desconocido como Justice.

—Muy bien —resolvió Cecilia, que ya empezaba a barruntar una idea peregrina que cambiaría su vida para siempre—. Usted déjelo en mis manos.

4

NO SE PERMITEN TATUAJES NI *PIERCINGS*, BORRACHERAS NI FUMATAS. NI HOMBRES

Después de la separación, Cecilia había adquirido el hábito de visitar a sus padres cada vez que la cuesta arriba de su nueva vida se le hacía demasiado empinada. Como si volviera a ser una niña pequeña, necesitaba sentirse arropada por el manto protector de quienes jamás la habían decepcionado. Sus padres habían mostrado un respeto absoluto hacia su decisión: no le habían preguntado cuál había sido el motivo por el que había puesto fin a su matrimonio —hasta entonces tan sólido y feliz—, sino que se habían tomado aquel desastre como algo inevitable y habían preferido dedicar sus esfuerzos a consolarla. Para paliar el sufrimiento —la pobre había llegado a Águila hecha un mar de lágrimas—, la habían llevado a merendar chocolate con picatostes, le habían comprado una manta de lana y le habían asignado el mejor lugar en el sofá frente a la tele. Su madre había vuelto a abrir su habitación de niña y hasta había deshecho su maleta deshecha.

Regresar a casa había sido como un bálsamo para Cecilia, de nuevo hija única y consentida, dispuesta a aprovechar de buen grado los recursos que la vida le regalaba, tal y como le había recomendado el director de recursos humanos: «No sientas que estás sola, Cecilia —le había aconsejado—. Tú tienes muchos recursos: tus padres, tus amigos, tu casa, tu trabajo...». Ay, qué maravillosa palabra aquella, «recursos», que igual servía para un roto que para un descosido.

Sin embargo, desde que se había topado con Andrés Leal y su falta de compasión hacia cualquier criatura desvalida que se le pusiera por delante, una terrible sospecha empezaba a abrirse camino en su cabeza: ¿no sería precisamente esa actitud comprensiva y resignada de sus padres, la mayor prueba de desconfianza hacia sus capacidades?

Si analizaba despacio el discurrir de su vida académica, por ejemplo, se daba cuenta de que jamás la habían regañado por suspender un examen: «Los suspensos son para los estudiantes», solía repetir su madre cuando la consolaba amorosamente en lugar de castigarla sin salir. Y siempre habían celebrado con auténtico entusiasmo todos sus logros: fiestas, regalos, abrazos y besos, como si en el fondo no la creyeran capaz de alcanzarlos. La noticia de la exitosa culminación de su carrera universitaria había tenido el mismo efecto en el ánimo de su padre que la victoria, años después, de la selección española en el mundial de Sudáfrica.

De igual manera, ahora que caía en la cuenta, tanto el anuncio de su compromiso matrimonial, como su posterior boda por todo lo alto, habían sido achacados a dos milagros seguidos de San Antonio, y si en aquel momento Cecilia no había dado ninguna importancia a los gritos de júbilo de su madre y los vivas al santo, por considerarlos simpáticos y folklóricos, ahora comprendía que habían sido sinceras muestras de fervor religioso.

La verdad, cruda y dura, era que sus padres jamás habían creído en ella.

—Así que se te ha ocurrido una idea. —Sus padres la miraron aterrados, las manos unidas, los ojos algo más abiertos de lo normal. ¿Temblaban un poco, tal vez?

—Una idea buenísima.

Aquel plan había empezado a forjarse a fuego lento en su cabeza gracias a Justice y su indigencia. Dadas las dimensiones de la casa de los abuelos y el lamentable estado de sus instalaciones, el presupuesto de Miguel Ángel Buonarroti había resultado ser monumental; algo así como el equivalente a volver a pintar la Capilla Sixtina de arriba abajo, según se quejó Cecilia a Andrés Leal antes de claudicar y firmar el contrato. Y eso sin contar con que habría que comprar muebles nuevos, electrodomésticos, ropa de casa y demás.

Cecilia había calculado que, después de semejante derrama, el montante de su cuenta corriente se iba a parecer bastante al de la lata mugrienta en la que Justice guardaba las monedas de las propinas. Para empezar, la venta del ático a su exmarido no se había materializado en dinero contante y sonante, ya que todavía les faltaba por pagar la mitad de la hipoteca, cantidad que había sido deducida del precio de compra. Además, tendría que hacer frente en solitario a los gastos fijos de aquella casa tan grande, los impuestos, el sueldo de una asistenta y el mantenimiento de Justice y su cabaña. Ahora que no tenía más ingresos que su nómina, le iba a resultar difícil conservar el tren de vida al que se había acostumbrado en los últimos tiempos.

—Creo que he dado con la manera de resolver mi situación económica, que no es mala, no me miréis así, pero ya no es tan buena como antes.

—Si necesitas dinero, no te preocupes, hija. Papá y yo, en su día, abrimos una cuenta corriente a tu nombre, por si ocurría algo como esto. ¿Verdad, cariño? La tienes a tu disposición, en la caja de ahorros y monte de piedad. No tienes más que presentarte en la sucursal de la calle Miguel de Unamuno con tu carné de identidad y saludar a Facundo Quintero, el director de la oficina. Le dices que eres nuestra hija y que vas a sacar el dinero, o transferirlo, o lo que sea.

Cecilia tragó saliva. Por primera vez en su vida estaba dispuesta a rechazar la ayuda que le ofrecían sus padres.

—No, mamá. Gracias. Ya te he dicho que tengo un plan.

Porque no sólo se trataba de dinero. Lo cierto era que la idea que le había venido a la mente, mientras contemplaba a Justice engullir el chuletón de Ávila, no tenía nada que ver con el aspecto material de su nueva vida. El auténtico problema, el que la aterrorizaba de veras, era mucho más difícil de resolver: se sentía sola. Sola y desamparada. Sola y en silencio.

Aunque no había sido lo suficientemente valiente como para enfrentarse a la soledad en el instante mismo de abrir la puerta de la casa de los abuelos y respirar el aire quieto, deshumanizado y vacío, sí había sido capaz de desafiarla luego, a la hora el café, y buscarle las cosquillas. La vida le privaba de un marido y le enviaba un indigente. ¿No decían que cuando Dios cierra una puerta, abre una ventana?

—Bueno, ¿y cuál es ese plan tan fantástico si puede saberse?

Cecilia tomó aire, reunió coraje y disparó:

—Voy a abrir una pensión en la casa de los abuelos.

Hubo un momento de pausa mientras las piezas trataban de encajar en el intrincado puzle del entendimiento paterno, sin éxito. Padre y madre parpadearon al unísono, dejaron de respirar. Se bloquearon. Cecilia entendió que le correspondía a ella sacarlos del trance.

—En fin, he pensado que puedo alquilar los tres dormitorios y el baño de la segunda planta y quedarme yo viviendo en la buhardilla, como cuando estaba soltera. No tendría más de tres o cuatro huéspedes a la vez, contrataría a una señora que limpiara y se ocupara de la ropa de casa, de la comida, de la plancha...

Dejó de hablar para ver si sus padres reaccionaban, pero al comprobar que continuaban convertidos en sendas estatuas de sal, siguió parloteando, animada con su propia voz, y se fue creciendo hasta el punto de hablarles de Justice y la cabaña del Lerele.

—¡Ay, Santo Fuerte! —logró decir su madre con un hilo de voz.

Su padre, más racional, trató de explicarle los motivos por los que aquella era la idea más peregrina que se le había ocurrido jamás, incluyendo aquella vez, cuando tenía seis o siete años, en que metió en un baño de espuma a sus gusanos de seda para lograr que hicieran el capullo más suave, y luego lloraba porque se habían ahogado todos y flotaban patas arriba en el agua de la bañera.

—A ver, Cecilia, cariño —le explicó con la misma ternura que utilizó aquella vez para explicarle que la Naturaleza no había dotado a los gusanos con la capacidad de nadar, al contrario que ocurría con otras especies de animales e insectos—. No quiero desanimarte, de verdad, pero ¿tú has pensado bien lo que dices? ¿Cómo te vas a ocupar tú sola de una pensión? ¿No te das cuenta del lío en el que te vas a meter? Y eso de refugiar a un inmigrante sin papeles en una cabaña de madera en el jardín, ¿es legal?

—Está todo pensado, papá —se atrevió a responder Cecilia—. Lo de Justice no es legal, de momento, pero yo podría contratarlo como empleado doméstico y regularizar su situación. Luego, lo del seguro de responsabilidad civil, al final, es un trámite sencillo, y el resto es pan comido.

—¿Y con quién vas a vivir? —Su madre despertó del pasmo sobresaltada—. Podrían ser delincuentes, asesinos, violadores...

—Tranquila, mamá —respondió ella, esta vez más segura de sí misma—. Será una pensión para señoritas. Estudiantes de la Complutense, que queda muy cerca. No sé si la ubicas bien, pero la casa de los abuelos está al lado de los colegios mayores. Es una zona muy universitaria.

La idea de las tres estudiantes ejemplares, vestidas de uniforme, qué absurdo, con trenzas y faldas escocesas, ayudando con las tareas de la casa, se había hecho fuerte en el cerebro de Cecilia, desplazando aquella otra imagen desagradable en la que aparecían tatuajes y *piercings*, borracheras y fumatas. Por norma, esas cosas no sucederían en la casa de los abuelos. Aquel seguiría siendo un lugar decente, decoroso y respetuoso con la memoria de quienes la habitaron durante treinta y cinco años.

—El curso comienza en septiembre. Todavía tengo seis meses para arreglar la casa y organizar todos los papeles. De hecho, la obra ha empezado ya.

A la madre de Cecilia le vino a la mente, como un soplo del más allá, que su amiga Victoria le había comentado hacía poco tiempo que su nieta Noelia quería irse a estudiar a Madrid. Tal vez no fuera tan mala idea, después de todo, que Cecilia estuviera acompañada. Temía por la estabilidad emocional de su hija, y ahora, además, también por su integridad física, viviendo como vivía bajo el mismo techo, o casi, con un keniata veinteañero y musculoso. Si lograba convencer a Victoria, ahora sería ella quien debería preocuparse por el asunto. Al fin y al cabo, el chico preferiría acosar a alguien de su edad, ¿no? Mientras su marido seguía tratando de hacer entrar en razón a Cecilia hablándole de improbables incendios e inundaciones, ella empezó a tejer su propio plan.

—Cecilia, hija —le dijo—. Vas a tener que seleccionar muy bien a las estudiantes. Piensa que serán muy jóvenes y que todas ellas tendrán unos padres como nosotros, preocupados por el bienestar de sus hijas. Al final, confiarán en ti no sólo como propietaria de la pensión, sino también como responsable de su seguridad.

—No voy a montar un colegio, mamá —protestó Cecilia—. Lo mío es una pensión. Una especie de hotel, pequeñito y familiar.

—Ya. Pero tendrás que imponer unas normas. Digo yo. Unos horarios, unos deberes... Prohibirás que duerman hombres en la casa, ¿verdad?

—Sí. —Cecilia dudó un poco antes de dar esa escueta respuesta a una cuestión que hasta ese momento no se había planteado.

—Porque si no lo prohíbes, no sé qué tipo de niñas vas a alojar. O qué tipo de padres. Vamos, yo jamás te dejaría a ti vivir en una casa donde se permitiera algo así.

—Y como eso, todo lo demás —estuvo de acuerdo su padre—. Que hagan fiestas, que lleguen a horas intempestivas, que fumen porros...

Cecilia empezó a flaquear. Tal vez sería mejor buscar otro tipo de inquilinos: personas de la tercera edad, por ejemplo. Pero claro, con tantas escaleras le iba a ser difícil encontrar clientes. Y encima, ella no poseía esa habilidad que tienen algunas personas para conectar con la gente mayor. Con los abuelos era distinto; había confianza y estaba acostumbrada a sus achaques, sus manías y hasta a encontrarse sus prótesis dentales en el cuarto de baño. Pero con desconocidos, no. Era incapaz de dar conversación a los amigos de sus abuelos, no tenía paciencia, ni sabía cuál era el volumen adecuado para hacerse entender: ni demasiado bajo, para que pudieran oírla, ni demasiado fuerte, para que no les aturdiera el audífono.

Mientras se perdía en estas cavilaciones, su madre lanzó la bomba.

—¿Quieres que vayamos a hablar con mi amiga Victoria, que tiene una nieta que se marcha el curso próximo a estudiar a Madrid?

Cecilia miró a su madre, entre sorprendida y aliviada.

—¿Entonces te parece bien?

—Hombre, mejor malo conocido que bueno por conocer.

—Estáis locas las dos —apuntó su padre—. Haced lo que queráis, pero que conste que a mí me parece un error. Ya os estoy viendo, llorando arrepentidas, de vuelta en casa.

—Y tú diciéndome que ya te lo temías.

—Eso.

—Que ya me lo habías advertido.

—Sí.

Cecilia se levantó del sofá. Tendió una mano temblorosa hacia su madre. Le dijo: «Vamos a hablar con tu amiga Victoria». Besó a su padre en la frente, se estiró la camisa, levantó la cabeza e hizo mil pedazos la cadena que ataba la pata del elefante de Bucay a la pequeña estaca. Esa cadena tan fácil de partir, tan oxidada, tan cubierta de capas y capas de polvo que el pobre animal creía indestructible porque una vez, cuando era un elefantito recién nacido, quiso romperla y no pudo. Qué día más terrible aquel en que se rindió para siempre y renunció a ser libre.

La abuela de Noelia, Victoria, señora de Villanueva de Campos, vivía en un palacio en la calle Mayor. Una casa con blasón, almohadillado en la fachada y balcones de piedra. La puerta, de madera noble con tachuelas, de un tamaño colosal para permitir —en el siglo pasado— la entrada y salida del coche de caballos, imponía bastante, porque era una especie de acceso a un castillo medieval con puente levadizo y estaba cerrada con tres candados y una cadena de hierro.

La madre de Cecilia, sin darse cuenta, rompió el encanto del cuento de la princesa cautiva en la torre cuando sacó el móvil y llamó a su amiga, que, diligente, envió al ama de llaves a abrir una puerta lateral, de las de portero automático, mucho más práctica y menos gloriosa que la principal.

Lamentablemente, doña Victoria no era la dama peripuesta que Cecilia había esperado encontrar en aquella casa, sino una abuela moderna, de unos sesenta y cinco años, con mechas californianas, pantalones de cuadros y jersey de cachemir. Las recibió en un salón agradable, las invitó a Coca-Cola, patatas y aceitunas y se disculpó por su aspecto.

—Perdonad que os reciba de esta guisa. Es que en diez minutos me vienen a recoger para ir a jugar al golf. ¿Vosotras jugáis al golf?

—Nosotras somos más de campo —respondió la madre de Cecilia para espanto de su hija.

Pero era cierto. La única actividad deportiva que se había practicado en su casa de toda la vida había sido la de depredar todo lo depredable. Los domingos, padre, madre y Cecilia se vestían de pana y botas impermeables y salían a recorrer la provincia en busca de los frutos que la madre Naturaleza dispone en su generosa mesa: moras, setas, manzanas, cerezas, ciruelas, endrinas, lilas, peonías salvajes, flores silvestres, nueces, castañas, almendrucos y hasta alguna que otra trufa, con ayuda de un cerdo llamado Rommel que le prestaba, para tal cometido, un amigo a su padre. Ellos eran más de campo. Cierto.

—Pues es una lástima —estaba diciendo Victoria—. Porque el golf es apasionante. —Tenía el culo prieto y probablemente un par de estiramientos faciales. Hablaba con mucho desparpajo y parecía simpática, a pesar de todo—. En fin, guapas, vosotras diréis a qué se debe esta visita tan agradable.

Cecilia dejó el asunto en manos de su madre y su cuidada diplomacia. A fin de cuentas, ella era la que conocía a Victoria Villanueva de Campos, la que compartía con ella charla y partida de canasta todos los jueves en el casino, la que hablaba su mismo idioma.

Le explicó —algo almibarada— la historia de los abuelitos; su ilusión de toda la vida por vivir en la capital, mira qué cosa tan absurda, y su idea romántica de comprar una casa a la orilla del Manzanares.

—En cuanto mi padre se jubiló, hicieron la maleta y se trasladaron a Madrid. Los dos solos. Yo ya estaba casada, ya había nacido Cecilia, sus responsabilidades para conmigo habían terminado. No sé, imagino que quisieron vivir una segunda luna de miel.

Después vino el mal trago del relato del divorcio, pobre Cecilia, y la fantástica idea de abrir una residencia para estudiantes —conscientemente evitó utilizar el término «pensión», que tanta gracia le hacía a su hija, y lo sustituyó por el eufemismo «residencia para estudiantes», que sonaba más decente— en aquel chalé con encanto.

—Y de pronto, esta mañana, me vino a la cabeza tu nieta Noelia, la que quiere irse a estudiar a Madrid.

Victoria Villanueva de Campos dio un salto de alegría. Literal. Casi se le derrama la Coca-Cola.

—¡Qué buena idea! —exclamó—. No sabéis lo preocupados que nos tiene la niña. Se le ha metido en la cabeza que quiere ser escritora. De novelas románticas. Se pasa el día leyendo a Corín Tellado, a Rosamunde Pilcher, y ahora le ha dado por las sombras de Grey, que no sé si lo sabéis, pero es medio porno. —Cecilia asintió con la cabeza. Estaba hipnotizada—. Y Valentín, mi hijo, le ha dicho que puede ser lo que quiera, pero que tiene que estudiar una carrera universitaria. Supongo que para hacer tiempo y lograr que se interese por alguna profesión más provechosa. La niña ha dicho que bueno, que filología. Y andan buscando alojamiento en algún colegio mayor cerca de la universidad.

—La casa de Cecilia está al lado de la Complutense.

—¡Noelia! —Victoria Villanueva de Campos tenía voz de soprano y pulmones de *sherpa*.

—¿Ah, pero está aquí la niña?

—Sí, hija, se pasa la vida leyendo en la biblioteca de Julio. No sabes lo bien que se llevan el abuelo y la nieta.

Un par de minutos después apareció Noelia enmarcada por el dintel de la puerta. Esta vez sí, la princesa del castillo había hecho su entrada triunfal. O Jane Eyre o Josephine March o alguna heroína del siglo XIX resucitada al mundo real por arte de magia.

Noelia Villanueva de Campos era menuda y delgada, blanca de piel, triste de expresión, dulce de andares. Transmitía una indefensión tal que Cecilia comprendió inmediatamente dónde residía la preocupación de la abuela Victoria. Parecía que estaba a punto de morirse de escarlatina.

Llevaba la melena rizada, larga hasta la cintura, adornada con una cinta de seda a modo de diadema, y su vestido largo, color crema, con encajes en el pecho, no parecía de este universo, sino de uno paralelo en el que ningún adolescente español de barrio se burlaría de una chica como ella.

—Esta preciosidad es mi nieta Noelia —dijo Victoria a modo de presentación.

—Encantada de conocerlas —respondió la niña con voz de tuberculosis.

Los cinco minutos siguientes los pasaron agradablemente sentadas en el sofá de terciopelo verde de la sala de estar de los Villanueva de Campos, mientras la abuela Victoria miraba de reojo el reloj, pensando en su partida de golf.

—A mí también me gusta mucho leer —dijo Cecilia—. En la buhardilla de mi casa siempre ha habido una pequeña biblioteca, no tan espléndida como la de tu abuelo Julio, pero sí muy cuidada, llena de libros que te van a encantar. Te los presto todos.

—¿Y quién más se alojará en la casa?

—Todavía no tenemos más candidatas —reconoció Cecilia—. Tú eres la primera.

—¿Y podré dar mi aprobación a las otras chicas?

Qué pregunta. A nadie se le había ocurrido prever algo así. ¿Debían las inquilinas superar algún proceso de selección en el que se puntuaran virtudes como la buena educación, la buena salud o la buena cuna?

—¿A qué tipo de aprobación te refieres?

—Bueno, no lo he pensado todavía —respondió Noelia—. Pero no me gustaría compartir casa con chicas raras, de las que beben y fuman, llevan *piercings* y tatuajes, y esas cosas.

—Hombre, habrá unas normas, claro está —se apresuró a explicarle Cecilia—. Todavía las estoy escribiendo.

—Normas de convivencia —dijo la madre de Cecilia.

—Y de obligado cumplimiento, claro —añadió la atribulada casera novata.

—¿Podré escoger habitación, ya que soy la primera?

—Sí, supongo.

Hubo muchas más cuestiones y muchas respuestas vagas. Que si la comida, que si la ropa, que si el pijama y la corrección en el vestir, que si los ruidos, que si las amistades... Nadie como Noelia para infundir terror en Cecilia. ¿Y si era una vampira, después de todo, con aquella palidez y aquella manera de hablar con los ojos muy abiertos?

—La casa está en obras. Calculo que para finales de julio habrán terminado y podrás venir a visitarla. Te prometo que te va a encantar.

—De acuerdo, hablaré con mis padres.

La reunión se deshizo en el momento en el que la misma ama de llaves que había bajado a abrirles la puerta irrumpió en el salón y anunció que las amigas de Victoria Villanueva de Campos la estaban esperando en la entrada de coches, armadas con sus palos de golf y sus zapatos de tacos. Cecilia le dijo adiós a Noelia con la promesa de seguir en contacto. Al despedirse, con un abrazo tímido, Noelia le susurró una sola palabra al oído: gracias. Y su nombre: Cecilia.

5

Se prohíbe meter el dedo en la llaga

—Una puta pensión. Hay que joderse.

¿Por qué no le sorprendía a Cecilia la reacción de Andrés Leal? Se había imaginado que respondería algo así cuando ella le contara su magnífico plan y había preferido soltárselo a la cara, antes que decírselo por teléfono. Por alguna extraña razón le divertía hacerlo enfadar, romper sus esquemas cuadriculados, volverle el mundo del revés. Se sentía un poco poderosa, con la sartén por el mango, mientras lo veía recomponerse en contra de su voluntad, tragarse su orgullo y asimilar la nueva insensatez *made in Cecilia* que se le venía encima.

—¿Quién paga? Yo, ¿no?

Andrés Leal sostenía los planos de la casa con su mano crispada. Estaba arrugando el papel.

—Pero si sólo son dos o tres cambios de nada sobre el proyecto —estaba diciendo Cecilia—. Un baño más ahí, donde el armario empotrado, una puerta de paso, aquí detrás, y listo.

La obra había dado comienzo en cuanto Justice estuvo cómodamente instalado en la cabaña del Lerele, otro miércoles laborable que Cecilia se descontó de sus vacaciones de verano —a este paso se veía trabajando en agosto, ella que en toda su historia académica jamás había suspendido nada para septiembre y había disfrutado siempre del sol y la playa, ¡ay!— porque quería estar presente para poner la primera piedra. Se había hecho a la idea de que habría algún tipo de celebración, un discurso, una bendición o al menos una bienvenida en condiciones para los albañiles que durante meses compartirían con ella la ilusión de reconstruir su casa. Había comprado champán para brindar por el éxito del equipo y unos bollitos rellenos de queso para que no se les subiera el alcohol a la cabeza.

Pero aquellos hombres cubiertos de un polvillo blanco inherente a su piel y a su ropa —como iría descubriendo en adelante— tenían pocas ganas de champán a las ocho en punto de la mañana.

—Usted no bebe, ¿verdad? —había adivinado Leal.

—No mucho. ¿Por qué?

—Mi padre tampoco ha bebido nunca —le contó—, y siempre nos ha hecho mucha gracia cuando a eso de las diez de la mañana se presenta en el salón con la botella de ginebra y el limón cortado, preguntando a las visitas si les apetece una copita.

—¡Ah! Que no son horas —comprendió Cecilia.

—No. Pero gracias, de todas formas. Si quiere, hacemos un descanso a mediodía.

Había estado a punto de decirle que no era necesario hacerle el favor de beberse su champán y comerse sus bollos, al desagradecido de Leal, pero en ese momento había aparecido Justice, dispuesto a ponerse a trabajar. Traía la camisa de cuadros remangada y se había peinado los rizos con agua, aunque no se notaba porque ya habían vuelto a su desorden de siempre.

—Yo ayuda —dijo.

—Tú supermercado, chaval —respondió Andrés Leal.

—Yo ayuda, *brother* —insistió.

—*¿Broder?* ¿Qué coño dices, *broder*? Sal de aquí antes de que me enfade de verdad.

Así que Cecilia había tenido que interceder, con delicadeza, para no herir la sensibilidad de nadie: se había echado a llorar. Y aquello había surtido el efecto deseado en Andrés Leal.

—Oiga, Cecilia Dueñas, deje de llorar o cojo los trastos y me largo de aquí para siempre. Tú, chaval, dile a Ahmed —le ordenó, señalando a un tipo con pinta de marroquí— que te dé una lija y te pones a raspar madera. ¡Y no te vayas a clavar una astilla!

Desde ese día, Justice había trabajado diligentemente a las órdenes de Andrés Leal y de sus hombres y se había convertido en uno de los héroes del gotelé.

—¿Sabe lo que le pasa a usted, Leal? —Cecilia disfrutaba como una colegiala—. Que le fastidia tener que reformar una pensión. Se había hecho la ilusión de construir un chalé de lujo, sí, señor. En el fondo es usted un pijo. Igual que yo. ¿Qué pone en el proyecto?

—Vivienda unifamiliar.

—Mentiroso.

Estaban los dos discutiendo junto a la puerta de la cancela cuando les interrumpió la voz desconocida y cantarina de una mujer entrada en años, falda recta y permanente.

—Por favor, ¿don Miguel y doña Teresa Quintana?

Cecilia sintió un pellizco en el alma. Antes de dar explicaciones a una extraña, prefirió indagar sin disimulo en las intenciones de la recién llegada.

—¿Quién pregunta?

—Me llamo Azucena Fernández —dijo—. Tenía entendido que en esta dirección residían los señores de Quintana, pero veo que estoy equivocada.

—No. No está equivocada —reconoció Cecilia—. Miguel y Teresa Quintana eran mis abuelos. Pero fallecieron hace tres años. Ahora la que va a vivir aquí soy yo.

Si no hubiera estado tan a la defensiva, Cecilia habría notado el efecto devastador que tuvo aquella revelación en el ánimo de la recién llegada. Azucena Fernández palideció de repente y necesitó apoyarse en el murete de brezo para sostenerse. Pero pronto se recompuso, se estiró la falda y respiró hondo.

—Perdone que la haya molestado —logró decir cuando le regresaron las fuerzas—. Tenía la esperanza de llegar a tiempo. Pero veo que ya es tarde.

Aquella mujer miraba a Cecilia de un modo extraño. Demasiado intenso, podría decirse. Andrés Leal frunció el ceño.

—¿Por qué buscaba a los señores Quintana? —quiso saber.

La mujer dudó un instante antes de responder. Cuando se decidió a hablar, lo hizo con tal vehemencia que a Leal le dio la sensación de que se quitaba un peso de encima.

—Por lo del anuncio del periódico —dijo—. Venía a ver si todavía necesitaban una asistenta. La verdad es que me he llevado una gran desilusión porque me hubiera venido muy bien el trabajo. Estoy en el paro, ¿sabe?

A Cecilia se le iluminaron los ojos. Aquello era una señal del cielo, no cabía duda. Los abuelos, desde el otro mundo, le enviaban un regalo maravilloso: la ayuda que necesitaba para poner en marcha su proyecto. Era providencial que, precisamente ahora, apareciera esta Mary Poppins sesentona y dispuesta, en el paro y con ganas de trabajar.

—¡Yo voy a necesitar una asistenta! —dijo a voz en grito ante el espanto de Leal—. ¿Sabe usted cocinar?

—Hombre, cosas sencillas, sí —respondió Azucena—. Tortilla de patatas, lentejas, algún guiso...

—¡Perfecto!

Quedaron en volver a verse en un par de meses, cuando aquel patatal en el que había convertido Andrés Leal la casa de los abuelos tuviera al menos suelos y paredes, para ir juntas a comprar el ajuar —así lo llamó Azucena, «ajuar», y a Cecilia le dieron ganas de echarse a llorar otra vez—. Se despidieron con un abrazo, como si se conocieran de siempre, y durante un buen rato Cecilia se quedó mirando la pequeña figura de aquella mujer que se alejaba por la orilla del Manzanares. Había sentido una conexión especial con ella. «Almas que se reconocen —le dijo a Leal—. Usted qué va a entender, si se niega a creer en el más allá».

—¿De verdad se ha tragado el cuento del anuncio en el periódico? —se burló—. ¡Por favor! ¿Quién guarda un anuncio durante más de tres años?

—Alguien previsor, ordenado, responsable...

—¿Y sus abuelos estaban locos o qué? —continuó—. ¡Un anuncio en un periódico! ¡Podían haberlos matado! Imagínese: dos ancianos solos en esta casa, la mejor invitación para maleantes, ladrones y gentuza.

—Azucena no parece una asesina —contraatacó Cecilia, pensativa.

Probablemente, durante un buen rato, Andrés Leal continuó parloteando sobre la insensatez de los abuelos —a alguien tenía que salir la nieta—, sin darse cuenta de que Cecilia había desconectado de la realidad inmediata y había emprendido un viaje nostálgico al pasado, como le ocurría siempre que evocaba a aquellos queridos personajes.

Pero esta vez, en lugar de la reconfortante paz que solía sentir cuando recordaba los viejos tiempos, notó una novedosa sensación de angustia que al principio no supo identificar y que poco a poco fue asomando las orejas hasta convertirse en una picazón insoportable: culpabilidad. Eso era.

Se remontó con la memoria hasta el día en el que abandonó la casa de los abuelos para formar un nuevo hogar junto a su flamante marido, ciega de amor, dispuesta a ser feliz a toda costa y —ahora se daba cuenta— inconscientemente egoísta, ajena al resto del mundo. De compartir con sus abuelos mesa y sofá, preocupaciones y alegrías, tareas domésticas y largas caminatas por la orilla del río, había pasado a considerar sus espaciadas visitas a la casa del Manzanares como una obligación de nieta cariñosa que generosamente renuncia a la siesta del domingo para acompañar a sus mayores. Aquellas comidas eran agradables. Le servían para comprobar que los abuelos gozaban de buena salud, la casa no se estaba cayendo, la despensa estaba bien surtida y funcionaban los radiadores. Su marido no la acompañaba nunca. Decía que el descanso del domingo era sagrado y dedicaba el tiempo que Cecilia pasaba fuera a pasear por el Retiro o a visitar galerías de arte.

Cuando los abuelos telefoneaban a las nueve en punto para darle su beso de buenas noches, Cecilia tenía que hablar en voz baja para que él, que siempre ponía cara de fastidio, pudiera enterarse de las noticias del informativo. Al final, la abuela Teresa, que era muy lista, llegó a la conclusión de que su nieta podía pasar muy bien sin aquel beso y dejó de llamar.

Los últimos nueve años de sus vidas, por lo tanto, los abuelitos habían estado solos. Muy solos. Bien atendidos, muy visitados, con todas sus necesidades materiales cubiertas, ocupados con su piano y su jardín, consentidos por sus vecinos y recostados el uno en el otro. Pero muy solos.

«En cuanto mi padre se jubiló, hicieron la maleta y se trasladaron a Madrid. Los dos solos. Mira qué cosa tan absurda», se hartaba de repetir su madre a quien quería oírlo. Tal vez ella también se sentía un poco culpable. Por vivir en Águila. Por no estar presente en el día a día de sus padres. Y a pesar de que los visitaba de vez en cuando y los invitaba a pasar largas temporadas en su casa, también vivía mortificada por esa picazón que ahora asaltaba a Cecilia.

La aparición providencial de Azucena Fernández al otro lado de la cancela, la verdad, le había dado un disgusto. Los abuelos, en un momento dado, habían necesitado ayuda. No la que ella podía prestarles desde la comodidad de su balcón con vistas al parque, sino la de alguien que se ocupara de veras. Porque, a lo mejor, al abuelito Miguel se le escapaba el pis y a la abuelita Teresa le dolían los juanetes. O ya no podían leer la letra diminuta de las advertencias de los medicamentos, o les costaba horrores subir y bajar aquellas escaleras del demonio.

Un anuncio en un periódico: a falta de nieta se busca asistenta. Que sepa cocinar, por favor, y coser botones, que nos acompañe a misa, nos haga la cama y no tenga miedo de subirse a la escalera para limpiar el alto de los armarios.

—¿Azucena, es usted? —Aquella misma noche, antes de acostarse, telefonearía a su futura empleada.

—Sí, dígame, señora.

—No me llame señora, por favor, llámeme Cecilia o doña Cecilia. Recuerde que lo nuestro es una pensión, no una residencia elegante. Oiga, Azucena, ¿guardó usted el recorte?

—¿Qué recorte?

—El del anuncio del periódico.

—... Pues no. Sólo apunté el número de teléfono y la dirección.

—Ya. ¿Y se acuerda de qué decía?

—Que necesitaban una asistenta.

—¿Nada más?

—Que supiera cocinar. Creo.

—Fue en el *ABC*, claro. En los anuncios clasificados. Mi abuelo se los leía todos. Mi abuela se dedicaba más a las esquelas.

—Sí. En el *ABC*.

—¿Y cuándo dice que lo encontró usted?

—Hará tres o cuatro años. No sé decirle. Pero entonces yo trabajaba en Alemania. Lo vi porque estaba en Madrid de vacaciones y apunté los datos por si acaso algún día me daba por volver. Y ya ve, he vuelto, y el trabajo aún me estaba esperando.

—Una lástima que no llegara a tiempo de conocer a mis abuelos. Les hubiera adorado.

—No me cabe duda.

Al cabo de un rato de soliloquio, Andrés Leal se dio cuenta de que Cecilia no le estaba escuchando. Se había quedado alelada, con la vista fija en algún punto inconcreto entre sus dos cejas, pero sin atender a nada más que lo que sucedía en la guerra de su mundo interior.

Él conocía de primera mano esa sensación terrible del estar y no estar al mismo tiempo. Le había costado más de dos años escaparse del laberinto de su propia prisión y todavía lo recordaba con pavor, como si por mucho tiempo que pasara, fuera imposible apartarse más de unos centímetros del precipicio. Estaba tan cerca, tanto, que hubiera bastado con un soplo de aire para hacerlo caer al fondo.

Aprovechó que Bicho andaba inquieto para proponerle a Cecilia salir a dar una vuelta para despejarse. Una tregua. «Le prometo que no intentaré salvarle la vida ni la prevendré contra indigentes, agresores, asaltantes o ladrones de guante blanco. Será un paseo en silencio si prefiere».

En esa época, la orilla del Manzanares estaba hilvanada de prunos en flor, mezclados a veces con álamos y sauces por cuyas ramas empezaban a asomar los primeros brotes. Andrés y Cecilia compraron unos bocadillos y unas latas de Coca-Cola y se sentaron en un pequeño balcón para pescadores que se asomaba al río.

—Mi abuelo tenía una caña de pescar, de las de sedal y carrete, plomillo y burbuja de plástico, ¿sabe las que le digo? Pescó toda su vida. De niño, en el río Arlanzón; de mayor, en el Carrión, a veces en el Pisuerga; y de viejo, en este Manzanares apestoso y contaminado. Lo que ocurre es que aquellos peces radioactivos se los daba de comer a un gato callejero que solía dormir debajo del puente colorado. Luego, cuando por fin drenaron el fondo y limpiaron el agua y soltaron patos, y dijeron que ya uno podía beberse el Manzanares si le daba la gana, pues alguna vez se merendó una carpa o un barbo, que es lo único que sobrevive por estas zona. A la brasa. En una parrilla que ponía en el jardín, junto al huerto. Era muy de campo, mi abuelo, a pesar de que hizo carrera, trabajó toda su vida en las oficinas de Renfe y se casó con mi abuela, que era culta y había heredado la librería Macondo. La más ilustre de todo Águila.

»Cuando yo vivía con ellos, algunas tardes, mi abuela y yo le traíamos la merienda al río. Nos sentábamos aquí mismo, donde estamos ahora, y nos comíamos el bizcocho o el sándwich de jamón y queso que preparaba mi abuela, qué linda, y luego volvíamos los tres juntos a casa ya de noche.

—¿Nunca les atracaron por el camino? —la interrumpió Andrés Leal—. Este barrio está lleno de delincuentes.

—¡Por Dios! Le estoy describiendo la escena más bucólica del mundo y lo único que se le ocurre es preguntar si alguna vez nos atracaron —protestó Cecilia.

Pero entonces se dio cuenta de que Andrés Leal, que la miraba con una picardía inusitada y una sonrisa divertida, por primera vez desde que lo conocía le estaba tomando el pelo, y al mismo tiempo, para mayor desconcierto, se estaba riendo de sí mismo. De su propia desconfianza.

—Se está burlando de mí, ¿verdad?

—Un poco —respondió él entre risas.

Pasaron un rato muy agradable, a veces en silencio, disfrutando de la brisa y los olores del comienzo de la primavera. Y no fue hasta una hora más tarde, ya en el camino de vuelta, cuando Cecilia, qué patosa, rompió el encanto. Cuánto se arrepintió después de su torpeza, de su curiosidad malsana, de su falta de delicadeza, de carecer de ese colador que existe en algunas personas menos irreflexivas que ella, que sirve, precisamente, para filtrar lo que brota en estado puro del pensamiento y lo limpia y abrillanta antes de permitir que salga por la boca convertido en sucias palabras.

—¿Qué le ocurrió en la pierna?

Andrés Leal se derrumbó por dentro.

—Tuve un accidente.

—¿De coche?

—Oiga, Cecilia —respondió otra vez de regreso a su ser habitual, gruñón y huraño—. Tal vez no se haya dado cuenta todavía, pero el tema de mi pierna no es uno de mis favoritos. Por favor —añadió con sequedad—, le ruego que no vuelva a hurgar en mis heridas.

Así eran las cosas. Las heridas de Cecilia se curaban al aire libre, las de Andrés Leal necesitaban suero intravenoso, cirugía interna y, sobre todo, que nunca, nunca, se expusieran a la luz del sol.

Los últimos metros de regreso a la casa de los abuelos los recorrieron en un silencio muy tenso que se rompió al girar por la calle de la Lanzada, cuando Justice les salió al encuentro, muy excitado, y con su media lengua les contó que al tirar abajo uno de los tabiques del piso superior, Ahmed y sus hombres habían encontrado un tesoro escondido en una pequeña cavidad entre dos ladrillos.

—¡Viene a verlo, viene a verlo! —les apremió, tirando de la chaqueta de Cecilia.

En el interior de la casa, la obra se había detenido por orden de Ahmed, que había preferido esperar a que regresaran Andrés y Cecilia para saber a qué atenerse con respecto al hallazgo. Los albañiles, por no estar de brazos cruzados, se habían reunido a fumar junto a una de las ventanas.

Cuando vieron aparecer al jefe de la obra y a la dueña de la casa, apagaron rápidamente los cigarrillos y lanzaron las colillas por la ventana.

—¡Os he dicho mil veces que en las obras no se fuma, coño! —se enfadó Andrés Leal—. Esto está lleno de sustancias inflamables y los escombros arden a toda leche, a ver si os enteráis. ¡Y poneos el casco! ¿Qué soy yo, vuestra puta madre o qué?

Cecilia carraspeó a sus espaldas.

—Por lo visto, han dado ustedes con un tesoro —dijo con la voz más dulce que guardaba en su repertorio.

—Bueno, un tesoro no —dijo Ahmed—. Una caja.

Cecilia, seguida a pocos centímetros por Justice, que creía estar viviendo una aventura novelesca, se asomó al lugar en el que, en efecto, entre los ladrillos de un tabique a medio derribar, asomaba un cofrecito.

—Usted, por ser la dueña de la casa, también es dueña del contenido de la caja —explicó Ahmed—. Por eso no he querido abrirla hasta que volviera.

—Ha hecho muy bien —respondió ella, contagiada por la emoción de Justice.

Para entonces, los cuatro o cinco hombres que participaban ese día en las tareas de reforma, habían formado un semicírculo a su alrededor y esperaban impacientes la resolución del misterio.

Cecilia sacó el estuche de su escondrijo, presionó el botón de apertura y frunció el ceño.

—Es una medalla —dijo algo extrañada.

La sostuvo con cuidado y comprobó que era de oro, tenía la imagen del ángel de la guarda en relieve y pendía de una cadena muy fina, también de oro. No había ninguna inscripción, nada que explicase a quién pertenecía ni el motivo por el que estaba allí emparedada.

—Qué raro —dijo Cecilia, sin saber qué otra cosa añadir.

—¿Era de sus abuelos? —preguntó Andrés Leal.

—No lo sé. Nunca la había visto antes.

—Tal vez sus padres se acuerden.

—Puede —dudó ella—. Es bonita.

—En fin —dijo Leal para zanjar el asunto—. Ahora es suya y puede hacer con ella lo que le parezca. Nosotros a lo nuestro, muchachos —ordenó, dirigiéndose a los albañiles—. Ya podéis terminar de tirar esta pared abajo.

Cecilia guardó el estuche vacío en el bolso. Por alguna razón supersticiosa, prefirió encerrar aquella pequeña medalla dentro del puño apretado y llevarla a casa, abrir la caja fuerte y meterla dentro del joyero donde guardaba sus cosas de valor: la cruz de oro de la primera comunión, el anillo de pedida, los pendientes que le dejó su abuela, el collar de perlas que le dieron sus padres el día que se casó y los doce regalos de aniversario con los que cada año su marido le hacía creer que la quería.

6

SE PROHÍBE ALIMENTAR FALSAS ILUSIONES

A mediados de junio, después de tres largos meses de discusiones con Andrés Leal sobre temas tan variopintos como el lugar exacto en el que debían colocarse los enchufes, la altura de los rodapiés, la calidad del parqué o el grosor de las paredes, asuntos en los que el constructor se creía la pera —en palabras de Cecilia— y Cecilia se creía la puta reina del buen gusto —en palabras de Andrés—, la casa de los abuelos había comenzado a ofrecer una imagen renovada y juvenil.

Parecía que las ventanas habían crecido, los techos se habían elevado, las habitaciones, ensanchado y la escalera ocupaba menos espacio.

—Es por el color blanco —señaló Leal—. Ya te dije que la escalera pintada de blanco y el suelo de madera de cedro quedarían bien.

Habían empezado a tutearse el día en que terminaron las labores de carpintería y comenzaron las de pintura; más o menos a principios de mayo. Los días se habían alargado tanto para entonces que a las siete de la tarde, hora en que finalizaba la jornada laboral de «los hombres de Ahmed» —como les llamaba Justice—, aún lucía un sol espléndido y seguía haciendo calor. Cecilia había adquirido la costumbre de visitar la casa después del trabajo para controlar la marcha de la obra, llevar algunas viandas al keniata y discutir un poco con Andrés Leal. Estas tres actividades le sentaban tan bien que el director de recursos humanos, un día que coincidió a solas con ella en el ascensor, le preguntó si estaba enamorada: «No sé, Cecilia, ahora te arreglas más, se te ve contenta y estás muy guapa».

Ella le respondió que de amores nada, que en esa cuestión su vida seguía siendo un desastre, pero que, poco a poco, volvía a interesarse por las cosas de antes: la ropa buena y el tinte de pelo, por ejemplo. Le habló de su idea de abrir una pequeña pensión para estudiantes en la casa de sus abuelos y la ilusión de pintar las paredes de verde.

—De verde, ni de coña —se había opuesto Andrés Leal, tan galante como siempre, a la sugerencia de Cecilia.

Al final, él había tenido razón. El blanco le daba a la casa una mayor sensación de limpieza y paz.

—Y además, parece más grande.

Pero hasta alcanzar esta conclusión, había tenido lugar entre ellos una disputada competición en la que cada uno, empeñado en su idea, había tomado brocha, rodillo, bote de pintura, escalera y cinta de pintor, y se había comprometido a pintar una habitación entera: la de Cecilia, de verde; la de Andrés, de blanco.

Durante cinco días seguidos, los protagonistas del duelo se habían dado cita en la casa después del trabajo y, embutidos en unos monos azules salpicados de pintura, se habían puesto manos a la obra.

Cuando anochecía, Justice aparecía con unos bocadillos que hacía él mismo en la cocina de su cabaña prefabricada y los tres se sentaban en el porche a charlar con la boca llena y a beber cerveza directamente de la botella. El juez no podía ser otro que Justice y el veredicto, a pesar del cariño que sentía por su casera, no podía ser más que uno: «El blanco, mejor».

—Ahora vamos a tener que poner papel pintado por encima, porque para que desaparezca el verde se van a necesitar, por lo menos, cuatro capas de pintura blanca.

Y de este modo, un día, probablemente en alguno de los pasillos de Leroy Merlín, discutiendo sobre qué tono de blanco era más apropiado para tapar aquella pared tan fea, Cecilia le dijo a Andrés algo así como «no hay quien te aguante», y él le respondió algo así como «a ti tampoco». Desde entonces, su relación fue mucho más cordial y menos formal. Comenzaron a pelearse de tú, que, al fin y al cabo, es lo suyo.

En cuanto a Justice, la transformación que había experimentado en los últimos meses resultaba verdaderamente llamativa. Desde que vivía en la cabaña del Lerele y se dejaba consentir por Cecilia, se había convertido en la viva imagen de Abercrombie & Fitch. Su guardarropa rebosaba camisas de cuadros y pantalones vaqueros, chalecos guateados, jerséis de universidades americanas, botas Timberland, polos y sudaderas con capucha. Asesorado por su nueva estilista personal, había aprendido trucos como el de ponerse camisetas ajustadas debajo de la camisa abierta, subirse los cuellos de los polos, alzarse las mangas de las camisas o dejar a la vista el elástico de sus calzoncillos. Se había vuelto todo un dandi veinteañero que olía a colonia de marca y caminaba con una chulería nueva y descarada. Su dominio de la lengua algo contaminada por las expresiones marroquíes de Ahmed y las castizas de Andrés Leal, unidas al acento africano y el ritmo salvaje de la boca de Justice, que parecía rememorar tambores de guerra o andares de leopardo, terminaban de dotar al chaval de una personalidad exótica y tribal bastante atractiva.

Cecilia creía sinceramente que, de no lograr su objetivo secreto de conseguirle un puesto de trabajo fijo en la empresa Miguel Ángel Buonarroti, Justice sería perfectamente capaz de sobrevivir en la jungla de la civilización occidental trabajando como modelo publicitario, aunque, para su alivio, tenía la sensación de que tal extremo no iba a ser necesario. Desde que había dado comienzo la obra, el keniata no había vuelto al supermercado. Pasaba diez horas al día trabajando en la casa, lijando, clavando, soldando, limpiando, montando y pintando. Había aprendido todos los oficios y demostrado unas capacidades excepcionales para todos ellos. Andrés Leal se rascaba el cogote cuando lo veía discutir con los hombres de Ahmed sobre calidades y acabados. Parecía haber nacido para la construcción, ese chico que en toda su vida lo único que había conocido era la pobreza.

Poco a poco se había establecido una rutina en la casa de los abuelos que comenzaba a eso de las ocho de la mañana, cuando aparecía Bicho moviendo la cola y llamando a ladridos a Justice para que abriera la puerta de la cancela, y terminaba a las ocho de la tarde, una vez que los hombres de Ahmed habían salido de escena, cuando llegaba Cecilia, todavía vestida de abogada de película con el maletín de trabajo bajo el brazo, y encontraba a Andrés Leal entretenido en algún detalle de la obra. Entonces se sentaban los cuatro en el porche: Cecilia, Andrés, Justice y Bicho, y se tomaban un vaso de agua del grifo mientras el calor remitía y el sol iba perdiendo fuerza.

Construir, crear, decorar, embellecer eran tareas tan satisfactorias, que ninguno acusaba el cansancio. Al contrario, se sentían llenos de energía, como si cada ladrillo que colocaban apuntalara su alma y la fortaleciera, y cada nueva mano de pintura sirviera para rejuvenecer su cuerpo.

—No sé qué será de mí cuando termine esta obra —se le ocurrió verbalizar a Cecilia una tarde de nostalgia—. Trabajar en la casa me ha venido muy bien para olvidar las penas. Antes me pasaba las noches dando vueltas en la cama, regodeándome en la tristeza, como quien dice, intentando descubrir el motivo por el que mi marido se había cansado de mí. Culpándome por no haber sabido hacerle feliz. Ahora llego a casa tan agotada que enseguida me duermo como una bendita.

—Es lo que tiene el trabajo manual —reconoció Andrés Leal—. Que uno puede dejar la mente en blanco a ratos o concentrarse tanto en una labor que no le quede sitio en la cabeza para pensar en otra cosa. ¿Queréis saber cómo me convertí en albañil?

—Tú no eres albañil —protestó Justice—. Eres el jefe.

—Antes sí era el jefe —le corrigió Leal—. Monté una constructora, contraté personal, llevé la contabilidad, las nóminas, las relaciones comerciales con los proveedores, las declaraciones de impuestos, los seguros de responsabilidad civil, me reuní con los concejales de urbanismo, me presenté a concursos, logré progresar y convertí Miguel Ángel Buonarroti en un negocio boyante. Hice mucho dinero —reconoció.

—Y llegó la crisis —se le ocurrió a Cecilia—. La famosa burbuja inmobiliaria.

Andrés Leal sonrió.

—En mi caso no fue una crisis, sino una debacle. Y no fue urbanística, sino personal. De hecho, cuando me retiré de la gerencia de mi empresa, la economía estaba en su punto álgido. No. No fue culpa de la famosa crisis.

—Fue por tu accidente —adivinó Cecilia.

—Fue una de sus consecuencias, sí —reconoció él—. Un día, sentado a la mesa de mi despacho, incapaz de concentrarme en nada, sentí la necesidad de cambiar de vida. Yo tenía un barco. Un velero. —Se inclinó para acariciar la cabeza de su perro—. Bicho y yo nos pasamos dos años navegando.

—¿Viviendo en el barco? —Justice no podía creer lo que estaba oyendo.

—Sí. Los dos solos. De puerto en puerto. Sucios como pordioseros, unas veces amarrados en algún pantalán, otras fondeados mar adentro, cocinando lo que pescábamos, emborrachándonos como los piratas del Caribe, mojándonos con la lluvia y quemándonos con el sol. En una ocasión, durante tres meses seguidos, no vimos a ningún ser humano ni de lejos.

—Pues sí que tuviste una crisis de las gordas —dijo Cecilia.

Andrés no hizo ningún comentario. Siguió acariciando la cabeza de su perro y bebió agua.

—El caso es que durante aquellos dos años tuve que encargarme yo solo del mantenimiento de mi barco. Era también mi casa, claro. Había que limpiarlo y hacerle pequeños arreglos a diario. A veces, después de un temporal, por ejemplo, necesitaba reparaciones más importantes. Y poco a poco fui aprendiendo todos estos oficios de carpintería, mecánica y albañilería. Cuando se me acabó el dinero, para no seguir viviendo como un indigente —sin ánimo de ofender, Justice—, me vi en la necesidad de regresar a la civilización y continuar con mi antigua vida.

—¿Y entonces?

—Entonces, de vuelta en mi despacho, comprendí que esa no era la vida que me correspondía. Yo no soy empresario, Cecilia. Igual que no soy artista o matemático...

—Sí eres artista —protestó Justice—. Mira que casa has hecho. ¿No te parece bonita esta casa?

La casa estaba casi terminada. Acababan de instalar las nuevas ventanas con aislante de aluminio y cristal antirrobo, al día siguiente comenzarían a pintar la fachada y a retejar el tejado. Se habían llevado ya la hormigonera, que hasta entonces había estado plantada en el centro del jardín como una estatua de Botero, y algunos de los hombres de Ahmed habían pasado a despedirse de Cecilia y le habían estrechado sus manos blancas de polvo de escayola en las suyas verdes de pintura verde. Cecilia calculaba que en un par de semanas, cuando empezaran a llegar los muebles, los estores, las alfombras, las lámparas y los demás objetos decorativos que había ido comprando, a veces in situ, a veces desde el ordenador del despacho a la hora de comer con los dedos manchados de mayonesa, tendría que despedirse también de Andrés Leal, y aquello la angustiaba de un modo inexplicable. Tanto que prefería no pensar en ello y disfrutar del vaso de agua del grifo, sentada en el porche de su casa, con los dos hombres y el perro que ahora ocupaban el centro de su vida.

—No ha quedado mal del todo —reconoció Andrés.

—¿Y qué hiciste con tu empresa? —quiso saber Cecilia.

—Nada. —Sonrió Leal—. Contraté un gerente y me hice albañil.

—¿Contrataste a tu propio jefe?

—Exacto. Mi jefe se llama Juan Antonio Valbuena. Vive angustiado, el pobre. Él se ocupa de toda la gestión y gana un dineral. Su sueldo es el doble que el mío. —Andrés Leal se echó a reír al ver las caras de Cecilia y Justice—. Lo más surrealista fue firmar aquel contrato por el que yo renunciaba a todas mis responsabilidades de dirección y pasaba a convertirme en un empleado de mi propia empresa. A lo mejor un día voy y me despido a mí mismo.

—No creo que puedas hacer eso —dijo la abogada—. Tendría que ser tu jefe, el Valbuena ese, quien te despidiera. Tú, como mucho, podrías renunciar a tu puesto de trabajo. Pero despedirte, con indemnización y esas cosas, no, eso no.

—Estás loco, tío —dijo Justice.

Pero Cecilia permaneció en silencio, tratando de entender por qué aquella decisión tan extravagante de Andrés Leal empezaba a cobrar, para su sorpresa, todo el sentido del mundo.

—¿Y tu barco?

—Ahí está.

—¿Ahí, dónde?

—En Santander. Algunos fines de semana me llevo a Bicho a navegar un poco. Le encanta nadar a este perro tan tonto. A lo mejor, cuando acabemos la obra, nos vamos una temporada. ¿Verdad, Bicho?

Otra vez se le encogió el corazón a Cecilia al pensar en el día en que terminara la obra. Ahora, además, imaginó la escena de Andrés y Bicho a bordo de un velero, alejándose de la costa, el sol ocultándose en el horizonte de agua y el viento en la cara, mientras ella agitaba un pañuelo blanco de pie, en la punta del malecón.

Se vino abajo. Se echó a llorar.

—¿Qué te pasa, Cecilia? —se asustó Justice, que no la había visto llorar desde el día en que dio comienzo la obra, y siempre había sospechado que aquellas lágrimas tan oportunas de entonces, las que le consiguieron el puesto de aprendiz en la obra, habían sido fingidas, porque nadie en su sano juicio se echa a llorar por un motivo tan tonto como aquel—. ¿Por qué lloras?

—No te preocupes, Justice —se burló Leal—. Cecilia es de lágrima floja.

—¡Y tú un insensible de mierda! —estalló Cecilia. Se levantó del suelo, se limpió la cara con la manga de la camisa, rebuscó en el bolsillo de los vaqueros y sacó el móvil. Marcó nueve números con saña de pianista en éxtasis y gritó casi—: ¿Azucena? ¡Mañana a las diez la espero en la casa para ir juntas a comprar el menaje! ¡Cuanto antes terminemos con esto mejor!

Después se despidió con un seco hasta mañana y abandonó a Justice y a Andrés en el porche de la casa.

—Creo que quiere que la lleves a navegar en tu barco —se le ocurrió decir a Justice después de un rato de reflexión en silencio.

Pero Andrés no respondió nada. Se limitó a seguir acariciando la cabeza de su perro y a asentir en silencio, como si aquella idea se le hubiera ocurrido primero a él y voluntariamente la hubiera desterrado de su cabeza.

—Es mejor no alimentar falsas ilusiones —dijo por fin, antes de terminarse de un trago el agua de su vaso.

7

SE PROHÍBE PERDER LA CONFIANZA EN UNO MISMO

Cuarenta y cinco años en Alemania imprimen carácter. Toda una vida de considerarse extranjera, siempre con la sensación de estar de paso, de alquiler en alquiler, para qué comprar algo propio si al fin y al cabo aquella no era su tierra ni aquella su gente, siempre pensando en volver, volver, volver, como decía la canción, sin querer aprender más que cuatro frases para chapurrearlas malamente en el café, para sobrevivir en el mercado y no morirse de hambre.

Imprimen carácter porque una llega a pensar que tal vez, en el fondo, fondo, son los otros los que tienen razón, que son más altos, y más guapos, y hasta más listos, y que si algún cliente ensucia la taza del váter, pues lo limpia la española, que para eso ha venido a Alemania, ¿no?, a fregar suelos y retretes, a raspar la grasa reseca del fondo de las sartenes, a madrugar, trasnochar, mojarse con la lluvia y abrasarse con el sol. Cuarenta y cinco años de prepotencia sistemática consiguen volver apocada a la más audaz, torpe a la más hábil, cobarde a la más temeraria y triste a la que más ilusiones trajo metidas en la maleta el día en que se bajó del tren, cargada de sueños de grandeza, una fortuna esperando, un futuro brillante, la prosperidad al alcance de las manos.

La Azucena que salió de Madrid a finales de los sesenta era joven y alegre, tenía un novio soldado y muchas ganas de casarse, aunque fuera una boda sencilla con cuatro gatos, cinco gambas y entremeses, y no hubiera luna de miel ni cubiertos de plata. Al fin y al cabo, en toda su vida no había disfrutado de más lujos que de aquellos que son gratis: las puestas de sol, la brisa en verano, la verbena de San Isidro, el cielo estrellado y los besos de aquel novio, cuando venía de permiso, en el descansillo de la escalera de servicio.

Nunca había sido muy alta ni muy delgada, pero sí agradable de cara y de formas; limpia, cantarina, bienhumorada y animosa. Se había puesto a servir a los quince años en una casa elegante donde había prosperado de pinche de cocina a doncella de comedor, y después a dama de compañía de una señora mayor y generosa a la que había querido muchísimo.

La idea de hacer fortuna en Alemania, una fortuna pequeñita, no se vaya usted a creer, pero fortuna a fin de cuentas, que llegara para dar la señal de una casa y comprar la lavadora y la nevera, lo demás ya iría viniendo, se le ocurrió al soldado. Él la acompañó al tren, le escribió tres cartas encendidas y una apagada. Le explicó que la distancia le había abierto los ojos; que en realidad no la quería, que no la extrañaba, que se volvería a su pueblo en cuanto se licenciara y se dedicaría al cultivo de los melocotones, como era tradición en su familia.

Y Azucena había pasado cuarenta y cinco años como si fueran cuarenta y cinco días, de trabajo en trabajo, remendando, limpiando, guisando, chapurreando una lengua extraña y sintiéndose poca cosa.

Cuando pensaba en Madrid, añoraba el hogar de acogida en el que creció, donde sabía que siempre la recibirían como a una hija emancipada las monjas franciscanas que alimentaron su niñez y la llenaron de cariño. Entre ellas la hermana Petra, vieja y arrugada, diminuta y sonriente, lo más cercano a una madre que había conocido jamás, con los bolsillos de su hábito llenos de caramelos blandos y sus manos llagadas de tanto reciclar cartones. Por culpa de un jefe muy tirano, no pudo acompañarla en sus últimos días y llorar su muerte junto a un coro de niñas convertidas en mujeres, sus hermanas de orfandad, ya doblemente huérfanas, desaliñadas como ella unas, prósperas y emperifolladas otras, que al final no es la cuna la que decide, sino la suerte, el tren al que cada cual se sube, la Alemania que a cada cual le espera al final del trayecto.

—El anuncio lo encontré hace tres o cuatro años, durante unas vacaciones que pasé en Madrid, cuando todavía trabajaba en el café Schwabing de Múnich, pero lo guardé por si algún día me daba por volver.

Cecilia pidió otro café. La conversación estaba llegando al punto que más le interesaba. Lástima que Azucena no guardara aquel recorte. Le hubiera gustado poder leer palabra por palabra la llamada de socorro de sus abuelos. Una asistenta, que supiera cocinar... ¿y qué más? ¿Experiencia cuidando mayores? ¿Nociones de enfermería? La mujer que tenía delante, en la cafetería de IKEA, habría sido su sustituta; habría ocupado su buhardilla y adorado a sus abuelos. Habría tenido la suerte de disfrutar con ellos de los últimos años de sus vidas, en lugar de haberlos echado a perder, prisionera en un ático frente al Retiro, de un hombre que no la merecía.

—El caso es que tanto a mi madre como a mí nos choca muchísimo lo del anuncio. —Cecilia se acercó un poco a Azucena, como si aquello que tenía que confiarle fuera un secreto—. Los abuelos siempre fueron tremendamente celosos de su intimidad y presumían de ser autónomos e independientes. Dice mi madre que muchas veces les insistió para que contrataran a alguien que les echara una mano con las tareas de la casa. —Hizo una pausa dramática—. Y nada; ellos, erre que erre, se negaban en redondo a dejarse ayudar. Decían que estaban viviendo una segunda luna de miel y que no les daba la gana de dar explicaciones a nadie, ni tener que guardar las formas, ni obedecer a horarios o patrones. Menuda pareja de *hippies*, mis abuelos.

—¿De verdad eran *hippies*?

—No, Azucena, claro que no. —Cecilia sonrió—. Todo lo contrario. Eran de lo más convencionales. Pero algunas mañanas, sobre todo en invierno, se quedaban en la cama hasta después del mediodía. Y algunas noches, muy de vez en cuando, se tomaban un par de whiskies y bailaban.

—¿Bailaban?

—Ay, sí. —Cecilia cerró los ojos—. Bailaban igualito que Fred Astaire y Ginger Rogers, valses y boleros, pasodobles y chachachás. Abrazados como dos amantes románticos, dando vueltas y vueltas por el salón, riéndose y tropezándose con los muebles. Y luego estaba lo de la manía de mi abuelo de dormir desnudo, eso sí. —Azucena alzó las cejas y a Cecilia le recordó a Bicho cuando levantaba las orejas. Se echó a reír—. A mi abuela le fastidiaba muchísimo aquella costumbre. Decía que un hombre decente debía ponerse pijama para meterse en la cama. Y bata para levantarse, claro. Pero mi abuelo no le hacía caso. Dormía desnudo, y si tenía sed, pues bajaba a la cocina tal y como Dios lo trajo al mundo. Un par de veces me lo encontré en cueros por la escalera. Me deseó buenas noches como si tal cosa y se alejó de mí con el culo al aire, sin el menor asomo de incomodidad por su parte.

Azucena estalló en una risa alegre, de campanitas.

—A mí me habría dado un pasmo —reconoció.

—Eran geniales, mis abuelos —suspiró Cecilia—. Por eso me siento tan culpable; por haberlos descuidado al final. Si hubiera sabido que estaban buscando una asistenta, habría ido a su casa a organizarles las cosas; habría contratado yo misma a alguien que les atendiera como es debido; me habría preocupado de hacerles la compra, aunque fuera por internet, y de pensar en un menú para cada día...

—¿Pero usted se está oyendo? —la interrumpió Azucena—. Ya sé por qué sus abuelos no quisieron que nadie supiera que necesitaban ayuda —dijo—. Para que usted y su madre les dejaran vivir tranquilos. Una cosa es que venga una mujer un par de horas a limpiar y otra tener a la nieta todo el día pendiente de lo que uno hace.

—¿Usted cree?

La verdad es que, visto de esa manera, lo que decía Azucena tenía sentido. Tal vez el motivo del misterioso anuncio no era otro que seguir viviendo a su manera, tal y como habían hecho durante toda su vida.

—Claro que sí, mujer. No se culpe de lo que no debe. Estoy convencida de que sus abuelos disfrutaron muchísimo de esa segunda luna de miel de la que me habla.

Aquella tarde, agotada por el trajín del menaje: cuatro carros rebosantes de sartenes, cazuelas, espumaderas, coladores y todos los utensilios de cocina y de limpieza que uno pueda imaginar; de cargarlos en el coche de Cecilia y de descargarlos después en la pensión con la ayuda inestimable de Justice, Azucena regresó a su piso pequeño y acogedor de la avenida de Valladolid, donde vivía en la más absoluta soledad desde que regresó de Alemania.

Ya iba siendo urgente retomar la actividad laboral, porque el alquiler era caro y los ahorros escasos, pero no había querido aceptar ningún empleo durante aquellos últimos meses para asegurarse de estar disponible en el instante en el que Cecilia volviera a llamarla. Aquel golpe de suerte era inconcebible para alguien a quien la fortuna le había dado la espalda durante toda su vida, así que debía ser muy cuidadosa para no estropearlo ahora.

Algunas de las cosas que le había contado a Cecilia eran ciertas: que había encontrado el anuncio en el *ABC* cuatro años atrás, que era una asistenta estupenda, que sabía guisar, coser y limpiar y que había vivido media vida en Alemania.

En un amplio sentido de la palabra, mentir, lo que se dice mentir, no había mentido.

Lo único que había hecho era callarse alguna información sensible. ¿Existe una palabra coloquial para referirse al pecado de omisión? Pues no. No la hay. Bueno, quizá «ocultar», pensaba, pero se excusaba diciéndose que no había ocultado cosas intencionadamente, sino que Cecilia no había hecho las preguntas pertinentes y ella no se había visto en la obligación de confesarlas. Así de sencillo.

De cualquier manera, no le gustaba tener que mentir. No era su estilo. Ella siempre iba con la verdad por delante, sin calcular las consecuencias, y probablemente ese había sido uno de los motivos por los que no había hecho carrera, al contrario que muchos de sus compañeros de exilio, los cuales no habían tenido reparos en disfrazar la realidad según su conveniencia.

Pero en este caso era diferente. La cuestión no era engañar a Cecilia, sino evitar asustarla. Era mejor esperar pacientemente hasta que llegara el momento oportuno, no fuera a quedarse al final sin trabajo por ansiosa. Que era una prisillas, que siempre lo había sido, que no sabía quedarse quieta ni guardar un secreto.

Azucena se preparó una tortilla francesa de un huevo, unos guisantes salteados con jamón y un zumo de naranja que se tomó en pijama delante de la tele encendida. Aquella noche su cabeza estaba tan activa que le iba a resultar difícil conciliar el sueño. Era la hora del Orfidal, bendito invento.

Se levantó, abrió el cajón de la cómoda donde guardaba el pastillero y, antes de caer en brazos de un Morfeo inducido por la química, acarició distraídamente los dos objetos de los que nunca se separaba: el recorte del periódico *ABC* con los pocos datos que conocía de Miguel y Teresa Quintana y la medalla del ángel de la guarda que atesoraba desde que era una niña pequeña.

8

NO SE PERMITEN SECRETOS, INTRIGAS NI ENGAÑOS

El 20 de julio, día en que se abría el plazo de inscripción en la Universidad Complutense de Madrid, era la fecha límite que Cecilia se había marcado para dar por concluida la reforma de la casa. Para entonces cada mueble debería estar en el lugar que le correspondía, cada sábana colocada en su cama y cada plato en su alacena, las toallas bien dobladas y las cortinas listas para revista.

Noelia llamó unos días antes para anunciar su visita. Dijo que aprovecharía el viaje a Madrid para pasarse por la pensión y elegir su cuarto, y quiso saber si Cecilia había trasladado ya sus libros a la buhardilla y si seguía en pie la promesa de prestárselos. También le sugirió que escribiera una nota de esas que llevan el número de teléfono escrito debajo en pequeñas tiras, y se ofreció para colgarla del tablón de avisos de su facultad.

—¿Y qué pongo? —le preguntó Cecilia, a la que ni en mil años se le habría ocurrido hacer algo semejante.

—«Se ofrece alojamiento para estudiantes en pensión femenina». O: «Alquilo cuartos para chicas en pensión estudiantil cerca de la universidad». Cualquier reclamo es bueno.

Pero Cecilia había pasado la noche en vela tratando de explicar en una sola línea lo que significaba para ella aquel vuelco de su vida. Ni la casa de los abuelos era una pensión al uso ni sus expectativas como propietaria eran las habituales. Al final, se decidió por la siguiente nota: «Ofrezco dos habitaciones preciosas en la pensión más bonita del mundo», y la escribió con un Rotring negro de punta fina en una cartulina de color lila. A Noelia le pareció bastante cursi, pero su única objeción fue que no explicaba bien a qué tipo de inquilinos iba dirigida la oferta.

—Está clarísimo —protestó Cecilia—: chicas dulces, sensibles, románticas, como tú. ¿Quién si no iba a responder a este anuncio?

En cambio, la afirmación de que aquella era la pensión más bonita del mundo no le había planteado a Noelia el menor problema. Para ella, lo mismo que para Cecilia, la casa era perfecta.

La cancela estaba recién pintada de blanco y la verja estaba cubierta de rosales. Un camino de piedra llevaba hasta la puerta de entrada, resguardada al final de tres escalones bajo un porche de madera. A ambos lados de la puerta se abrían sendas ventanas con marcos blancos; la de la derecha daba al salón; la de la izquierda, a la cocina.

La escalera, blanca, dividía el espacio en dos, como la raya de un peinado. Aquí y allá había algunos detalles de color: el delicado bordado en un cojín, un adorno en el visillo o el remate de una alfombra, de manera que el blanco continuaba siendo el rey y el resto de la paleta de colores sus abnegados súbditos. Del mismo modo, en el primer piso, aquel blanco roto, cálido, óseo, se dejaba contaminar de ocres, grises o índigos; los tonos que daban nombre a cada una de las habitaciones.

La que escogió Noelia era la más grande, la que daba al jardín, la habitación donde habían dormido los abuelos durante treinta y cinco años. El suelo había sido lijado, decapado, encerado, de manera que sus huellas habían desaparecido definitivamente. Junto a la cama, ocupando toda la pared de la izquierda, había un armario empotrado cuyas puertas habían sido también decapadas, mezclando el blanco con el azul, lo mismo que ocurría con el resto de los muebles: los cabeceros de madera, las mesitas de noche, el pupitre romántico y la silla de rejilla. A la derecha del armario estaba la puerta que daba al cuarto de baño, coqueto, femenino y cubierto de espejos. Las toallas eran azules, porque «Agua» era el nombre de aquella habitación.

—¿Antes de decidirme por esta puedo ver las otras? —había solicitado Noelia.

Y Cecilia la había guiado por el estrecho pasillo hasta la parte de atrás, la que daba al huerto y al cobertizo convertido en cabaña donde vivía Justice. Los nombres de los otros dos dormitorios eran «Tierra» y «Fuego», y compartían el blanco de las paredes y el decapado del suelo y los muebles, pero se distinguían cada uno por el tono de los detalles y el color de las toallas.

Noelia se asomó a la ventana. Contempló la vista desde allí: la calle de la Lanzada perdiéndose en un bosque de sicomoros y la parte del jardín que quedaba al otro lado de la casa, donde un muchacho negro, azada en mano, trabajaba en un pequeño huerto. Al verlo le vinieron a la mente, como buena novelista, las escenas cruentas de *El color púrpura,* de Alice Walker, los campos de algodón y el sol cayendo perpendicular como una abrasadora centella contra la tierra reseca. Pero entonces el chico rompió a cantar ayudándose del sonido de su lengua y las palmas de las manos contra el pantalón vaquero, y bailó una danza tribal y rítmica: el ir y venir del tren, *shosholoza,* abarrotado de trabajadores sudorosos que regresan a casa; y fue como si el cielo se abriera y comenzara a derramar agua sobre el mundo, o como si África entera se hubiera trasladado de repente a España y se hubiera condensado en ese vergel sembrado de patatas.

—¿Quién es ese? —logró articular Noelia.

—¿El chico que cuida del huerto? —comprendió Cecilia al ver la expresión de su mirada—. Se llama Justice. Es de Kenia y vive en esa cabaña de ahí. Se ocupa del mantenimiento de la casa, del jardín y del huerto. ¿Te lo presento?

—Vale, pero dile que se ponga una camisa o algo, ¿no?

Lo que a Cecilia, por cotidiano, le había pasado inadvertido, había hecho mella en Noelia: Justice trabajaba descalzo y con el torso desnudo, igual que siempre, igual que en Kenia, igual que en las fantasías de cualquier mujer que no lo considerara una especie de hijo adoptivo.

Mientras Cecilia bajaba por las escaleras en busca de Justice, Noelia se lanzó al espejo, abrió el bolso, se coloreó las mejillas, se peinó la melena, se estiró el vestido, se aplicó brillo en los labios, colonia en el cuello y una fingida expresión de desmayo en la cara. Después bajó lentamente, apoyándose en la barandilla blanca, el pelo flotando, el vestido flotando, las piernas flotando. Justice creyó que aquella chica estaba hecha de porcelana. Que si se tropezaba y se caía rodando, se rompería en mil pedazos. Y desde ese mismo instante y para siempre, se propuso protegerla hasta de las corrientes de aire.

Si Cecilia vio venir el drama que se avecinaba, o bien no fue consciente de ello o no quiso serlo. Entendió que darse por enterada del instantáneo flechazo que acababa de presenciar, hubiera supuesto tener que escoger entre Justice y Noelia, y no estaba dispuesta a renunciar a un solo personaje de su nueva película.

Con los pelos de punta y la piel de gallina, resultado de la descarga eléctrica que acababa de sacudir los cimientos de la casa, Cecilia alegó en su defensa que bastante difícil le estaba resultando conservar a Andrés Leal como para tener ahora que empezar a pensar en tácticas paralelas. Cada cosa a su tiempo, se dijo, porque no era cuestión de poner el parche antes que la herida.

Leal se había presentado sin avisar unos días antes, cojeando más de lo habitual y tirando de la correa de Bicho, que, por alguna extraña razón, se resistía a atravesar la cancela.

—Cecilia, te hago entrega oficial de las llaves de tu casa —le había dicho impostando la voz—. Con Justice y Bicho como testigos de este histórico momento, y con la satisfacción del trabajo bien hecho. Como puedes comprobar, yo tenía razón en todo: el color de las paredes, el mármol de los baños, las vigas de la buhardilla y hasta la cabaña del Lerele.

Después, había depositado en las manos extendidas de Cecilia, con gran ceremonia, reverencia incluida, una caja de cartón que contenía tres juegos de llaves y tres llaveros con las iniciales MA y una reproducción en plástico de la *Piedad* de Miguel Ángel.

—¿Entonces este es el final? —había comprendido Cecilia—. ¿Hemos terminado la obra?

—Eso es. Enhorabuena —había respondido él.

—¿Y qué vas a hacer ahora? ¿Vas a empezar otra reforma?

—No —había dicho él—. No tengo ningún proyecto nuevo hasta septiembre, así que me tomaré unas vacaciones y me llevaré a Bicho a navegar.

La expresión de Cecilia se había ensombrecido un poco cuando descubrió a Justice haciendo señales de mímica a sus espaldas: con un discreto movimiento de la cabeza, parecía animar a Leal a invitarla a bordo del solitario velero, pero este no se daba por aludido, o al menos disimulaba lo violento de la situación desviando la mirada hacia otro lado. Se hizo un silencio incómodo entre los tres.

—Buena suerte —había dicho finalmente Cecilia con una sonrisa forzada.

—Vendremos a veros a la vuelta —había asegurado Andrés Leal antes de emprender la marcha.

Y sin más esperanza que aquella vaga promesa, Cecilia lo había dejado ir, caminito del río, perseguido a corta distancia por su perro.

—¡Andrés! —gritó cuando ya Leal estaba a punto de cerrar la cancela.

—¿Qué?

—¿Qué hago si se explota una tubería, o si se estropea la caldera, o si se atasca un grifo, o si se quema el horno, o si se descuelgan las cortinas o si se corta el gas?

—Pues me llamas.

—¿Te llamo?

—Claro.

Y eso había sido todo. Ahora sólo faltaba que el día menos pensado, probablemente en septiembre, alguien se olvidara de cerrar el grifo de la bañera y saliera una gotera enorme en el descansillo de la escalera. ¡Cuántas averías iba a haber en esa casa —suspiró Cecilia—... cuántas averías!

Andrés Leal, por su parte, volvió a notar la incómoda sensación de angustia que durante los últimos meses le oprimía el pecho. Como cada tarde, desde el mismo día en que se peleó con Cecilia por primera vez, entró en su casa sin hacer ruido, cerró los ojos, metió la mano en el bolsillo de su pantalón, respiró hondo, sacó la alianza y se la colocó en el dedo anular de su mano derecha, donde un pequeño pliegue de la piel la esperaba impaciente.

Ni en un millón de años habría creído Cecilia que su tarjeta color lila iba a dar tan buen resultado, y tan deprisa. No habían pasado ni dos horas desde que se había despedido de Noelia y ya estaba sonando su móvil con una insistencia tremenda.

—¿Sí?

—¿La pensión más bonita del mundo?

—La misma.

Catalina Carrión de los Condes, la chica de las tres ces, llegó puntual, a las siete de la tarde, tal y como había quedado con Cecilia por teléfono.

Era menuda, morena y muy espabilada. Había encontrado la casa sin problemas, a pesar de las torpes indicaciones de su futura casera. Se presentó con un timbrazo y un fuerte apretón de manos, una sonrisa blanca y abierta, una naturalidad de años y años de amistad y la decisión tomada de quedarse a vivir en la pensión.

De no haber sido porque Justice acababa de caer rendido de amor a los pies de Noelia, muy probablemente se habría prendado de Catalina, de sus ojos vivarachos, su voz cálida y apasionada, sus andares de india comanche, sus ideas alocadas, su mentalidad de disparate y su deseo de convertirse algún día en la Agatha Christie del siglo XXI.

—No conozco a Noelia Villanueva de Campos —respondió a la pregunta de Cecilia—. Pero si me das dos horas, te investigo lo que quieras: antecedentes penales, historial médico, informes de morosidad, ¿va por ahí la pesquisa?

—No, gracias —se asombró Cecilia—. Te lo preguntaba porque estudia en la misma facultad que tú y es la inquilina de la habitación azul. Era simple curiosidad.

—Ah. Pues no. No la conozco. Pero supongo que haremos buenas migas. ¿Ella también quiere ser escritora?

—Eso creo. Aunque ella prefiere el género romántico.

—¿Romántico? No me digas. ¿Gilipolleces de vampiros y ángeles caídos o en plan *Las cincuenta sombras*?

—No sé. Por lo poco que la conozco, me da la sensación de que más bien tipo *Mujercitas*.

Se había decidido por la habitación «Tierra»; más que nada porque el cuarto de baño tenía una tina antigua con pies de bronce y, al parecer, Agatha Christie solía encontrar la inspiración mientras se bañaba, al tiempo que comía manzanas verdes. ¿O era uno de sus personajes? La verdad es que poco importaba. Aquel lugar era fantástico, algo sombrío y muy silencioso. Con su escritorio anticuado, su armario decimonónico, sus visillos de encaje y las mesitas de noche con hueco para el orinal y tapa de mármol. Ni en mil años hubiera soñado ella con encontrar un dormitorio como aquel.

—¿No hay libros en esta casa?

—Claro que los hay.

Cecilia condujo a Catalina escaleras arriba hasta la buhardilla. La habitación frente a la escalera, la que se abría a una amplia terraza de baldosas rojas, era la suya. Esperaba de sus inquilinas respeto absoluto y mucha intimidad.

—Pero la del fondo, la de la puerta pequeña que recuerda, no sé por qué, a la entrada al País de las Maravillas, la que en lugar de ventana tiene un tragaluz, es la biblioteca. Tiene las vigas de madera vista, las cuatro paredes cubiertas de estantes y los cuatro estantes abarrotados de libros. La mayor parte son obras de ficción, pero también hay ensayos y poesía, algo de teatro, una enciclopedia de arte, otra de medicina, una colección de libros de historia, muy divulgativos, y la obra completa de Oscar Wilde, que es mi autor favorito. Los tengo colocados en el más estricto de los desórdenes, y quisiera que siguieran así. Puedes tomar prestados todos los que quieras, siempre que los devuelvas a su sitio cuando los termines.

Catalina no dijo nada porque no podía pronunciar una sola palabra. Se había quedado boquiabierta, patidifusa, ojiplática y estupefacta.

La luz caía en perpendicular, tamizada por el ventanuco oblicuo, y las partículas de polvo bailaban amorosas sobre el poco espacio libre de libros: un reducto de tarima blanca en la que descansaba una butaca de cuero. Había también, a su lado, una lámpara de pie que casi tocaba el techo inclinado, una alfombra de nudos blancos y una mesita de velador. En conjunto, a pesar de que era tan pequeña como el armario bajo la escalera en el que vivía Harry Potter, era la biblioteca más bonita que había conocido jamás.

—¿De verdad puedo subir aquí?

—Cuando quieras.

—¿Mañana?

Catalina se instaló en la pensión esa misma noche. Trajo dos maletas enormes, una de ellas repleta de novelas policiacas. Y sin encomendarse a Dios ni al diablo, las fue intercalando en las estanterías, apretujadas entre los libros de Cecilia, como si al hacerlo las hermanara con el resto de los volúmenes y las convirtiera en parte indisoluble de aquel espejismo literario. Se había dado cuenta de que en la biblioteca de Cecilia faltaban asesinos y cadáveres, enigmas, misterios, pistas y piezas clave, inspectores de policía y ancianas observadoras, cuatro chavales y un perro, detectives británicos, investigadores escandinavos, psicópatas, magnicidas, parricidas y criminales pasionales. Un poco de realidad en medio de tanta bonanza retórica. «La gente es igual en todas partes», como diría Miss Marple.

Cecilia no había contado con la premura de Catalina. Se había imaginado que las inquilinas empezarían a llegar en septiembre, coincidiendo con el comienzo de las clases, y que ella disfrutaría de un verano placentero en su nueva casa. Que tal vez visitaría a sus padres unos días, que buscaría después un agradable hotelito a la orilla de algún rompeolas y que regresaría tostada y relajada a la casa de los abuelos, donde Justice la esperaría con los tomates maduros para el gazpacho. Todavía le correspondían quince días de vacaciones. Necesitaba desconectar del bufete y sus sobresaltos.

Ahora sus planes se habían ido al traste. No podía abandonar su negocio cuando acababa de ponerse en marcha. Se vería forzada a arreglárselas sin Azucena y resolver los estropicios de la obra, si los había, sin la ayuda de Andrés Leal, ya que tanto el uno como la otra se habían despedido hasta septiembre. Tendría que renunciar al mar y a la paz estival.

—¡No me lo creo! —El director de recursos humanos no salía de su asombro.

—De verdad. Este año no me tomo vacaciones en agosto. Me las guardo para luego.

—Oye, Cecilia, si hay alguien que necesita descansar en este despacho, eres tú. ¿Por qué no te vas unos días a la playa?

—No puedo. Estoy muy liada con mi pensión.

—¿No te pasa la pensión tu marido?

—No, hombre, esa pensión no. Digo la casa de huéspedes —explicó ella con voz de sonrisa—. Además, tengo un caso complicado. Un juicio a primeros de septiembre, así lo voy preparando con calma ahora en agosto.

—Pues nada, como quieras. ¿Jornada intensiva?

—Sí, eso sí. De ocho a tres.

—Hecho.

La habitación que llevaba el nombre de «Fuego» y cuyas toallas de ducha eran rojas como teas encendidas, la reservó por teléfono una chica llamada Ivana, que dijo ser ciudadana rusa, beneficiaria de una beca de estudios, y que transfirió dos meses de alquiler por adelantado a modo de señal, para evitar que otra enamorada de las pensiones bonitas le quitara el puesto. Cecilia aceptó sin verla porque tenía voz de persona sensible y dulce, con su acento suave y sus expresiones coloquiales aprendidas en la escuela de idiomas donde estudiaba español desde hacía tres años. Un amigo le había facilitado el teléfono de contacto y ella había sentido el pálpito de llamar ipso facto, porque odiaba los colegios mayores, los pisos de estudiantes y los apartamentos diminutos y solitarios que le habían recomendado hasta el momento.

Cuando, un mes más tarde, Ivana hizo su aparición estelar en la puerta de la pensión, se demostró que «Fuego» era la habitación predestinada para ella: ardiente, tórrida, sofocante; y que, lo mismo que ocurre con las llamas que bailan en las hogueras, uno se quedaba hechizado contemplando el dorado, el rojo, el azul y el verdoso de su lumbre y era imposible apartar la vista de su carne tornasolada.

Entonces se arrepintió Cecilia de su contrato a ciegas. Pensó que una mujer tan atractiva no traería nada bueno a su pequeña pensión. Por culpa de Ivana habría celos, inseguridades, desequilibrios, y tal vez infidelidades y amores contrariados. Ojalá Andrés Leal no la viera nunca. Ojalá no se cruzara jamás con ella por esa escalera de madera blanca o por ese caminito de piedras que llevaba a la cancela. Ojalá no lo descubriera un día volviéndose a mirarle el culo prieto y a decirle groserías como las que le dedicaba exclusivamente a ella.

Un manojo de prejuicios. Una injusticia desorbitada. Las ganas de echarla cuanto antes de la casa de los abuelos con alguna excusa arbitraria y peregrina: el olor de sus pies, el desorden de sus cajones, la inexplicable desaparición de los yogures desnatados de la balda común de la nevera o el timbre de su teléfono móvil. ¡Ay de Ivana si llegara a romper un solo vaso! ¡Ay de ella si se olvidara un solo día la puerta abierta, la luz encendida, el teléfono descolgado!

Pero Ivana, acostumbrada a bregar con estas dificultades, consecuencia nociva de su despampanante belleza, resultó ser exquisita, cuidadosa, delicada, minuciosa, pulcra, primorosa, refinada, distinguida, elegante, impoluta, angelical, detallista, amable, sensible, sumisa, obediente, respetuosa, indefensa y fascinante, para mayor espanto y mortificación de Cecilia, Noelia, Catalina y Azucena y total desconcierto de Andrés Leal, Justice y todo ser humano del género masculino —léase cartero, repartidor de *pizzas*, compañero de estudios, policía municipal, familiar de alguna de las inquilinas, encuestador o vecino—, que la encontraban arrebatadora.

Pero, para entonces, ya el equipo local jugaba con ventaja, porque en un aquelarre de silencios tortuosos y pensamientos maquiavélicos, sin ser conscientes de ello, se habían puesto todas de acuerdo para hacerle la vida imposible.

9

SE PROHÍBE INMISCUIRSE EN ASUNTOS AJENOS

El motivo principal por el que Cecilia había puesto en marcha aquella pequeña pensión para estudiantes era económico. Según sus cálculos, en tres o cuatro años habría recuperado el dinero invertido en la reforma y, por fin, podría dar comienzo esa etapa de independencia y autonomía de la que disfrutan algunas mujeres jóvenes al llegar a la edad adulta sin pareja y, ante el estupor de madres como la suya, agarran la puerta del nido paterno y se largan a vivir la vida en solitario, sin paracaídas ni red de protección que valga. A eso se le llama «emanciparse» en todas partes menos en su casa, donde el nombre que se le habría adjudicado —de habérsele ocurrido a Cecilia propinarles semejante disgusto a sus padres— habría sido el de «irse de pingo». Por esa razón, por la existencia de una pareja de abuelos con casa en Madrid y por su boda temprana, nada más terminar los estudios, ella no había conocido la dicha del egocentrismo doméstico, que consiste básicamente en hacer lo que a una le viene en gana, a la hora en la que a una le apetece, ya sea gastronómica, telefónica o televisivamente hablando. En masculino se dice «hacer lo que a uno le sale de los cojones», pero suele referirse, normalmente, a temas futbolísticos, a la ingesta descontrolada de cerveza y al amontonamiento de ropa sucia en algún punto indeterminado del único dormitorio.

Lo de no estar sola era un interés secundario, algo así como una consecuencia inevitable del hecho de compartir el espacio. Sin embargo, la presencia de Catalina en la casa vacía de los abuelos, sus mañanas silenciosas, sus calurosas bienvenidas a media tarde, su conversación amena y sus desveladas de vino tinto y risas la estaban transformando para Cecilia, a pesar de su corta edad y los pocos puntos en común que la unían con ella, en algo semejante a una amiga.

Poco a poco, las bajas humanas resultantes de su separación matrimonial —que se había llevado por delante, con la eficacia de las cerdas de un cepillo, a las dos parejas de amigos a las que frecuentaban Cecilia y su marido cuando eran una sola carne— empezaban a equilibrarse con las nuevas adquisiciones. Y daba la sensación de que, al final, Cecilia iba a salir ganando con el cambio.

—Así que estás escribiendo —observó Cecilia, que llevaba varios días escuchando el teclear de Catalina por la noche.

—Sí —confirmó ella, satisfecha.

—¿Una novela?

—No. Un relato corto.

—¿Y de qué se trata?

—Es la historia de un lector que se enamora de un personaje de una novela de Agatha Christie. Pero al llegar a la página ciento veinte, descubre que la dama en cuestión es la víctima del crimen.

—¡Qué desgracia!

—Ya, pero él logra entrar en el libro y le salva la vida.

—Muy romántico.

—El problema es que, para protegerla a ella, se ve obligado a matar al asesino y luego Hércules Poirot se desespera porque es incapaz de resolver el caso.

A Cecilia le gustaba de Catalina su capacidad para mezclar realidad y ficción en un potaje bien aliñado. Algunas veces tenía la sensación de que adornaba sus historias con un aderezo de realismo mágico con el que los sucesos del día adquirían una dimensión nueva e hiperbólica. El día en que Justice se hizo un pequeño corte con el cuchillo del pan, Catalina describió el géiser de su sangre derramándose a borbotones y empapando su camisa, pero cuando el chico les mostró su dedo envuelto en un apósito y sin puntos de sutura, la realidad se impuso a la imaginación con una obstinación despiadada. Del mismo modo, la vecina de enfrente, una noche, regresó a casa dando tumbos, sudando, despeinada y con la ropa hecha jirones, víctima de una violación que no fue tal, sino un poco de *jogging* nocturno por el barrio; y el cartero, ese hombre siniestro que esconde algo vivo en la saca de correos, que lo he visto, Cecilia, que la saca se movía como si dentro hubiera un bebé pataleando, vete tú a saber si es un secuestrador de niños, resultó ser el hombre más pacífico del mundo, padre de familia y esposo fiel.

Sin embargo, una tarde de agosto, cuando el calor del día dejaba paso al de la noche y no había quien durmiera, que ni sin ropa ni con un ventilador, que hasta Justice sacaba una hamaca a la calle porque la cabaña del Lerele parecía una sauna, estaban las dos tomándose una cerveza fría sentadas en el porche cuando Cecilia se fue de la lengua.

—Pues si tanto te gustan los misterios —le dijo a la persona más propensa a construir una playa entera de un grano de arena—, te voy a contar uno muy gordo. Y sucedido en esta casa, además.

Sin tantas florituras como las utilizadas después por Catalina para referirse al «secreto», Cecilia le relató la escena del murete abierto y el estuche hallado entre las tripas de la casa de los abuelos.

—Y dentro había una medalla del ángel de la guarda.

—¡Qué fuerte! ¿Puedo verla?

—Sí, claro, luego te la enseño, Sherlock Holmes, pero dime cuál es tu teoría de novelista. ¿Cómo crees que llegó hasta allí?

—Hombre, así de sopetón, no se me ocurre una trama verosímil. Necesito datos. ¿Cuándo construyeron el murete? Porque, claramente, quien lo levantó fue quien escondió la medalla. ¿Y por qué motivo?

—¿Tú por dónde empezarías a investigar?

—Yo, lo primero que haría sería preguntar a tus padres.

—Eso ya lo he hecho.

Era cierto. Su madre había respondido al teléfono con voz de astenia primaveral, uno de esos días en los que la librería que regentaba permanecía en penumbra y las horas pasaban con lentitud. Cecilia se la imaginaba sentada en su taburete tras el mostrador, hojeando por enésima vez el catálogo de novedades de alguna editorial inalcanzable, lamentándose por el escaso poder adquisitivo de su clientela, que jamás invertiría semejante suma en una edición de lujo del *Quijote,* por muy de cuero repujado y pan de oro que fuera. Probablemente, al otro lado del escaparate estaría lloviendo y a media mañana, como cada día, aparecería su padre con el desayuno. Traería la gabardina mojada, el sombrero de fieltro, los pies fríos, el paquete de la pastelería con un tortel y una ensaimada envueltos en celofán y el periódico bajo el brazo. Su madre le haría sitio en el mostrador; apartaría los libros y la caja registradora, calentaría café en la trastienda y se sentarían los dos, como dos tortolitos, a mojar los bollos en el único tazón.

Entonces habría sonado el teléfono. «Es la niña», habría dicho ella con gesto y voz de preocupación, y él se habría acercado al auricular para no perderse la catástrofe que solía acompañar a las llamadas de Cecilia.

—Mi madre se sorprendió muchísimo. Le pareció extraño que se tratara de una medalla del ángel de la guarda y no del Cristo de Águila, del que eran muy devotos mis abuelos. Ella opina que debía de estar allí escondida desde antes de instalarse ellos en la casa.

—Muy bien. Pero no debemos dar nada por sentado. Lo de tu madre, al fin y al cabo, como tú bien dices, es una opinión, no una certeza. El hecho de que ella no sepa nada sobre la medalla puede deberse a varios motivos, y sólo uno de entre todos ellos es que la medalla estuviera ya allí cuando llegaron tus abuelos.

—¿Y qué otros motivos podría haber?

—A bote pronto se me ocurren varios: que fuera parte del botín de un robo, que esté relacionada con alguna herencia, que alguien más la codicie y esté dispuesto a todo por recuperarla, que esté maldita o hechizada, que contagie mala suerte a aquel que la lleve o que sirva para despertar a los muertos...

—¡Ay, calla! —dijo Cecilia muerta de risa—. Eres peor que Antoñita la Fantástica.

—Es que el caso es apasionante —respondió Catalina—. ¡Menudo misterio! Seguro que podría escribirse una novela fabulosa alrededor de esa medalla tuya.

—¿De verdad te lo parece? Pues adelante —la animó—. Empieza a investigar. Yo te ayudo.

Estas palabras, pronunciadas sin más intención que la de desafiar a la imaginación de Catalina y poner a prueba su capacidad creativa, surtieron un efecto obsesivo en la mente de la novelista en ciernes. Al día siguiente, a las nueve de la mañana, se personó en el registro de la propiedad y solicitó ver la certificación de titularidades de la vivienda sita en el número 7 de la Ribera del Manzanares que hace esquina con la calle de la Lanzada. A las dos de la tarde tenía en su poder una fotocopia del documento. A las tres, llevaba diez minutos esperando en el porche a que regresara Cecilia del despacho.

—Ya sé quiénes fueron los anteriores dueños de la casa de tus abuelos —le soltó a bocajarro, antes de darle tiempo a cerrar la puerta de la cancela—. Veamos si te suenan de algo: don Danilo Leal y doña Inmaculada Herrero.

Cecilia se quedó helada.

—¿Has dicho Leal?

—Sí. Danilo Leal —confirmó—. Figura como el primer propietario de la casa, junto con su mujer, Inmaculada Herrero. Desde 1965, año en el que la constructora Huarte inscribió el inmueble, hasta 1976, que fue cuando los Leal se la vendieron a tus abuelos: Miguel Quintana y Teresa Astudillo.

Cecilia se sentó en el porche. Notaba que le faltaba el aire. La cabeza le daba vueltas.

—Vaya cara que se te ha puesto —observó Catalina—. Estás más blanca que la leche. ¿Qué pasa? ¿Conoces a estos señores Leal?

—¡Ay, madre! —fue lo único capaz de expresar Cecilia con la poca voz que le salió de la garganta.

Después de un vaso de agua fría y un abanico casero hecho deprisa y corriendo con el papel del registro de la propiedad, Cecilia logró recuperar el habla.

—El constructor que contraté para la obra —balbuceó—. Se llama Andrés Leal.

—¡Toma ya! ¿Y cómo lo encontraste?

—Había una pegatina en la puerta de la cancela —reconoció Cecilia, algo avergonzada—. Ponía: «Reformas Miguel Ángel Buonarroti» y un número de teléfono.

—¿Y no investigaste nada?

—Nada. Me fie como una tonta. Pensé que era un golpe de suerte; que el cartelito me lo habían puesto allí mis abuelos para que le llamara.

—¿Y él no te dijo que esta casa había sido de sus padres o de sus abuelos o de sus tíos, en fin... de alguien de su familia?

—No —se lamentó Cecilia—. Pero podría ser una casualidad. ¿No crees?

—Las casualidades no existen, querido Watson —la desengañó la novelista.

10

Se prohíbe abrir viejas heridas

Cómo logró Catalina localizar a los padres de Andrés Leal en el tiempo récord de tres días y tres noches, con la única ayuda de un teléfono, un portátil y una cuenta de internet, fue calificado como «milagro» por la atribulada Cecilia, que una vez enterada del paradero de aquella pareja de Leales se debatía entre la excitación y el miedo. Según le explicó su flamante detective privada, los antiguos propietarios de la casa de los abuelos residían desde hacía seis años en el municipio de El Boalo, a los pies de la sierra de Guadarrama, en una finca inscrita en el registro de la propiedad a nombre de su hijo, Andrés Leal Herrero.

Dado que Andrés se encontraba navegando por esos mares de Dios en compañía de Bicho, y que su móvil llevaba tres días seguidos apagado o fuera de cobertura, la cuestión se reducía a una simple dicotomía: presentarse en El Boalo o no.

Otra posibilidad habría sido la de llamar por teléfono a los Leal y contarles la historia entera, empezando por el fallecimiento de los abuelos y siguiendo por el divorcio, la decisión de regresar al hogar de la Ribera del Manzanares, el encuentro con su hijo Andrés y el paso a paso de la obra de reforma hasta llegar al misterio en cuestión: el murete, el estuche y la medalla del ángel de la guarda;

para terminar por dejar caer, como quien no quiere la cosa, las dos preguntas claves: ¿era, por ventura, de su propiedad dicha medalla? Y ¿por qué motivo la emparedaron si podía saberse?

Pero esta posibilidad la desecharon de inmediato porque entendieron que nadie en su sano juicio aguantaría más de diez minutos seguidos de escucha telefónica sobre la vida privada de una desconocida.

—Además, si de verdad hubo algún interés en hacer desaparecer la medalla, no creo que podamos sonsacárselo por teléfono —observó Catalina.

Así que, durante tres o cuatro días, la estabilidad emocional de Cecilia vaciló entre el ardiente deseo de satisfacer su curiosidad y la angustia de toparse con un terrible secreto que podría transformar a Andrés Leal, de una vez y para siempre, en el villano de la película.

En esos días tan claros de agosto, en los que el anticiclón se instala en las Azores con la misma tenacidad que un veraneante en una playa de la Costa del Sol, desde la ventana de su buhardilla Cecilia contemplaba la sierra al fondo, imponente y enigmática, y sentía la llamada de la selva. Los tambores de guerra. El latido.

—Mañana temprano nos vamos a El Boalo —le concedió por fin a Catalina, despertándola, una noche de insomnio desde el otro lado de la puerta del dormitorio «tierra».

—¡Despega la nave del misterio! —respondió Miss Marple, revolviéndose en sus sábanas.

Los sábados, en plenas vacaciones escolares, El Boalo se despertaba tarde. Las familias desayunaban en sus terrazas y jardines y en la plaza algunas personas hacían cola en la puerta de la panadería. El reloj del ayuntamiento dio las diez y las campanas de un par de iglesias sonaron al unísono cuando Cecilia, al volante de su coche, atravesó el pueblo y, siguiendo las indicaciones de la sensual voz del robot de su GPS, enfiló hacia una zona de bosque por un camino de pinos. Aparcó frente a una casa muy bonita, de dos pisos, rodeada por un jardín, con paredes de granito, tejado de pizarra y grandes ventanales. Un conjunto tan ordenado y perfecto que más parecía Suiza que la sierra de Madrid.

—¿Es esta? —preguntó Catalina, señalando la casa con la cabeza.

—Mira las ventanas —respondió Cecilia—. ¿No son idénticas a las que hay en la pensión?

Para llegar a la puerta, flanqueada por dos cipreses, había que recorrer un camino de arena y hierba. Las dos mujeres, menudas, morenas, inofensivas, avanzaron en dos tiempos: decidido el paso de Catalina, cauteloso el de Cecilia; desacompasadas, sí, pero al unísono, como un coro que desafina.

Uno de los visillos del piso superior se movió y por detrás surgió la figura de una mujer despeinada envuelta en una bata de seda china.

—Nos está mirando —susurró Cecilia—. Y te apuesto un millón de euros a que es la madre de Andrés Leal. Tiene la misma cara de mala leche que se le pone a él cuando le llevas la contraria.

Pero dos minutos después, la misma mujer les abrió la puerta perfectamente vestida y arreglada, como recién salida de la peluquería, con una sonrisa beatífica en la cara y la frase aprendida de no necesitamos enciclopedias ni seguros ni mejores tarifas de telefonía móvil, muchas gracias, ni tenemos la intención de volvernos testigos de Jehová, a estas alturas. Catalina no le dio ocasión de tomar la iniciativa. Disparó primero:

—¿Es usted doña Inmaculada Herrero, la madre de Andrés Leal?

Cecilia no hubiera sido tan directa. Habría empezado por saludarla amablemente, por presentarse con la educación debida, por pedirle perdón por la molestia de incomodarla un sábado a las diez de la mañana...

—Vamos, que te habrías pasado una hora disculpándote —se burló Catalina cuando lo comentaron más tarde.

La madre de Andrés Leal abrió los ojos de par en par. Se le descompuso el gesto.

—¿Qué le ha pasado a mi hijo? —se angustió.

Por detrás de ella apareció un hombre vestido con bermudas, cinturón de cuero y camisa de manga corta. Físicamente era la otra mitad de Andrés Leal: su misma boca sedienta, sus ojos de águila imperial, su pelo montuno de jabalí cortado a cepillo y sus hombros fuertes, de leñador frustrado.

—¿Quiénes son ustedes? —les preguntó mientras arropaba a su mujer con un brazo protector.

—Somos amigas de Andrés —mintió Catalina—. Y se encuentra estupendamente, navegado con su perro en su velero, no se preocupen. Sólo queríamos consultarles una cosa que nos tiene muy intrigadas. Como no hay manera de dar con él en alta mar, hemos pensado que tal vez ustedes puedan sacarnos de dudas.

—Yo soy Cecilia Dueñas —logró hacerse oír Cecilia por detrás del parloteo de la otra. Y alargó una mano que nadie estrechó—. Mis abuelos les compraron su casa de la Ribera del Manzanares hace treinta y cinco años, no sé si se acordarán de ellos: Miguel y Teresa Quintana, de Águila.

Se hizo un silencio muy espeso, de trinos de pájaros y chicharras, mientras los Leal procesaban aquella información atropellada escupida por un par de desconocidas en la puerta de su casa.

—¿Entonces Andrés está bien o en realidad no saben nada de él? Porque yo llevo una semana llamándole al móvil y me sale fuera de cobertura.

—¿Una semana entera sin cobertura? —se preocupó Cecilia, y el tono de su voz la delató ante Catalina.

—¿Y a ti por qué te preocupa tanto el paradero del tal Leal? —se burló durante el viaje de vuelta la avispada investigadora.

—Una semana, el jodido —respondió Danilo Leal, que dominaba el lenguaje de barrio igual que su hijo—. Sabe que su madre se preocupa y no la llama en siete días. ¿Es *pa* matarlo o no es *pa* matarlo?

—Es *pa* matarlo —replicó Catalina en tono de guasa.

—Pasen adentro —las invitó con una agradable sonrisa—. ¿Quieren tomar una copita o algo? ¿Les preparo un *gin-tonic*?

—¡Ay, Danilo, a las diez de la mañana! Mejor les hacemos un café.

Los padres de Andrés Leal resultaron ser unos anfitriones fantásticos. En una mesa de madera de teca, bajo el porche posterior de la casa, dispusieron en cinco minutos un desayuno completo con café, tostadas untadas con tomate, jamón y zumo de naranja. Les contaron algunas anécdotas de sus primeros años de matrimonio, cuando compraron aquella casa desproporcionada de la Ribera del Manzanares, vaya pareja de insensatos, totalmente fuera de sus posibilidades económicas, e hipotecaron sus futuros durante cuarenta años de convivencia, «que más nos valía llevarnos bien, porque por separado iba a ser imposible pagar los plazos».

—Después de nacer Andrés, que es el tercero, el más pequeño, nos planteamos por primera vez vender la casa, pero éramos tan felices allí, junto al río y con la Casa de Campo a un paso... —dijo Inmaculada—. Hacíamos *picnic* todos los domingos. Aunque lloviera. Y desde casa, oíamos pasar los trenes de cercanías por encima del puente de los Franceses, y los niños salían corriendo a verlos. Yo creía que alguno iba a salir ferroviario.

—Pero cuando me quedé en el paro en el setenta y seis —continuó Danilo—, igual que media España, que no sé si lo sabéis, pero hubo un paro de la leche en aquella época, pues no hubo otro remedio. La pusimos en venta.

—Y la compraron mis abuelos.

Los abuelos habían aparecido por arte de magia, «como si nos hubieran enviado un par de ángeles para sacarnos del apuro», y habían pagado al contado.

—¡Ay, lo que lloró Andrés! Siempre ha sido el más sentimental de mis hijos —dijo Inmaculada, y Cecilia se preguntó qué tipo de insensibles serían los otros dos—. Juró que cuando fuera mayor se haría rico y compraría otra vez la casa.

A Catalina se le ocurrió una idea:

—¿Y por casualidad no escondería alguna cosa dentro? ¿Una especie de tesoro que pensaba recuperar cuando pudiera cumplir su palabra?

Los Leal se miraron extrañados.

—¿Es que han encontrado un tesoro enterrado?

—No —dijo Catalina—. Enterrado no. Estaba emparedado. Una medalla del ángel de la guarda.

Cecilia abrió su bolso y sacó el estuche. Cautelosa, les mostró la medalla tratando de descubrir en sus rostros el gesto que delatara una de las dos posibles reacciones ante el hallazgo: sorpresa o reconocimiento.

—Parece una medalla de primera comunión o de bautizo —dijo la madre de Andrés Leal sin mostrar alteración alguna—. Pero no es de Andrés. No la había visto nunca.

—¿Y dice usted que estaba emparedada?

—Sí. Dentro de un tabique.

—¿Qué tabique?

—El que separaba el cuarto de baño de arriba del patinillo de ventilación.

—¿Arriba? ¿Se refiere a la buhardilla?

—Sí.

—Nosotros no teníamos cuarto de baño en la buhardilla —dijo el padre de Andrés Leal—. Usábamos ese piso de trastero. A los niños les gustaba subir a jugar allí y contar historias de miedo.

—Pero no había cuarto de baño.

—Pues no —volvió a negar Danilo Leal con la cabeza—. Digo yo que lo construirían sus abuelos.

La madre de Andrés Leal le devolvió el tesoro a su legítima dueña, la cual asintió sin decir nada y volvió a guardarlo en su estuche.

Llegados a este punto, Cecilia decidió dar por terminado el interrogatorio. Estaba claro que sus anfitriones no tenían ninguna información útil sobre el misterio que las había llevado hasta El Boalo. Era muy agradable pasar la mañana allí compartiendo charla y mantel con los Leal, a la sombra de aquel porche, con esa ligera brisa serrana que se estaba levantando, pero, por algún motivo, empezaba a darle miedo la reacción de Andrés cuando se enterara de que Catalina y ella habían estado fisgando en casa de sus padres, sin previo aviso ni previo permiso, sonsacándoles información clasificada sobre su infancia feliz y sus sentimientos más íntimos y menos confesables.

Andrés Leal era un hombre bastante hermético. Escondía bien sus emociones. Y tenía secretos. Al menos dos y bien gordos: ¿cuál era la verdadera razón de su interés por la casa de los abuelos? Y ¿qué había ocurrido en ese accidente del que se negaba a hablar?

—Entonces no les molestamos más —dijo Cecilia para zanjar el asunto—. Era por devolverles la medalla si resultaba ser suya —mintió—. Pero visto que no lo es, pues nos volvemos a Madrid. Por cierto, si tienen curiosidad por ver cómo ha quedado la casa después de la reforma, no tienen más que pasarse un día por allí y se la enseño encantada.

—Habrá quedado preciosa —dijo la madre de Andrés Leal con una sonrisa de orgullo.

Aunque en cierto sentido el viaje había sido en vano, el fracaso no había hecho mella en el ánimo de Catalina, la cual no paró de hablar en todo el camino de vuelta. Como buena novelista, la chica defendía que el misterio era ahora aún más interesante que antes. Lo fácil, decía, hubiera sido dar con la solución a la primera.

Si la medalla no pertenecía a los Leal, dado que el muro en el que estaba escondida había sido construido en tiempos de los abuelos de Cecilia, había que orientar el foco de la investigación hacia la familia Dueñas Quintana.

—¿Y si la escondieron tus abuelos y no se lo dijeron a tu madre? —se le ocurrió—. Tal vez sería bueno llegarnos a Águila, que no está tan lejos, no me mires así, y preguntar a los amigos de tus abuelos.

—¡Pero si no queda ninguno vivo! —replicó Cecilia, taciturna.

—¿Y algún otro hijo o nieto?

—Mira, Catalina. —Cecilia no quitaba ojo de la carretera, y desde luego, no tenía la menor intención de desviarse hacia Águila—. Yo creo que lo mejor es que nos olvidemos de esta historia. En la vida ocurren cosas que no tienen explicación. Y no pasa nada. Uno se encoge de hombros y sigue adelante, y si puede, no vuelve a pensar en ello en toda su vida.

—No jodas —fue la escueta respuesta de la Agatha Christie moderna que viajaba de copiloto en su coche—. ¿De verdad quieres que nos quedemos sin saber de dónde ha salido tu medalla?

—Es que no tengo ganas de andar metiendo el dedo en la llaga, abriendo viejas heridas o interviniendo en asuntos ajenos. No quiero secretos, intrigas ni engaños. Ni alimentar falsas ilusiones que no llevan a ninguna parte.

Era cierto. Nada más abandonar la casa de Danilo e Inmaculada Leal, Cecilia había entrado en un estado zen de absoluta pasividad y negación de los estímulos externos e internos tanto sensoriales como emocionales. Se había quedado en blanco. De piedra. De granito.

Sobre una mesita, en el recibidor de la casa, que inevitablemente habían tenido que atravesar para salir a la calle, había visto las fotografías de la familia enmarcadas en plata: niños pequeños, abuelos en blanco y negro, paisajes lejanos, alguna playa paradisiaca y el retrato, a todo color, de Andrés Leal con un chaqué gris, casándose con una mujer muy rubia y muy joven y muy embutida en un vestido blanco, largo, con cola y velo de encaje.

11

SE CONTRIBUIRÁ A CONSERVAR LA BUENA ARMONÍA ENTRE LAS RESIDENTES

Después de aquel episodio, la vida regresó a la normalidad en la pensión más bonita del mundo. Catalina retomó el relato del enamorado literario y la desesperación de Poirot, Justice se concentró en el cultivo y la recolección de los frutos de su huerto y Cecilia trató de expulsar de su mente la imagen de Andrés Leal enchaquetado y recién casado, manteniéndose ocupada con las labores domésticas que en el futuro habrían de recaer sobre los hombros de Azucena.

Septiembre amaneció un martes caluroso que Cecilia se tomó libre para poder recibir, como era debido, a sus dos nuevas inquilinas. Preparó café, compró bollos, encargó flores, limpió sobre limpio las dos habitaciones, estiró las sábanas, perfumó los armarios y esperó, como quien espera la llegada de un hijo, a que aparecieran Noelia e Ivana por el camino de la cancela.

A primera hora de la mañana hizo su entrada Azucena vestida de domingo. Traía puesto un traje de chaqueta azul celeste, zapatos de tacón y bolso de piel. Parecía que iba de invitada a un bautizo. Al verla llegar tan lustrosa, Cecilia reparó en que no había comprado un uniforme de trabajo ni unos zuecos ni un delantal. No se le había ocurrido. Así que, a toda prisa, se subieron las dos en el coche y salieron disparadas camino de algún almacén donde equiparse para la tarea.

Como Catalina solía dormir hasta muy tarde, la única persona que oyó llegar el taxi y llamar tímidamente a la puerta de la cancela fue Justice.

El muchacho acababa de ducharse y olía a espuma de afeitar y a colonia fresca. Aún tenía el pelo mojado, la camiseta limpia y los vaqueros planchados.

—Bienvenida —saludó a Noelia con una sonrisa blanca y sincera.

Caballeroso, la ayudó con el equipaje, le explicó que Cecilia volvería enseguida, que había dejado preparado el desayuno y que se iba a llevar un disgusto cuando llegara y la encontrara ya instalada, porque su gran ilusión era hacerle un recibimiento de jefa de estado, con trompetas y alfombra roja, ramo de flores y discurso inaugural, corte de listón, placa conmemorativa, salvas de cañón y fuegos artificiales. Les dio la risa, se sentaron en el porche a esperar, por no estropearle a Cecilia la escena de la bienvenida, se contaron algunas anécdotas de su verano y se sorprendieron al reencontrarse, después de casi dos meses, con el recuerdo de su primer saludo tan fresco como si sólo hubieran pasado dos días y llevaran la vida entera viviendo juntos.

Noelia conservaba la palidez de escarlatina propia de las heroínas victorianas a las que tanto admiraba. Ella lo achacaba al empeño de sus padres en pasar el verano en Santander, donde llueve muchísimo, y a la mala calidad de su piel, «que en cuanto sale un poco el sol me abraso, así que voy siempre tapada y con sombrilla». Compararon los colores de piel, volvieron a reírse. Se rozaron las manos al cotejar el contraste de los tonos y al separar los brazos, Justice acarició sin proponérselo la melena rizada de la chica. El resto de Noelia eran sus ojos color miel, sus manos de porcelana, su vestido de algodón, sus alpargatas de cintas, su boca roja y sus dientes blancos.

—Me muero de sed —dijo acalorada.

—Voy por agua —se ofreció Justice—. ¿Te pongo hielo?

—Sí, por favor, y un par de cucharadas de azúcar si no es molestia, que a veces me dan bajones de glucosa y me desmayo.

—Entonces mejor te preparo una limonada, ¿quieres?

Si te gusta la limonada, planto un árbol de limones y espero a tu lado hasta que dé flores, y luego frutos. Y atravieso la sabana y escalo a la cima del Kilimanjaro, donde las nieves perpetuas, para traerte hielo en verano; y trepo al árbol de la miel, sin miedo a la picadura de las abejas, para llenarte la boca de caramelo; y para ti fabrico con mis propias manos de alfarero una jarra de arcilla que se seque al sol, que el agua te sepa a musgo, a tierra mojada, a hierbas silvestres, a sombra, a tormenta, a miel y a limón.

—¿Te importa que la haga con agua del grifo? Es que no tenemos de botella.

—Claro, hombre, del grifo.

—¿De verdad no prefieres pasar adentro?

Déjame que te construya un nido en lo alto de una acacia, entre las ramas fuertes y las hojas verdes, donde no alcance la lengua de las jirafas ni se escuche el rugido de los leones. Un balcón en el que amanezca y se haga de noche y todo sea de color naranja. Que vengan las águilas a posarse y nos encuentren dormidos.

—No, gracias, me gusta este porche.

—Pues no es por presumir, pero lo construí yo. Yo clavé esos listones en los que estás sentada. Y ayudé con las vigas y pinté la barandilla de color azul.

—El azul es mi color preferido.

Entonces cubriré mi piel de color azul, pintaré mi pelo, convertiré mis ojos en charcos azules, me vestiré de azul y viviré en un lago rodeado de flamencos de plumas azules. No apartaré la vista del cielo para no ver otra cosa que no sea tu azul.

—Ahora vuelvo con tu limonada.

—Vale. Gracias, Justice.

Mientras el chico trasteaba en la cocina, un segundo taxi se detuvo delante de la cancela. Desde el porche, Noelia alcanzó a ver las piernas infinitas de una auténtica diosa griega descendiendo imponentes del coche, una melena rubia que se desparramaba por la espalda, el vestido más sofisticado del mundo y un par de zapatos de tacón de aguja desde cuya altura cualquier ser humano sentiría un vértigo aterrador.

Aquel monumento de mujer se encaminó hacia la pensión con un porte digno de las modelos de alta costura y llamó a la puerta de la cancela. Noelia no tuvo más remedio que acudir a abrir. Se saludaron con un par de besos; se dijeron sus nombres: Noelia, Ivana; fingieron que la presencia de una no incomodaba a la otra, se encaminaron juntas hacia el porche y, en ese momento, apareció Justice con la jarra de la limonada y se quedó alelado.

Comparada con la extranjera, Noelia parecía una muñequita antigua, un miembro de una especie diferente, insignificante y pueril. La verdadera naturaleza femenina la encarnaba aquella mujer de curvas insinuantes que caminaba como una gacela, como el lince que persigue a la gacela, como una pantera o una leona hambrienta. A su lado, el vestido de Noelia era un camisón de niña buena, su palidez resultaba enfermiza, su pelo un enredo y su sonrisa la de un entierro. Como se había ofrecido a ayudar a Ivana con el equipaje, cargaba con una bolsa muy pesada, avanzaba a trompicones unos pasos por detrás de la otra y empezaba a congestionarse.

Justice permaneció paralizado, bandeja en mano, hasta que la voz seductora de Ivana lo sacó del trance. «Soy Ivana», le dijo. «Él es Justice», dijo Noelia.

El chico dejó la bandeja en el suelo y bajó los tres escalones que lo separaban de las chicas. Haciendo gala de su fuerza bruta cargó con las dos bolsas y la maleta de Ivana hasta el recibidor de la casa.

—Estábamos esperando a que llegara Cecilia, la dueña de la pensión, para que ella nos entregara las llaves y eso —dijo Noelia tímidamente.

—He hecho limonada —añadió Justice.

—Íbamos a tomárnosla aquí en el porche.

—¿Te traigo un vaso?

Pero no hubo ocasión, porque justo entonces se escuchó el inconfundible motor del coche de Cecilia, la torpe maniobra de aparcamiento, los portazos, el maletero, las voces de dos mujeres discutiendo sobre temas banales y, por fin, la cerradura de la cancela y el chirrido de la puerta al abrirse.

Y casualmente al mismo tiempo, del interior de la pensión, surgió la figura despeinada y soñolienta de Catalina, que acababa de caerse literalmente de la cama por culpa de una pesadilla en la que un asesino en serie la perseguía para matarla con el cuchillo del pan. Como era bajita y muy flaca y aún llevaba puesta la camiseta y el pantalón corto que usaba para dormir, parecía una niña pequeña en busca del consuelo de sus padres. Deslumbrada por el sol, con los ojos entornados, contempló entre pestañas la escena de todos a la vez: Cecilia, Azucena, Noelia, Ivana, Justice y un hombre atractivo que se acercaba por la calle cojeando con un regalo alargado y bien envuelto apoyado en el hombro, que se coló en el jardín de la pensión sin que Cecilia lo viera y se quedó muy quieto junto a la puerta.

—¡Andrés! —exclamó Justice desde lo alto de los escalones.

Cecilia dio un respingo y se giró sobre sus talones. Se encontró con la sonrisa pícara de un navegante solitario, curtido por el sol, saludable, fuerte y guapo, que en lugar de chaqué llevaba polo blanco y pantalones azules de marinero en tierra.

Ante aquella imagen de vodevil —todos los protagonistas de su novela al mismo tiempo sobre las tablas del porche—, a Cecilia se le amontonaron los quehaceres y las emociones. De pronto se encontró haciendo juegos malabares en uno de esos circos de seis pistas en los que vuelan pelotas y giran platillos, mientras la funambulista arriesga su vida, descalza sobre la cuerda floja, tratando de mantener el equilibrio y preguntándose por qué diablos se le ocurrió abrir una maldita pensión, con lo tranquila que vivía ella en su ático del Retiro.

La atracción física entre Noelia y Justice era tan evidente como la hostilidad de Noelia hacia la bella Ivana, centro inevitable de la atención masculina, en quien confluían las miradas indisimuladas de Andrés y Justice para disgusto de todas las demás hembras de la manada, especialmente Azucena, que nada más verla la había juzgado y condenado por atentado contra la seguridad doméstica, aliñado todo, a su vez, por la sospecha de Cecilia de que Andrés era un hombre casado, mentiroso y desleal, a quien Catalina había investigado en secreto por el misterio de la medalla, y si bien lo había desechado como pieza clave del caso, lo había conservado como personaje secundario y enigmático, tal y como solía hacer Agatha Christie en sus novelas para lograr que la dulce e indefensa protagonista encontrara el amor al final del drama.

Curiosamente, fue Catalina quien rompió el encantamiento, cuando con el pelo revuelto y voz de recién levantada dijo algo así como: «No sé vosotros, pero yo me muero de hambre», y puso en marcha los engranajes de la máquina.

Azucena se lio a freír huevos y a calentar leche mientras las dos recién llegadas se instalaban en sus flamantes dormitorios. Justice y Noelia retomaban su coqueteo y Andrés, con su descaro de siempre, convencía a Cecilia para hacer mutis por el foro.

—Te he traído una caña de pescar —le dijo, señalando el regalo—. Por si quieres conservar las buenas costumbres de cocinar peces del río. Me han dicho que el Manzanares está plagado de carpas besuconas de ojos desorbitados y barbos con bigotes de gato.

—Una delicia —se rio Cecilia, desarmada.

Y por la ribera del Manzanares, bajo castaños de indias, álamos y plátanos, permitió que Andrés Leal la tomara por primera vez de la cintura, porque se dio cuenta de cuánto le había echado de menos. La náusea del arrepentimiento no llegó hasta la noche, cuando, a solas bajo las sábanas, se vio convertida en la mala de la película. Ironías de la vida, la víctima de la dolorosa traición de un marido infiel se volvía culpable del mismo delito.

12

Se prohíbe terminantemente a todas las huéspedes ejercer la prostitución, ya sea dentro de la pensión o fuera de los límites físicos de esta, siendo motivo de expulsión inmediata, en el caso de ser descubierta in fraganti desempeñando semejante actividad

Así que aquella iba a ser su tapadera, se dijo Ivana mirando en derredor. Su dormitorio, bautizado «Fuego», era agradable, algo infantil tal vez y un poco ñoño, como correspondía a la personalidad de la propietaria del lugar, una mujer tan cándida que se había creído a pies juntillas la historia de la estudiante ejemplar. ¡Alma de cántaro!

Ahora ya era tarde para arrepentirse; el contrato de alojamiento estaba firmado y la habitación adjudicada. De allí no podían echarla ni con bombas de humo. «Siempre que respetes las normas y pagues la renta a fin de mes», como le había dicho la patrona.

El contenido de su equipaje no encajaba en absoluto con el de una estudiante universitaria. Todas y cada una de las prendas que Ivana fue desdoblando cuidadosamente y colgando en su armario eran exquisitas y muy caras, en especial las delicadas piezas de lencería de seda y encaje que colocó en la cómoda y perfumó con agua de rosas. Parecía, más bien, que aquella chica acababa de aterrizar en Montecarlo, invitada por un jeque árabe o un millonario ruso para disfrutar de la temporada de fiestas y bailes; que aquella noche asistiría a un cóctel a bordo de un yate de lujo y que al día siguiente tomaría el *brunch* en los jardines del palacio. Que iría al baile de la Rosa, apostaría mucho dinero en el casino, tomaría el sol en el Beach Club y champán en la terraza del hotel Hermitage mientras estallaban los fuegos artificiales sobre los barcos.

Ivana viajaba con un neceser de Louis Vuitton y tres bolsos de Chanel, dos o tres pares de zapatos con cristales Swarovski, muchos vestidos de Gucci, un joyero con cerradura de caja fuerte y un auténtico laboratorio de belleza repleto de máscaras y brillos de labios.

—*Honey* —le susurró con la voz más sensual del mundo al hombre que respondió a la llamada de su móvil—, ya estoy aquí.

Después se asomó a la ventana y contempló la vista del jardín y el huerto, la sierra al fondo, el río a lo lejos y el recorte de Madrid, su cielo protector, al otro lado del bosque.

La historia de Ivana no distaba demasiado de la de muchas otras jóvenes de su tiempo, nacidas en la más absoluta miseria en alguno de los gélidos inviernos soviéticos y forzadas a agudizar el ingenio para escapar de un futuro sin posibilidades.

Había sido flaca y poco armónica. Tenía ojos de hambre y piernas de salir corriendo, los dientes demasiado grandes, los huesos sumamente prominentes y una altura excesiva para ser cierto que era hija de su madre, regordeta, y hermana de las otras tres niñas hambrientas que decían haber nacido del vientre de la misma mujer. De esto último daba fe la propia Ivana, presente en los tres partos en calidad de hermana mayor y de asistente de la partera, su propia abuela Neva, la comadrona de la aldea.

Vendía verdura en un puesto ambulante. Tan ambulante que consistía en una carretilla que ella misma empujaba cada mañana por las calles de su ciudad, casa por casa; hoy remolacha, mañana habichuelas, cómpreme unas patatas, yo se las limpio, yo le fío, que no me duelen prendas con tal de llevar algún dinero a casa.

Y un día se obró el milagro. La oruguita fea, de la noche a la mañana, se convirtió en mariposa; sus piernas en columnas griegas, sus curvas en catedrales, sus ojos en tentaciones; y en lugar de patatas, una mañana vendió deseos a domicilio: sólo mirar, al principio; sólo tocar, hasta cumplir catorce; y sólo prácticas legales desde entonces.

Uno de sus clientes, un empresario de paso en la ciudad, aficionado a encontrar el amor en catálogos de lencería, reconoció entre balbuceos que jamás había conocido a una criatura tan hermosa como ella. Él, que podía considerarse todo un experto en el arte de descubrir talentos, le juraba que su potencial era inmenso; y no sólo en el terreno de la alcoba, sino también en muchos otros ámbitos. «¿Has considerado, criatura, hacer carrera en el mundo de la moda? Las pasarelas se nutren de mujeres famélicas como tú, capaces de abandonar el hábito de alimentarse con tal de resultar apetecibles a los directores de imagen de las grandes firmas de costura. Cuanto más flaca, mejor. Con esos ojos de hambre, Ivana, y ese esqueleto tan evidente y esa carita de pena, qué triste figura, qué compasión levantas, qué deseo culpable el que despiertas en hombres como yo: protectores, piadosos, caritativos. Dime, niña, si te vienes conmigo al otro lado del mundo, te hago rica. Un poquito de amor fingido, una pequeña esclavitud a cambio de fama, dinero y diversión».

—Tres años —respondió ella—. Luego, la libertad.

Y él estuvo de acuerdo. Porque, ingenuo, creyó que ese tiempo sería suficiente para derretir el corazón de hielo de Ivana y lograr algo de amor verdadero.

Vivieron una temporada en París, él con su familia en la rue Cambon; ella en un estudio con vistas al Centro Pompidou, encima de una academia de baile y una tienda de ropa de segunda mano. Aprendió francés de oídas, inglés con una profesora pagada por él, a moverse como un felino en una escuela de modelos y a escabullirse de sus constantes visitas ocultándose en un armario empotrado con doble fondo construido por ella misma, en secreto, para dicho propósito.

—Conejita, ¿dónde te escondes? —canturreaba él mientras la buscaba esperanzado por los cincuenta metros cuadrados del picadero.

Estaba en clase, estaba en el mercado, estaba en una sesión de fotos, estaba trabajando, estaba escondida en el armario mientras tú, gusano, te consumías de rabia, calculando que los tres años del contrato estaban a punto de expirar y lo que habías creído un campo de orégano no era más que monte bajo y estéril.

Cumplido el plazo, el tirano la abandonó con resignación cruel.

—¿No quieres firmar una prórroga? Pues eres libre. Pero estás sola y en la calle. Necesito el piso para una amiga.

A partir de entonces, Ivana, que había aprendido a trepar con uñas y dientes por las pasarelas, que, en contra de lo que puede parecer, no son rectas sino inclinadas, auténticos jardines verticales de plantas carnívoras y lianas venenosas, se estableció por su cuenta, en su propio ático junto al Sena, donde sólo se acostaba con quien ella decidía.

Cuando el ministro voló a París en misión diplomática para arreglar un desaguisado fronterizo, Ivana disfrutaba de una existencia más o menos desahogada. Conseguía pequeños contratos a través de la agencia y algunos ingresos extra gracias a su trabajo eventual en el servicio de acompañantes de lujo que ofrecían en secreto algunos conserjes de los hoteles de cinco estrellas de la ciudad.

A Ivana se la rifaban los hombres de negocios, los políticos, los aristócratas europeos y los príncipes árabes; una vez un rey, tres veces el mismo jeque cansado de sus concubinas, cineastas con vicios inconfesables y, en cierta ocasión, el presidente en funciones de un país en guerra al que se suponía en el frente, tratando de resolver el conflicto bélico.

Ella sólo aceptaba hombres que no la repugnaran en exceso. Normalmente no demasiado viejos ni demasiado gordos ni demasiado babosos. Los conserjes la llamaban en cuanto recibían el encargo, y le enviaban al móvil la fotografía escaneada del documento de identificación que se solicitaba al cliente al registrarse en el hotel. Ivana decidía.

El ministro no había cumplido todavía los cincuenta, era uno de los hombres con más proyección de su partido, atractivo, educado, elegante. Todo un *gentleman* de modales exquisitos y trayectoria intachable. Casado desde hacía diez años con la hija de un miembro de la alta aristocracia inglesa, padre de dos niños que iban al colegio de uniforme, dueño de un Aston Martin y de un apetito sexual insaciable que su mujer era incapaz de satisfacer por mucho que lo intentaba.

Siempre había tenido, al menos, una amante fija y otra de quita y pon. Y solicitaba mujeres al conserje con la misma naturalidad con la que pedía el desayuno al servicio de habitaciones. Era peligroso —lo sabía— su vicio secreto en un Parlamento como el británico, que antes perdonaba un desfalco que un desliz. Pero del mismo modo que había desarrollado una técnica amatoria intachable, había ideado un sistema infalible para no ser descubierto jamás: mantenía siempre al corriente de sus devaneos a su mujer, a su asesor de imagen y al director de campaña del partido y les informaba puntualmente de todos y cada uno de sus actos, de modo que, tras su paso por alguna cama ajena, sus huellas eran inmediatamente borradas y todas las pruebas destruidas.

El contrato matrimonial no castigaba la infidelidad y el partido lo estimaba demasiado como para tener en cuenta el pequeño detalle de su fogosidad carnal. Era un Kennedy del siglo XXI, cuya debilidad por las mujeres tarde o temprano iría perdiendo fuste y acabaría desembocando en la monogamia.

El caso es que Ivana aceptó el encargo y se presentó en el hotel a las siete de la tarde, con puntualidad británica y precisión suiza; bebió champán, compartió cama y placer con aquel hombre que olía a loción para después del afeitado, recibió un buen pago por sus servicios y al salir de la habitación fue requerida por un caballero con pinta de funcionario que amenazó con asesinar a su madre y sus hermanas si en algún momento se le ocurría contar lo que había sucedido aquella noche.

Aquella amenaza no le extrañó en absoluto. Era habitual que secretarios encorbatados, militares de uniforme, hombres con turbante o armados con pistolas o sables la esperaran al final del pasillo con advertencias de ese tipo. Lo que le rompió los esquemas fue encontrar una tarjeta de visita grapada a su ropa interior, con el escueto mensaje de «Llámame» y el número de teléfono de un móvil inglés.

Se trasladó a Londres, a un piso elegante en el barrio de Mayfair, y vivió como una reina —de Inglaterra— durante los dos años siguientes.

No volvió a trabajar de modelo, profesión que detestaba, sino que se empeñó en cultivarse, como si fuera una rosa de té, e ingresó en la universidad para cursar estudios superiores. Le convalidaron la primaria, la secundaria y el bachillerato gracias a una sola llamada al rector, con el pretexto de que Ivana era hija de un importante inversor ruso, y que su expediente académico no era falso, qué absurdo, sino traducido al inglés por una secretaria incompetente. Quién no creería tal historia en boca del mismísimo portavoz del partido en el poder.

—Me han nombrado embajador en España —le confesó un día su ilustre amante—. Por mis habilidades diplomáticas.

El embajador puso casa chica —como dicen en México— para Ivana en la pensión. Buena coartada para una universitaria bella y eficaz a la que invitaba de vez en cuando a pasar un rato agradable en un hotel de lujo.

Ivana no estaba demasiado feliz con el apaño, pero accedió a las clases de español y a la humillación del paso atrás a cambio de continuar con sus estudios, porque había tomado la determinación de hacerse un lugar decente en la vida. Tenía veintidós años, buena aptitud para los idiomas, pasión por las relaciones internacionales, la política, la historia, la filosofía y el derecho. Algún día, soñaba, echaría abajo los cimientos más sólidos de la mismísima Organización de las Naciones Unidas.

La única pieza discordante en todo este entramado, para fastidio de Ivana, era la insignificante niñata con el pelo revuelto que, nada más ponerle la vista encima, la había radiografiado de arriba abajo y había llegado a la única conclusión posible: «Es una puta, Cecilia. Una puta rusa. ¿No te das cuenta? Acabas de meter en la pensión a una fulana de lujo. Si quieres te la investigo y sales de dudas». ¿Hay alguna norma que prohíba a las huéspedes ejercer la prostitución?

13

Se prohíbe mantener afectos desmedidos en la puerta de la pensión

Un par de meses después del comienzo del curso académico, Cecilia mantuvo una conversación telefónica con su madre, fruto de la cual su espíritu se sumió en un incómodo estado de intranquilidad que le duró varias horas y del que sólo logró aliviarse a base de tilas, baños calientes y lecturas sosegadas en la soledad de su biblioteca.

—Cecilia, hija, hace dos meses que no vienes a vernos. No me llamas. Papá y yo estamos muy preocupados por ti.

—Pero, mamá, te llamé el lunes y hoy es miércoles.

—¿Y todo bien?

—Igual que el lunes, sí. Bien.

—¿Lo ves? Nada. Sólo me respondes con monosílabos: sí, no, bien, hola y adiós.

—Eso no es verdad. No seas injusta. Te lo cuento todo.

—¿Todo? —La madre de Cecilia utilizó un tono peligroso, de profesora de primaria que sorprende a alguno de sus alumnos in fraganti robándole el bocadillo al chaval del pupitre vecino—. ¿Sabes lo que me ha contado un pajarito?

—A ver.

—¡Que Noelia, la nieta de mi amiga Victoria, se ha enamorado! —A Cecilia casi se le para el corazón. Tragó saliva—. ¿Tú lo sabías? Por lo visto, es un chico al que ha conocido en Madrid.

—Ni idea —mintió.

—¿Nunca lo ha llevado a la pensión?

—Están prohibidos los hombres en la pensión, mamá. Recuerda quién me recomendó que incluyera esa norma.

—¿Pero no la acompaña ningún chico a casa? ¿No la viene a buscar? Anda, fíjate bien, que tú eres muy despistada. Seguro que de vez en cuando la lleva en su coche, la sigue hasta la puerta, la besa en el portal...

Según escuchaba a su madre describir la escena imaginaria del primer beso de Noelia, que ella suponía inocente y cándido como le hubiera correspondido a la niña de porcelana, le venía a la mente otra imagen, más cruda esta, y —se temía— más cercana a la realidad: los brazos vigorosos de Justice, sin camisa, rodeando el contorno de Noelia, la lengua ávida introduciéndose en su boca, el ímpetu de sus caderas, el golpe de sus cuerpos contra el muro de piedra, el temblor de piernas, el miedo a ser descubiertos, la tentación de la cabaña donde ambos podrían amarse sin ser vistos, y luego el vértigo de los convencionalismos y las explicaciones, el secreto obligado, los disimulos en público, que aún avivaban más el fuego de su locura.

¿Un coche? Pobre infeliz, su madre y el misterioso «pajarito» que había sacado conclusiones de la falta de apetito de su nieta, los suspiros ahogados, la mirada perdida.

—Te lo ha contado Victoria, ¿verdad?

—Dice que está completamente segura. Que la niña, qué tierno, se ha enamorado.

—Y te ha pedido que me sonsaques.

—¡Ay, Cecilia, cómo eres!

El único coche sospechoso que se detenía dos veces por semana delante de la cancela era un Mercedes negro con matrícula diplomática, del cual descendía Ivana estirándose la falda. Solía aparecer rugiendo, por el final de la calle de la Lanzada, a eso de las cinco de la tarde de los martes y los jueves; frenaba en seco, esperaba a que la chica saliera por la puerta del copiloto y rodeara el parachoques; luego reemprendía la marcha sin esperar a que Ivana entrara en la pensión. Como tenía los cristales tintados, era imposible saber si quien conducía era un chófer de uniforme o el mismísimo presidente del gobierno. Catalina, diligente, había descubierto que aquel Mercedes era el coche oficial del embajador de Inglaterra.

—¿Y eso cómo lo sabes?

—Por la matrícula, Cecilia, hija, qué poco vales para policía. El coche del cliente de Ivana, que al parecer es un cliente fijo, no me mires así, tiene la placa roja y lleva escritas las iniciales CD, que significa «Cuerpo Diplomático». El número 92 corresponde al Reino Unido y la cifra 1, al cargo que ostenta el propietario, en este caso, embajador. ¿Cómo te quedas?

—De piedra.

—Me ha contado que va a dar clases de francés al embajador dos veces por semana. La muy puta.

Lo de Catalina era vocacional. Incapaz de inhibirse de los asuntos ajenos, había llevado a cabo un registro sistemático de la pensión que había dado jugosos frutos. Para empezar, sus sospechas sobre la actividad clandestina de Ivana se habían cumplido. En cuanto la rusa abandonó por primera vez la casa para acudir a clase, Catalina había entrado en el dormitorio sin ningún impedimento técnico ni de conciencia, y cuando Azucena la había pillado revolviendo en los cajones, calculando el precio de las prendas de seda y encaje, extasiada ante las pulseras, pendientes y colgantes del joyero abierto y rebuscando por los rincones el sobre del dinero —el cual encontró escondido bajo el colchón—, el único comentario que recibió de la intrusa fue una frase incomprensible: «Hay que ver, lo lucrativo que es el negocio». Esto se lo contó Azucena más tarde a Cecilia a puerta cerrada, creyendo que había descubierto a una ladrona de guante blanco en Catalina, y se llevó la sorpresa de que la patrona parecía estar en el ajo, puesto que su única reacción fue morderse el labio inferior y rogarle que no contara a nadie lo que había visto.

—No es lo que parece —le dijo, escogiendo las mismas palabras que utilizó su marido cuando le juró que no mantenía un romance con la mujer que se había olvidado las medias en su casa.

Había pensado mucho en esa mujer últimamente. En lo poco que sabía de ella, lo indiferente que había sido a sus sentimientos e intenciones. Había dado por hecho que la amante de su marido era una pérfida destructora de hogares, despiadada y egoísta, sin rostro ni pasado ni problemas de conciencia. Pero ahora que empezaba a identificarse con su peor enemiga, se le estaba despertando la curiosidad. ¿Se habría sentido alguna vez angustiada, como lo estaba ella, al sentir esa insana e irresistible atracción hacia un hombre casado? ¿Habría pesado más en su balanza personal la felicidad propia que el dolor ajeno? Y el hecho de no haber tenido hijos, ¿habría jugado en su contra? Pues seguramente sí, se decía, porque no es lo mismo robarle un marido a una idiota que un padre a sus hijos.

Le daba vueltas a todo. No podía quitarse de la cabeza la imagen de Andrés Leal casándose con otra mujer. Desconocía si de esa unión habían nacido dos o tres criaturas indefensas que esperaban cada tarde el retorno de su amoroso papá. Lo único que sabía era que ya le había permitido al hombre rodearle la cintura, decirle groserías al oído, acompañarla al atardecer por la ribera del río y enseñarle a utilizar su flamante caña con carrete automático —si mi abuelo la hubiera visto, cómo habría disfrutado— mientras aprovechaba para apretarse contra su cuerpo de mantequilla en punto de pomada.

Aún no habían cruzado el umbral de la traición: de momento no había habido beso con lengua, ni intención de revolcarse por alguna colina o de esconderse en algún descampado para aliviar el calor de su deseo. Andrés podía volver a casa y acostarse con su esposa sin demasiados remordimientos. Podía engañarse pensando que Cecilia no era más que una mujer abandonada por un marido infiel, con la autoestima por los suelos, la guardia baja, vulnerable y ávida de cariño, a la que estaba ayudando a superar el trance a base de inocentes paseos y palabras bonitas.

Probablemente, él también se debatía entre el deber y la tentación. Y su verano solitario, a bordo del velero, había sido un infierno de noches en blanco y atardeceres pensativos. No es tan fácil destrozar una familia, romper dos, tres o cuatro corazones a los que se ha amado tanto, por la irrupción de uno nuevo, herido y a punto de detenerse como un viejo reloj de pared al que su dueño olvidó darle cuerda.

Andrés se aceleraba y frenaba en seco. Miraba fijo y parpadeaba rápido. Abrazaba y reculaba, avanzaba y ponía la marcha atrás, tomaba aire para decir algo y lo soltaba vacío.

A estas alturas, pensaba Cecilia, si no hubiera más impedimento que el susto normal del amor que llega sin previo aviso, Andrés le habría permitido asomarse un poquito más a su mundo. La habría invitado al cine, a cenar; le habría presentado a los dos o tres amigos del alma; le habría contado anécdotas de su pasado; le habría hablado de sus padres, tan cariñosos, que viven en El Boalo en una casa de campo muy bonita construida con esas manos de albañil vocacional, y de sus dos hermanos. De la guerra en la que dueño y perro se hirieron juntos una pierna, del dolor, el miedo, la amputación, la certeza de que ya nada volvería a ser como antes y de la reinvención de su mundo, su nueva casa, su nuevo trabajo, su nuevo horizonte.

Sabía que hacía mal. Que se movía en un campo de minas, que se ahogaba entre arenas movedizas, que se metía en la negra boca del lobo. Pero la venció el agotamiento de la incertidumbre, y una tarde, cuando ya Azucena se había ido a su casa, Ivana estaba en clase y Noelia y Justice habían desaparecido juntos, llamó a la puerta de la habitación de Catalina.

—Necesito tu ayuda.

—¿Para resolver un crimen?

—Para qué si no.

Le confesó que lo que sentía por Leal se le estaba yendo de las manos, que no dormía ni atinaba ni era capaz de pensar en otra cosa que no fuera él. Y que sospechaba que era un hombre casado.

—Tú también te fijaste en la foto —adivinó Catalina.

—Pero sé discreta, por Dios, Catalina, te lo ruego. Como se entere de que lo estás investigando, esto se acabó. Es el hombre más celoso de su intimidad que he conocido jamás.

—Las personas que son celosas de su intimidad es porque esconden algo —replicó la aprendiz de detective.

Después abrió la libreta en la que tomaba notas para sus relatos policiacos, desenfundó el boli Bic y apuntó con letra de niña de colegio de monjas.

—Andrés Leal Herrero. ¿Edad?

—Ni idea.

—¿Domicilio?

—Ni idea.

—¿Estado civil?

—De eso se trata, guapa.

—Es verdad. ¿Nombre de su empresa?

—Miguel Ángel Buonarroti.

—Hombre, menos mal que sabes algo del hombre del que te has enamorado —se burló Catalina—. Vaya desastre de clienta.

—Sé muchas cosas —protestó la casera—. Sé que tiene un sentido del humor socarrón y un corazón generoso, que adora a su perro, que tiene un velero en Santander, que sus padres se llaman Danilo e Inmaculada y que viven en El Boalo, que creció en la casa donde estamos tú y yo, que aparentemente se casó con una rubia, que se hirió la pierna en un accidente, que contrató a su propio jefe para poder cumplir su sueño de ser albañil, que tiene dos hermanos y que él es el más sentimental de los tres.

Catalina apuntaba a toda prisa.

—Toma aire, por Dios —se quejó entre risas—. Creo que empezaré por seguirle sin que se dé cuenta. ¿Me prestas tu coche?

—¡No, no, no, no! —se angustió Cecilia—. Te va a descubrir.

—Que no, tranquila. Confía en mí. Sé cómo hacer un seguimiento. Te traeré fotos y todo, y él no se va a enterar de nada.

Rendida a la fechoría, con toda la carne en el asador, Cecilia claudicó a todas las peticiones de Catalina. Soltó al sabueso, lo puso sobre la pista y esperó pacientemente a que cayera la presa.

Lo primero que se le ocurrió a Catalina fue investigar a Andrés Leal sin salir de la pensión.

Cotejó los pocos datos con los que contaba con las posibilidades que le ofrecía internet y, en efecto, confirmó algunos de los detalles que ya sabía. Después llamó por teléfono a la oficina de Andrés y cruzó los dedos para que le respondiera una secretaria.

—Miguel Ángel Buonarroti, ¿dígame? —le contestó una voz femenina.

—Buenos días —dijo Catalina—, llamo de General Electric para avisarles que el técnico de la lavadora está llamando al telefonillo automático y no le abre nadie.

—¿Lavadora? —respondió la voz al teléfono—. Me temo que se equivoca usted. Esto es una oficina. Aquí no tenemos lavadora.

—No me diga. —Catalina puso voz de fastidio—. ¿Entonces no estoy llamando a la residencia de don Andrés Leal?

—No. Esto es su empresa —respondió la otra—. ¿Qué dirección le han dado?

Catalina inventó una calle y un número.

—Pues no. No tiene nada que ver con la suya.

—Qué raro —dijo Catalina—. Se nos deben de haber cruzado las hojas de servicio. Aquí pone: «Andrés Leal Herrero, incidencia en lavadora, acudir urgentemente». Y el número que figura es este, al que estoy llamando.

—Pues dígale al técnico que donde tiene que ir es a la calle de Juan Bravo, número 15, piso cuarto. No se preocupe, que yo aviso a Andrés al móvil.

—Muchas gracias —pronunció Catalina con toda la amabilidad de la que fue capaz, y entonces puso en marcha la segunda parte de su plan—. ¡Espere! —exclamó—. Creo que ya sé dónde está el error. ¿Su empresa se dedica a hacer reformas?

—Sí.

—¡Anda la osa! —sonrió—. ¡Resulta que han puesto el nombre del constructor en el lugar del propietario de la vivienda!

—Suele pasar.

—Entonces nada, no le llame, voy a buscar el nombre del cliente en mi ordenador. Perdone por la molestia.

—No es molestia.

—Es usted un encanto —dijo. Y para rizar el rizo añadió—: Ha sido usted de gran ayuda.

A las siete de la mañana del día siguiente, un amanecer nocturno y gélido del primer viernes de noviembre, Catalina dio comienzo a una guardia en la calle de Juan Bravo dentro del coche de Cecilia, que aparcó a una distancia prudencial del portal de la casa de Andrés Leal para no ser descubierta por el sujeto. Se llevó los apuntes de literatura y unos prismáticos de caza.

A las siete y media llegó el portero. A las ocho en punto salió un señor con abrigo. A las ocho y dieciséis, una chica con vaqueros; a las ocho y media entró el cartero; a las nueve menos diez salieron tres niños de uniforme que cruzaron la calle y entraron en el colegio de enfrente; y a las nueve, cuando Catalina empezaba a maldecir su suerte, salió Andrés Leal con su perro, Bicho, y después de un pis y una caca caninas, se subieron en un BMW negro y desaparecieron por el final de la calle.

En ese momento, la investigadora se inclinó sobre el asiento del copiloto, alcanzó con la mano una maceta de dalias y salió del coche.

—¿Qué tal? Soy la repartidora de Interflora. Traigo unas flores para la señora de Leal —le dijo al portero. Él frunció el ceño—. Juan Bravo 15, cuarto piso. Es aquí, ¿no? —Catalina fingió leer los datos en un listado.

—Aquí no vive ninguna señora de Leal —respondió el otro.

—¿No? ¿Está usted seguro?

Y entonces, aquel inocente resolvió, con una sola frase, todo el caso de investigación que le había sido encomendado a Catalina.

—Las flores deben de ser para don Andrés Leal —dijo—. Pero vive solo.

—¿No hay señora Leal, entonces?

—No —repitió—. Señor Leal, sí, y perro también. Pero señora, no. Si quiere puede dejar las flores aquí, en portería. Yo se las subiré luego, cuando llegue la asistenta.

—No, gracias. Prefiero confirmar en la floristería que los datos son correctos.

Una vez resuelto el misterio, Catalina tenía previsto salir disparada camino de la Ciudad Universitaria. Si se daba prisa, aún podía llegar a tiempo a la primera clase de la mañana. Puso el motor en marcha y comenzó la maniobra de salida, pero al mirar por el retrovisor frenó en seco.

El Mercedes negro con los cristales tintados y la matrícula CD 92-1 que los martes y jueves a las cinco de la tarde depositaba a Ivana frente a la puerta de la pensión acababa de hacer su aparición por el final de la manzana y avanzaba hacia el coche de Cecilia. La casualidad quiso que se detuviera precisamente junto a su puerta, en segunda fila.

El chófer se bajó, rodeó el vehículo y abrió la puerta trasera, por la cual descendieron un niño y una niña de unos seis o siete años de edad, muy rubios, muy repeinados, muy hijos del embajador.

Catalina observó la escena de la fría despedida, la mochila pesada, el bocadillo para el recreo, el recibimiento alegre de la monja de la puerta, y no pudo evitar repetirse la frase que últimamente resonaba como un mantra dentro de su cabeza: «La muy puta».

Esperó unos segundos para tranquilizarse y luego llamó a Cecilia desde el móvil.

—Buenas noticias —le dijo—. No hay señora Leal. Tienes vía libre, patrona.

Después emprendió el camino hacia la universidad, pero se detuvo en una tienda de pinturas donde compró un espray de color negro. Asistió a sus cuatro horas de clase, almorzó sola en la cafetería, hizo tiempo en la biblioteca hasta que terminaron las clases de la tarde, y a eso de las ocho, ya de noche, envuelta en una neblina húmeda y fría y asegurándose de que nadie la viera, escribió sobre la fachada de la facultad: «Ivana es una puta». Entonces, satisfecha, se subió de nuevo en el coche de Cecilia y regresó a la pensión de la Ribera del Manzanares, la cual encontró desierta.

Se preparó una bandeja con arroz y pollo, yogur desnatado, leche con galletas. Subió al tercer piso, entró en la biblioteca de Cecilia, se sentó en la butaca bajo el claro de luna que entraba por el tragaluz y, poco a poco, después de un buen rato de lectura detectivesca, se fue quedando dormida.

No era la primera vez que se despertaba sobresaltada en medio de la noche y se descubría vestida y arrugada con un libro abierto en el regazo, y caía en la cuenta de que llevaba tres o cuatro horas soñando que era una persona diferente, con una infancia diferente. Normalmente emprendía el camino hacia su habitación tratando de ignorar el nudo que le oprimía la garganta y, una vez a salvo en la soledad de su cuarto, se lanzaba en plancha sobre la cama y reconciliaba el sueño interrumpido.

Pero esa noche, lo que la desveló no fue el recuerdo de su padre encaramado al cuerpo desnudo de una mujer tras otra, conocidas unas, extrañas otras, todas putas, que entraban y salían de su casa como ráfagas de aire frío y perfumado, sino el inconfundible soniquete de alguien que gemía en la puerta de la pensión.

Como si volviera a tener ocho años y hubiera dejado la puerta de su dormitorio abierta para protegerse del miedo y la oscuridad, escuchó los jadeos, las risas, los sollozos rítmicos y acompasados, los golpeteos, los susurros, el éxtasis final de la mujer primero, del hombre inmediatamente después, y el desinflarse de placer y alivio al unísono, la voz suplicante de su padre que siempre quería más, más mujeres, más noches, más veces, quédate otra hora, dos horas más, te las pago mañana, quédate a dormir y despiértate conmigo, como si fuéramos novios y nuestro amor no tuviera precio.

Catalina miró la hora. Las tres y cuarto de la madrugada. Calculó cinco grados de temperatura, contempló el cielo estrellado y la luna llena a través del tragaluz y no sintió más que una rabia sorda y profunda hacia quienquiera que estuviera amándose en el porche.

Se quedó quieta, al acecho, como un animalillo salvaje que escucha un ruido extraño en el bosque, hasta que el silencio se espesó y entonces, la auténtica Catalina, el sabueso, surgió de su interior y se precipitó escaleras abajo para sorprender a la pareja en pleno afán.

La casa estaba sumida en la más absoluta oscuridad. En el primer piso, todas las puertas de los dormitorios estaban cerradas y en el pasillo no había más luz que la que subía desde abajo, la poca que entraba desde la calle. La escalera estaba desierta, la cocina apagada, el salón vacío.

El único modo de saber quién se recostaba contra la puerta de la pensión y murmuraba susurros ininteligibles e irreconocibles, consistía en mirar por la mirilla. Pero para desilusión de Catalina, resultó que la pareja estaba sentada o tumbada, y quedaba por debajo del ángulo de visión del ventanillo, así que se le ocurrió que de pie, sobre la encimera de la cocina, en escorzo prerrafaelista y torciendo el cuello al estilo contorsionista, tal vez sería capaz de atisbar al menos el pelo o los zapatos o algún atributo de los amantes que pudiera identificar.

Resuelta, se alzó sobre una silla, y desde allí se subió a la encimera, pero, nerviosa como estaba, no calculó bien que los codillos de metal no soportarían su peso. Y ocurrió lo inevitable.

La barra de madera se venció y Catalina se precipitó contra el suelo, llevándose por delante el cajón de los cubiertos, que se desparramaron por todas partes, y un bote de mayonesa, maldita sea, que alguien se había olvidado fuera de la nevera y que se rompió en mil pedazos.

El estruendo fue tan tremendo que tuvo, por fuerza, que despertar a medio barrio, pero en la pensión más bonita del mundo, nadie acudió a socorrer a Catalina.

La pareja de la puerta, alertada por el alboroto, huyó corriendo a toda prisa, sin darle tiempo a la inspectora, que estaba embadurnada de mayonesa y dolorida del golpe, a levantarse del suelo y asomarse por la ventana. Escaparon. Se desvanecieron como fantasmas. Y lo más extraño fue que, al día siguiente, ni Cecilia ni Noelia ni Ivana recordaron haber escuchado el menor ruido durante la noche.

—¿A qué hora dices que sucedió?

—A las tres y cuarto.

—¡Qué raro!

—Yo llegué a las cuatro —reconoció, algo ruborizada, Cecilia.

—Yo también llegué tarde —dijo Noelia—. Después que tú —calculó.

—Yo he dormido en casa de una amiga —se excusó Ivana.

Y tuvo que ser Azucena quien, para evitar acusaciones infundadas, pusiera el punto de cordura en la conversación.

—Habrá sido gente de fuera. Alguien que pasaba por aquí, vio la cancela abierta y se coló dentro.

Pero también fue ella la que buscó pistas en la ropa de la colada: una arruga aquí, una mancha allá, analizando con lupa las prendas de seda y encaje de Ivana, de algodón de Noelia y de nailon de Cecilia, para llegar finalmente a la conclusión de que en todas ellas había indicios de actividad sexual por igual.

Esta información, que le había sido requerida por Catalina, no resultó demasiado esclarecedora, pero sí la ayudó a desechar la teoría de los amantes desconocidos. O la luna llena había hecho estragos aquella noche en la ribera del Manzanares, o por fuerza tenía que haber sido una de las tres residentes de la pensión la que había mantenido afectos desmedidos contra la puerta.

14

La sinceridad y la honestidad son virtudes que se presumen en las jóvenes pensionistas

Cuando se dio de bruces con la pintada en el muro de ladrillos frente a la puerta de su facultad, Ivana sintió un dolor insoportable que entumeció cada uno de sus miembros y la obligó a doblarse sobre sí misma. Una náusea recorrió su esófago, le castañearon los dientes y una especie de rayo demoledor le recorrió la espina dorsal. Los libros que sostenía entre los brazos se le cayeron al suelo y los bolígrafos rodaron sobre el asfalto. No tuvo otro remedio que abrazarse al chico que caminaba a su lado; de no hacerlo se habría desplomado de la impresión.

Él también había visto el grafiti: «Ivana es una puta», y también había sentido el zarpazo de la rabia y el temblor de rodillas.

—No hagas caso —la consoló—. Seguro que ha sido Susana. Está loca. Te ataca a ti para hacerme daño a mí.

Eran las nueve de la noche de un viernes. La pintura aún estaba húmeda. Lo más probable era que nadie lo hubiera visto todavía.

—Vamos a por disolvente y lo borramos, ¿quieres? Tengo aguarrás en el garaje.

Ivana lloraba, agarrada con fuerza a la cazadora del chico que manejaba la moto como si fuera una nave espacial. Se llamaba Dani. Vivía en una zona residencial de las afueras con sus padres, sus hermanas y un par de perros falderos. Acababa de cumplir veinte años y lo había celebrado dándole el único beso de veras que Ivana había recibido en toda su vida. Un beso romántico, sin urgencias ni exigencias, que no había acompañado con zafiedades y manoseos, sino con palabras bonitas y caricias tiernas.

La tal Susana era una chica algo desequilibrada y un poco lunática que salía con Dani desde el colegio y que decía por ahí que en cuanto terminaran la carrera se iban a casar, porque él era el amor de su vida y estaban hechos el uno para el otro.

Esta idea no desagradaba demasiado a los padres de Dani —la familia de Susana era próspera y decente—, y por eso desconfiaban tanto de la nueva conquista de su hijo: una estudiante rusa que ni siquiera había resultado ser la heredera mimada de uno de esos millonarios de fortuna sospechosa, dueños de yates y *jets* privados que se pasean por el mundo con la impunidad que da el dinero. Ivana daba la impresión de estar algo perdida y desorientada en un país del que desconocía todo: las costumbres, las maneras y hasta el idioma.

—Ivana es modelo —les había anunciado su hijo un domingo a la hora de comer, para empeorar las cosas.

A la madre de Dani casi le da un ataque de la impresión. La chica vestía cazadora y pantalones ajustados de cuero negro, botas de tacón y gafas de sol.

—¿Cuántos años tiene? —le preguntó a su hijo por lo bajini—. ¿Treinta?

Pero superado el susto inicial y convenientemente enterada de todo lo que necesitaba saber para poder dormir tranquila: «Tiene veintidós, estudia en mi facultad, es una alumna brillante, habla cuatro idiomas, es cosmopolita, exquisita, cuidadosa, delicada, minuciosa, pulcra, primorosa, refinada, distinguida, elegante, impoluta, angelical, detallista, amable, sensible, sumisa, obediente, respetuosa, indefensa y fascinante», se rindió ante la evidencia del amor verdadero y decidió seguir los consejos de su marido: «Si no quieres perder a tu hijo, no te enfrentes a ella».

De modo que en la corta vida sentimental de Dani, Susana había dejado de existir y había sido sustituida por Ivana con precisión quirúrgica. Un proceso aséptico, indoloro y permanente.

—Borramos la pintada y te invito a cenar —la consoló Dani—. Deja de llorar, alegra esa carita.

Paró la moto, se giró en redondo y la besó con el casco puesto. Era complicado. Se rieron los dos.

Al final, en lugar de disolvente decidieron escribir sobre la I una S, sobre la V una U, una S en el centro, y en un santiamén cambiaron un nombre por otro. El lunes, cuando se reanudaran las clases, el muro estaría decorado con una frase demoledora: «Susana es una puta».

—Porque ha sido ella, seguro. Está loca.

Después levantó a Ivana por los aires, la sentó a horcajadas sobre la moto, volvió a besarla y reemprendió la marcha.

A las cuatro y media de la madrugada, después de una cena a la luz de las velas y un peregrinaje de vértigo por las tres o cuatro discotecas de moda, Dani condujo a Ivana de vuelta a la pensión. Aparcaron la moto a escasa distancia de la cancela. Ivana se giró para abrir la puerta y Dani se apretó contra su trasero, mientras la rodeaba fuertemente con los brazos. Ella notó perfectamente el calor y la tensión que acompaña al deseo.

—Espera, Dani —le dijo—, en la calle no, por favor.

—Te quiero —balbuceó él, sin saber que era la primera vez que alguien le declaraba su amor a Ivana.

Por eso ella, desarmada, se dejó querer, donde, cuando y como quiso él, con el ritmo acelerado del que lleva mucho tiempo aguantando la respiración y puede, por fin, asomar la cabeza fuera del agua.

Hacía frío y el cuero de sus ropas crujía al unísono. Sus botas golpearon dos o tres veces la puerta de la pensión, y cuando Ivana comprendió que había llegado el momento, apretó su mano fuertemente contra la boca de su amante para evitar que despertara a toda la casa.

—¿Quieres ahogarme? —protestó él.

—¡Shhhh! —respondió ella, tapándole los labios de nuevo, esta vez con los suyos, húmedos y carnosos.

Después Dani se fue, jurándole amor maduro y cierto, con la cabeza y el corazón de acuerdo, tambaleándose de gusto por el caminito de la calle, e Ivana entró en la casa después de escuchar el sonido de la moto perdiéndose en la noche.

La pensión dormía profundamente. No había luces encendidas, ni ojos abiertos, ni Catalinas recorriendo como fantasmas pasillos y escaleras.

Si era cierto que la entrometida de los pelos revueltos había escuchado ruidos eróticos, no habían sido los suyos.

—¿No lo habrás soñado? —se atrevió a insinuar—. Las fantasías sexuales responden a carencias y deseos reprimidos.

—¿Y qué?

—Nada, que a lo mejor te hace falta un poco de marcha. No sales, no tienes novio... Eres un poquito estrecha, ¿no?

Tuvo que intervenir Noelia, pretextando un súbito dolor de cabeza, para que aquella discusión no fuera a mayores. Les pidió que no levantaran la voz, por amor de Dios, se tomó una aspirina y salió huyendo escaleras arriba, evitando así el interrogatorio de Catalina.

Noelia había dicho la verdad. Había llegado a casa, exactamente, a las cuatro menos diez, así que era imposible que

Catalina los hubiera oído a ellos. Justice había sido muy cuidadoso, muy silencioso, y ella lo único que había dejado escapar había sido un gemido de dolor al sentir el embiste de él que había llegado más o menos a las cuatro en punto. No a las tres y media, como afirmaba la muy cotilla.

Habían pasado la tarde juntos, como solían hacer últimamente, mirándose embelesados a los ojos durante horas, amparados por la oscuridad caliente de un café con chimenea que no quedaba muy lejos de la pensión. Después habían deambulado por las calles vacías de la cuidad, jugando al juego de besarse en cada portal hasta llegar al suyo.

—Ven a mi cabaña —le rogó Justice, por enésima vez, desesperado.

—No.

—¿Por qué? —Y la tristeza de sus ojos desarmó a Noelia.

La respuesta a ese por qué era tan cruel que Noelia no se atrevía a articularla: por el color de tu piel, Justice; porque no tienes dónde caerte muerto ni trabajo ni futuro ni porvenir; porque es impensable que yo pueda enamorarme de ti; porque no estoy dispuesta a huir contigo a Kenia; porque eres un inmigrante ilegal; porque tu cabaña no es tuya, sino fruto de la caridad de Cecilia; porque nuestro amor está prohibido; porque existen las razas y las clases sociales y los convencionalismos. Y porque soy muy cobarde, Justice, porque me da miedo mi madre, terror mi padre, porque si les hablara de ti, vendrían a separarnos, me enviarían a estudiar a Suiza, te deportarían a ti, me arrancarían de tus brazos, me quedaría sin tu cobijo y me moriría de pena.

—¿Es porque soy pobre?

—Es porque yo soy rica.

—¿Es porque soy negro?

—Es porque yo soy blanca.

Pero Justice había perdido la capacidad de escuchar, y la de entender, y sólo conservaba la de amar. La besó contra la puerta de la pensión con una pasión desconocida, casi con rabia, casi mordiendo. Le dijo algo como: «Seré lo que tú quieras que sea», y ella se rindió.

Permitió que Justice le quitara la ropa, la acariciara palmo a palmo, hasta el delta del río Tana, hasta el corazón de su mina de diamantes, hasta lo alto del Kilimanjaro, trepando por las paredes ásperas y haciendo brotar una fuente de sangre roja.

—¿Es la primera vez? —se sorprendió—. ¿Por eso no querías?

Y esta excusa le pareció perfecta a Noelia.

—Es que me daba miedo.

—No hay nada que temer —la tranquilizó él, acunándola entre sus brazos—. ¿Te ha dolido?

—No —mintió ella.

—¿Quieres hacerlo otra vez? ¿Más despacio?

—Sí.

—Pues vamos a mi cabaña. Te voy a amar toda la noche. Toda la vida.

Lo del dolor de cabeza era cierto. La noche en vela, el amor sin descanso, la agonía, el aprendizaje, el deseo y el placer, dos en uno, el cuerpo de Justice enredado en el suyo, su olor animal, su caricia humana, el hambre, la sed, la piel contra la piel, la cama mojada, la oscuridad, la luz. El amanecer a las ocho. «Me tengo que ir, Justice, que va a llegar Azucena y nos van a pillar».

Con la aspirina y el vaso de leche en el cuerpo, Noelia se metió desnuda entre las sábanas y, recordando las caricias de Justice, se quedó dormida, agotada, saciada y en paz.

—Yo opino como usted, Azucena —dijo Cecilia para zanjar la cuestión—. Serían unos desconocidos. Seguro. Habrá que asegurar la puerta de la cancela. ¿Os habéis fijado si está forzada?

—Está perfectamente —contestó Catalina—. O alguien se la dejó abierta o tenían llave.

—Bueno, pues lo pasado, pasado está —resolvió Cecilia con un suspiro—. Como esta tarde viene Andrés a arreglar lo de la encimera, de paso que cambie la cerradura.

Catalina la contempló con la cabeza ladeada. Nada escapaba a su astucia y el rubor que coloreaba las mejillas de su casera no le pasó desapercibido. Cecilia notó su mirada inquisitiva y salió disparada escaleras arriba. Dijo que tenía un juicio el lunes y que las vería a todas a la hora de comer. Después se encerró en la buhardilla a fingir que estudiaba un aburrido tratado de leyes.

Pues sí. Había sido ella, Cecilia, la primera en desobedecer sus propias normas. Ella la que había gemido, suspirado, mordido, besado e incluso exclamado aleluyas al final del acto. A las tres y cuarto en punto de la noche. Con el cuerpo de Andrés fundido con el suyo y la conciencia impecable gracias al descubrimiento de Catalina: «No hay señora Leal».

Esta noticia, transmitida a través del teléfono móvil a las nueve y cuarto de la mañana, había despertado de un largo letargo a la bestia que nunca supo que llevaba dentro. Porque ella siempre había sido sexualmente tranquila, de las de pijama de franela en invierno y camisón con manguita de farol en verano. Muy limpia, muy aséptica. Y su marido, muy rápido; un velociraptor, como quien dice. De los de ahí te pillo, ahí te mato, ahí te quedas aturdida sin saber muy bien qué fue lo que se te vino encima, si te he visto no me acuerdo, ha sido un placer, el placer ha sido mío. Y yo con estos pelos; la próxima vez avísame y me depilo.

Su repertorio amatorio era muy limitado. Sus preliminares, más fugaces que los de los campeonatos de atletismo y sus tiempos de los de récord del mundo.

Cecilia, después del sofoco, se recomponía con esmero. Se levantaba de la cama, estiraba un poco las sábanas, se lavaba y perfumaba antes de volver a ponerse la ropa interior, el camisón, los botones, se peinaba, se lavaba otra vez los dientes y regresaba a la cama donde su marido dormía profundamente, en pijama.

Este patrón se repetía dos veces por semana con precisión de reloj suizo, así que, haciendo un cálculo aproximado, resultaba que Cecilia había hecho el amor mil doscientas cuarenta y ocho veces en su vida, siempre con el mismo hombre, siempre con el mismo desenlace previsible. Entendía que los excesos dramáticos de las novelas eróticas y las películas románticas respondían a las fantasías desbordadas de los autores y las exigencias del guion, pero, de todas formas, se asombraba con la comparación. Lo que veía en la pantalla de su televisor de plasma y lo que sucedía luego en la cama eran dos realidades tan distintas que sólo podían contemplarse desde la óptica de la ciencia ficción. Nunca había experimentado lo que viene a llamarse «deseo carnal». Sí, tal vez, una necesidad de ser amada con ternura, de ser acariciada, consentida, querida y amparada, pero no la llamada de la naturaleza que, aparentemente, sentían las protagonistas de aquellos dramas.

Después de acostarse con ella, su marido permanecía un rato en silencio, observándola entre agradecido y avergonzado, como si se sintiera culpable por la intromisión, como si le debiera un favor, mientras Cecilia, con los ojos cerrados, digería lo que acababa de suceder bajo las sábanas.

Por eso le costó tanto trabajo entender que el fuego, la desesperación, la ansiedad, el escalofrío y el rechinar de dientes que siguió a la sencilla revelación de Catalina: «No hay señora Leal», respondiera, ni más ni menos, que al pecado capital de la lujuria, definida esta como desenfreno sexual desbordado e incontrolable.

Cecilia se encerró en su despacho, acalorada, mareada y con una obsesión patológica: arrancarle la ropa a mordiscos a Andrés Leal, meterle la lengua en la boca, arañarle la espalda y hacerle desmayarse de placer. Desde ese momento y hasta que logró su objetivo, dieciocho horas más tarde, fue una esclava de su propio deseo.

Pidió permiso en recursos humanos para ausentarse por motivos de salud.

—Me encuentro rarísima —le dijo a la voz amiga que respondía siempre a sus llamadas de socorro—. Estoy medio mareada, me tiemblan las piernas y siento unos sofocos muy agobiantes.

—Va a ser la gripe.

—Qué va, esto no es gripe. Es algo de nervios.

—¿Un ataque de ansiedad?

—No. Tampoco. Si fuera ansiedad, lo reconocería. Esto es otra cosa. Una especie de fiebre rara. La rabia, tal vez.

—Cecilia, céntrate. ¿De verdad piensas que tienes la rabia?

—¡Ay, no sé! Tengo ganas de aullar.

—Anda, vete a casa y tómate un tranquilizante. Pongo en el parte gripe, ¿vale?

De vuelta en la pensión, a pesar del frío de la calle, Cecilia se metió debajo de una ducha de agua helada. Las gotas, antes de rozar su piel, desaparecían convertidas en vapor y chisporroteaban como las llamitas de las velas al mojarse. Abrió la boca y notó que el incendio se descontrolaba sin remedio.

Entonces llamaron a la puerta.

Azucena acudió a abrir. Saludó amablemente al hombre, acarició al perro, le invitó a una taza de café bien caliente y le pidió que esperara en el salón, que Cecilia estaba arriba y que bajaría enseguida.

—¡Ha venido el señor Leal! —gritó a través de la puerta del cuarto de baño—. ¡Que necesita su firma para no sé qué del ayuntamiento!

Cecilia, con el corazón desbocado, se envolvió en una toalla.

—¡Dígale que no se vaya! —vociferó.

Escogió unas braguitas de seda, una combinación con encaje, un vestido cruzado que le favorecía bastante y dudó un momento entre zapatos de salón y botas de caña alta. Al final se decidió por las botas, se maquilló como para una boda, se alisó el pelo, tardó una hora, se roció de perfume, se entretuvo todavía un rato probándose los pendientes y colgantes que guardaba en su joyero, y cuando comprendió que ya no quedaba nada por hacer, permitió que la Naturaleza obrara el milagro. Al salir de su cuarto se cruzó con Azucena por la escalera.

—¡Ay, qué guapa! —se admiró la asistenta—. Ese vestido que lleva le quita diez años de encima. Parece usted una guayabita. ¡Y cómo le brillan los ojos, Cecilia, y qué colorada se ha puesto! ¿No tendrá fiebre? A ver si va a estar incubando alguna cosa.

—¿Están las niñas?

—No. Se han ido a la universidad.

—¿Y Justice?

—Tampoco. Salió temprano.

Cecilia se sintió loba mala de repente. Su mente animal trazó un plan infalible.

—Azucena —dijo con un hilo de voz—. ¿Me haría usted el favor de acercarse al mercado y comprarme unos kiwis?

—¿Está usted estreñida?

—Mucho.

—Entonces voy corriendo y termino luego las habitaciones.

—No corra, no corra —le aconsejó Cecilia—. No hay prisa ninguna.

En el salón, algo inquietos, esperaban amo y perro desde hacía un buen rato. Andrés Leal había salido de su casa a las nueve en punto de la mañana y, como todos los días, había acompañado a Bicho a hacer sus necesidades.

Qué cosas tenía la mente. Después de una noche de insomnio, venga a darle vueltas al asunto de Cecilia, le había parecido ver su coche aparcado al final de la calle. Un espejismo urbano.

No era la primera noche que dormía mal, que le costaba conciliar el sueño y se despertaba sobresaltado en medio de la oscuridad, empapado en sudor y con el corazón a mil por hora. Su médico lo achacaba al *shock* post traumático y le tranquilizaba asegurándole que el tiempo acabaría por sanar todas las dolencias, tanto las físicas como las anímicas, que las pesadillas dejarían de torturarle y las lágrimas no volverían a empapar su almohada.

Pero habían pasado ya cinco años desde el accidente. Se había acostumbrado a su pierna herida, la cabeza había recuperado la salud, había ido abandonando, poco a poco, todos los medicamentos contra el dolor, y sin embargo, las heridas del alma seguían abiertas como enormes agujeros negros capaces de devorar el universo entero.

Agarrado a Bicho, en medio del gran azul, Andrés Leal lloraba como un niño y la sal de su llanto desbordaba el océano.

—Es parte del proceso —le decía su médico—. El duelo.

—¿Cuánto dura?

—Una eternidad.

—No volveré a enamorarme jamás. El amor duele.

—El amor cura.

El asunto de Cecilia, como lo llamaba él para sus adentros, no era ni más ni menos que el encaprichamiento de un adolescente por la niña del pupitre de al lado. En cuanto terminara el curso, se acabaría el problema.

Pero la reforma había finalizado en julio, y ya era noviembre, y la niña del pupitre de al lado se le aparecía en sueños, envuelta en luz, y le besaba cada punto de dolor de su cuerpo y de su alma. Se despertaba gritando su nombre: «¡Cecilia!», porque soñaba que era ella la que conducía el coche en el que los dos caían precipicio abajo, ella la que se rompía como un vaso de cristal, ella la que echaba sangre por la boca. Entonces Bicho se subía a la cama, le lamía las lágrimas, aullaba con él.

Y luego se hacía de día, y Cecilia estaba viva, discutiendo por tonterías, despertando en él un sentimiento antiguo, que reconocía y temía y evitaba, para no ser vulnerable nunca más, para protegerse, armado hasta los dientes, en el búnker de hormigón en el que había decidido convertir su casa.

La mujer que entró al salón disimulando el calentón tenía los ojos grandes, las pupilas dilatadas, los labios más gruesos de lo normal, las mejillas enrojecidas y un cuerpo de escándalo que no parecía el suyo de siempre, el de ir y venir de la oficina, sino el de alguien mucho más joven, mucho más peligrosa. Andrés Leal no se esperaba un susto como ese a las doce de la mañana.

—¡Guau! —se le escapó—. ¿Vas a una fiesta?

—¿Una fiesta?

—Digo.

—No.

Cecilia avanzó hacia él un poco inestable dentro de las botas de tacón alto.

—Es que hoy no he ido a trabajar.

—¿Y siempre te pones tan guapa cuando te quedas en casa?

—Siempre.

—Porque estás tela guapa, no sé si te has dado cuenta. Y hueles muy bien.

—Gracias.

Había algo animal en la mirada de Cecilia. Algo de águila real, algo montuno. Andrés Leal se pasó una mano por el pelo, dudó un instante, tomó aire.

—Ven aquí, morena —dijo, tomando a la rapaz por la cintura y atrayéndola con un rápido movimiento hacia su boca.

Aquel fue el primer beso. Y supo a lágrimas resecas; al gusto metálico del pánico al principio, a rendición sin condiciones después. Fue el primero de un millón de besos que se repartieron a lo largo de aquel día. En la pensión, en el paseo junto al río, en el sabroso mordisco de una *pizza* a medias, en el oscuro rincón de un café con Chester, entre el bullicio de la gente corriente de la ciudad, al entrar y al salir de una tienda, en cada portal de cada edificio, en público, en privado, al caer el sol y al cerrarse la noche, al volver a casa, al agarrarse el uno al otro y no poder soltarse; al encontrarse, agotados, desarmados, frente a la puerta de la pensión y no saber qué hacer con tanto calor acumulado.

Era cierto, había sido ella. Culpable de transgredir la norma número trece. A lo bestia. Sin reparos antes ni remordimientos después. Ella la que se había abalanzado sobre el desconcierto de Andrés Leal y había callado sus protestas con besos y mordiscos. La que lo había vuelto loco de deseo y lo había satisfecho a zarpazos sobre el suelo de tablas, la que había golpeado la puerta con los tacones altos de sus botas de caña, la que había gemido, gruñido y arañado.

Él sólo había logrado articular una frase inteligible en medio de la batalla campal: «Pero qué máquina estás tú hecha», para luego responder como un oso pardo a los ataques de Cecilia y revolcarse por el porche con ella de mochila.

El estropicio de Catalina, descalabrada, junto a la encimera de la cocina, les devolvió bruscamente a la realidad.

—¿Qué coño...? —dijo Andrés con los pantalones en las rodillas.

—¡Ay, qué vergüenza! —le respondió la auténtica Cecilia, que acababa de regresar a su ser, de natural recatado, recomponiéndose el pelo, los tirantes del vestido y las medias arrugadas—. ¡Corre que nos pillan!

Salió disparada escalones abajo, atravesó el caminito de piedras hasta la cancela de un único brinco sólo equiparable al del campeón mundial de saltos de longitud en las últimas olimpiadas, y siguió corriendo durante un buen rato, con Andrés en la retaguardia tratando de alcanzarla dando traspiés con su pierna mala mientras se abrochaba el botón de los vaqueros.

Por un momento habían vuelto a ser dos adolescentes en retirada y la vida había cobrado todo el sentido del mundo. A Andrés lo hubieran sorprendido sus padres; a Cecilia, sus abuelos, asomados unos y otros a la misma ventana de la misma habitación. La grande, la que daba a la calle y no al jardín de atrás. Y la casa de la Ribera del Manzanares habría sido en cualquiera de los dos casos el escenario inolvidable de su primer encuentro.

—¿Don Andrés Leal?

—El mismo.

—Soy Azucena. La asistenta de la pensión de la Ribera del Manzanares. Que dice doña Cecilia que esta tarde, si puede, o ya el lunes, venga, que se pase por aquí para arreglar un estropicio en la cocina: una encimera que se ha vencido y que ha arrancado de cuajo tres baldosas de las grandes, nada grave. Y que de paso, a ver si nos puede cambiar la cerradura de la cancela. Parece ser que alguien se coló anoche en la parcela. Fíjese, lo mismo venían a robar.

—Seguro. A qué si no —respondió el constructor.

Pero hubo algo en el tono de su voz, que le hizo pensar a Azucena, qué cosa más rara, que Andrés Leal estaba sonriendo al otro lado de la línea telefónica.

15

Se respetará la intimidad del resto de los residentes, así como sus objetos personales

Lo primero que notó Cecilia cuando recuperó el resuello, sola por fin en el santuario de su dormitorio de la buhardilla, fue una ausencia rara que no supo definir. Algo así como lo contrario a toparse con una caca de pájaro en el alféizar de la ventana o un envoltorio de papel en el suelo, un libro mal colocado o una arruga en el visillo. Aire que no encuentra un obstáculo en su camino. Vista que no se detiene donde debería.

Pero como es mucho más difícil darse cuenta de que algo falta que dársela de que sobra —tanto en el plano físico como en el espiritual—, Cecilia permaneció varios minutos con el ceño fruncido, olisqueando el espacio quieto de su cuarto y haciendo inventario mental de todas sus posesiones.

El orden era impecable, lo mismo que la limpieza, y a primera vista, nadie diría que aquella intimidad había sido violada. Pero lo había sido.

A Cecilia se le aceleró el corazón.

Recordó, como en una nebulosa, que la mañana de su locura —veinticuatro horas atrás, quién lo diría, parecían veinticuatro años—, había sacado el joyero de su habitual escondrijo, al fondo del armario, y lo había dejado abierto sobre la cómoda después de probarse los pendientes y colgantes que contenía. Pues bien, ni pendientes ni colgantes ni joyero. Toda su vida sentimental contada en piedras preciosas había desaparecido.

Antes de entrar en el estado de pánico en el que se sumió después, Cecilia registró su dormitorio con la esperanza de encontrar una respuesta lógica al misterio. Pensó que tal vez, mareada y obsesionada como había estado la mañana de autos, ella misma había guardado el joyero en algún lugar diferente a su habitual escondrijo del armario, y ahora le costaba recordar dónde. No habría sido la primera vez que le ocurría algo así. En una ocasión, por ejemplo, metió el móvil en la nevera y dejó la mantequilla fuera; y en otra, se dejó las llaves del coche puestas y se volvió loca intentando encontrarlas por todos sus bolsos y bolsillos.

Pero después de media hora de búsqueda infructuosa, llegó a la única conclusión posible y aterradora: le habían robado el joyero.

Con las piernas flojas, antes de dar la voz de alarma, tuvo a bien preguntarle a Azucena, discretamente, si sabía, por casualidad, dónde estaba el pequeño joyero que ayer mismo, ella misma, había dejado encima de la cómoda.

Azucena se ofendió. Lo había visto, le dijo, abierto y desparramado, y había pensado que no era buena idea dejarlo tan a la vista. Cecilia era una mujer excesivamente confiada, había rumiado para sus adentros, y cualquier día se iba a llevar un gran disgusto. «En el arca abierta el justo peca», solía decirles la madre Petra en el orfanato, a pesar de que era una mujer convencida de la naturaleza bondadosa de la condición humana.

Pero ella, como buena asistenta, se había encogido de hombros y había seguido pasando el plumero sin meterse a juzgar o a comentar, igual que hacía siempre, que la discreción, en su profesión, es un valor fundamental, como lo es el secreto profesional en el caso de los abogados o el código deontológico en el de los médicos.

—Así que no me venga ahora con suspicacias y recelos, que yo soy más honrada que la Madre Teresa de Calcuta, y si tiene que culpar a alguien, no me mire a mí, sino a usted misma y su falta de cuidado.

—Yo no la estoy acusando a usted, Azucena, por Dios, no se ponga nerviosa. De momento, ni siquiera estoy segura de que se trate de un robo.

—¿Y qué carajos va a ser? ¿Usted cree que su joyero se ha ido a pasar unos días de vacaciones a la playa o qué?

Llegados a este punto, a Cecilia no le quedó otro remedio que llamar a asamblea a todas las habitantes de la casa. En el descansillo de la escalera del primer piso, reunió a las niñas y, con Azucena de testigo, les comunicó la lamentable noticia: alguien había entrado a robar.

—Comprobad, por favor, que no os falte nada.

Ivana lloró desconsolada. Le habían quitado un buen dinero que tenía escondido bajo el colchón. Y varias piezas de mucho valor, las de su pequeño cofre de Louis Vuitton. Catalina añadió cien euros y una cartera de piel al alijo; y Noelia, que no echaba de menos ninguna cosa importante, ya que había dejado todas sus pertenencias en Águila, bajó trastabillándose por la escalera para informar a Justice del desastre.

Encontró la cabaña desierta. La cama deshecha. La ropa sucia arrinconada en el suelo y las huellas inconfundibles de que el chico se había marchado precipitadamente.

—Justice no está en la cabaña —anunció, sin dar importancia a su ausencia.

—¿Cómo que no está? —se extrañó Catalina.

—Habrá ido a dar una vuelta —quiso creer Noelia.

—¿Le habéis llamado al móvil?

—Justice no tiene móvil. Nunca lo ha tenido —recordó Cecilia—. Eso de los móviles y las nuevas tecnologías, me parece que no van con él —reflexionó—. Justice vive en su mundo, ya lo conocéis.

Lo esperaron todavía un rato más. Hasta las doce, mientras iban haciendo inventario de lo sustraído.

—Habrá que dar parte a la policía —dijo Azucena.

Y se hizo el silencio.

El silencio de Ivana tenía nombre de embajador británico, terror al interrogatorio policial: ¿quién paga su estancia, sus estudios? ¿De qué oscuro lugar proceden los objetos que le han sido sustraídos? ¿Quién le regaló las joyas? ¿Cómo ganó el dinero que dice haber perdido?

El silencio de Noelia tenía la piel negra, los ojos negros, los rizos negros como negro era el pozo en el que caía. ¿Era posible que Justice hubiera hecho algo así? ¿Que le hubiera robado la inocencia y la primera ilusión? ¿Que se hubiera marchado llevándose con él cualquier posibilidad que tenía ella de ser feliz?

El silencio de Cecilia tenía voz de padre y madre, que ya te lo advertimos, que algo como esto tenía que pasar, que no vales para nada, hija, que mejor olvides tu sueño, hagas la maleta y vuelvas a casa con el rabo entre las patas, fracaso de niña, sin marido ni casa ni futuro.

Y el de Catalina era un silencio de novelista en el buen camino, con los ingredientes del *thriller* revolviéndose en su cabeza: que si una puta rusa disfrazada de estudiante ejemplar, que si una escena pornográfica en la puerta de una pequeña pensión a la orilla del Manzanares, que si una misteriosa medalla emparedada en un tabique, que si un hombre cojo con un pasado oculto y un inmigrante ilegal en paradero desconocido.

—¿A la policía? —se asustó Cecilia.

—Toma, claro —replicó Azucena con cara de no entender nada—. Tenemos que llamar a la policía, denunciar el robo, buscar huellas y esas cosas.

—Qué mal rollo —dijo Catalina—. La policía lo revuelve todo, lo llena todo de polvillo blanco y, al final, nunca descubre nada.

—Es verdad —dijo Noelia—. En casa de mis padres robaron la plata y nunca supimos quién había sido.

—La policía, en mi país, es corrupta —apostilló Ivana—. A veces se quedan con lo que encuentran, o aprovechan para acusar y perseguir a gente inocente.

—O los deportan —añadió Noelia con la voz temblorosa.

—Yo creo que la policía debería ser nuestra última opción —propuso Cecilia—. No me vayan a cerrar la pensión. Mejor llamamos a Andrés Leal a ver qué opina —se le ocurrió.

—O buscamos a Justice por nuestra cuenta —propuso Catalina mirando a Noelia, la cual asintió aliviada—. Puede estar en cualquier parte. Tal vez él no sea culpable. Deberíamos eliminar todas las posibilidades antes de acusar a nadie.

Andrés Leal llegó a la una, cargado con la caja de herramientas para arreglar la encimera de la cocina y cambiar la cerradura de la cancela, y encontró un cuadro de desolación inesperado. Las cinco mujeres que normalmente hervían de actividad, estaban reunidas en el salón, cabizbajas, silenciosas, y todas ellas cargaban con un enorme peso sobre sus espaldas. Parecía un velatorio sin muerto. Parecían las cinco muertas del velatorio.

—Hola, Andrés —lo saludó Cecilia, las brasas del incendio del día anterior—. Nos han robado.

Noelia rompió a llorar. Cecilia le pasó un brazo por los hombros.

—Y Justice ha desaparecido —añadió con la barbilla temblando.

Andrés tuvo el detalle de no provocar escozores innecesarios recordándole a Cecilia las veces que la había advertido que algo como esto podría ocurrir. Uno junta en una casa a seis seres humanos sin lazos de sangre ni de amistad que les impidan convertirse en seis lobos para el hombre y se devoran los unos a los otros, como defendía Hobbes.

Dejó la caja de herramientas en el suelo y paseó la vista por los rostros compungidos que llenaban el salón. Por la congestión de Noelia, que parecía desconsolada, dedujo que ella era la que más había perdido en el asalto. En cambio, Ivana, altiva como siempre, tenía más bien cara de fastidio, pero no de desastre. Catalina se mantenía alerta, el cuello tieso y los ojos de pájaro, como si apuntara mentalmente las reacciones de los demás y las sometiera al análisis deductivo de Sherlock Holmes.

Ni siquiera él mismo se libraba de las sospechas de la sagaz detective; no en vano él, como abeja reina, y su cuadrilla, como laboriosas obreras, tenían acceso a todos los secretos de la casa. Pero Leal confiaba plenamente en todos y cada uno de sus hombres. Los conocía como si fueran miembros de su familia; sabía de las dificultades económicas que atravesaban a veces y los ayudaba con subidas de sueldo o préstamos sin intereses, e incluso era consciente de los vicios inconfesables que cada uno trataba de mantener en la oscuridad y era capaz de canalizarlos hacia la luz con sabios consejos casi de psiquiatra.

Comprobó que tanto la cerradura de la cancela como la de la puerta principal estaban en perfecto estado y llegó a la misma conclusión que el resto: quienquiera que hubiera cometido la fechoría, o bien había encontrado ambas puertas abiertas, o bien estaba en posesión de las llaves.

—Lamentablemente —verbalizó—, el ladrón ha sido uno de nosotros.

Y esta verdad, dolorosa, enrareció tanto el aire que se respiraba que, intoxicados por la desconfianza a seis bandas, a partir de ese momento y hasta que un nuevo acontecimiento vino a distraer la atención de todos, se levantó entre los protagonistas del drama un muro de silencio alto y ancho, de hormigón armado.

La sospecha general recaía más bien en Justice, dada su misteriosa desaparición, pero nadie se sentía capaz de verbalizarlo por miedo a empeorar el delicado estado de salud de Noelia. Como buena figura trágica decimonónica, la chica se paseaba por la casa cual alma en pena, suspirando a veces, a veces perdiendo la consciencia en cualquier rincón, y su palidez natural se había intensificado hasta límites enfermizos. Noelia había dejado de comer —decía que todo le sentaba mal— y pasaba el tiempo dormitando en su cuarto o en uno de los sofás del salón, que de tanto uso tenía ya la forma de su pequeño cuerpo maltrecho, bajo una manta de lana que Azucena, maternalmente, solía echarle encima cuando la encontraba convertida en un ovillo de frío y pena en aquel sillón.

Había abandonado la universidad y la sana costumbre de ocuparse de su higiene. Tenía los rizos sucios y la ropa arrugada. Caminaba descalza, sonámbula, a veces también de noche, y en cierta ocasión le contó a Cecilia que había entablado una buena amistad con su abuela Teresa, la cual tenía también el sueño ligero, y que le mandaba recuerdos desde el más allá. La describió como una mujercita de rasgos dulces y manos suaves, con el tabique nasal un poco aplastado y el pelo completamente blanco, un lunar en la mejilla izquierda y andares de garza. Le dijo que vestía delantal de flores, zapatillas de andar por casa y pañuelo de seda anudado al cuello. Cecilia corrió a la buhardilla a por el álbum de fotos y Noelia la reconoció enseguida: «Esta es —le dijo—, aunque ahora está distinta, como rodeada de luz, y camina sin pisar el suelo, no sé si me entiendes; flota, más bien».

Cuando se acordaba de Justice lloraba sin ruido, un llanto culpable que no podía compartir con nadie que no fuera el fantasma amoroso de la abuela Teresa. A ella le había dicho que seguía enamorada de él, a pesar de que suponía que era cierto, que se había marchado con las joyas y el dinero. «Pero no para gastarlos, Teresa, sino para hacer fortuna y regresar a buscarme convertido en un hombre de bien. A lomos de un caballo blanco, las manos cubiertas de oro y piedras preciosas, un cortejo de sirvientes y doncellas, y una caravana de camellos cargados de tesoros; porque él cree que a mí me importan las riquezas de este mundo, y no se da cuenta de que me traen sin cuidado, que lo único que quiero es pasar la vida a su sombra».

16

Se prohíbe escuchar detrás de las puertas

De nuevo fue la madre de Cecilia quien dio la voz de alarma. Victoria Villanueva de Campos le había comentado por lo bajini, en un descanso de la partida de cartas, que los padres de Noelia estaban preocupados por la falta de noticias de su hija. Por lo visto la niña llevaba más de un mes sin telefonear a casa y sin responder a sus llamadas. Que sólo sabían de ella por las pocas referencias que les trasladaba la madre de Cecilia, y que una cosa era que la niña espabilara un poco y otra que se olvidara de su familia. Les inquietaban, sobre todo, las malas compañías y querían saber si Noelia había entablado amistad con jóvenes interesantes o si, por el contrario, se estaba rodeando de indeseables liberales, reaccionarios y antisistema.

Cecilia trató de tranquilizar a su madre explicándole que Noelia no era, ni por asomo, una de esas chicas problemáticas que se meten en líos, sino una buena niña, algo tímida y poco sociable, físicamente delicada, con cierta tendencia al desánimo, pero esencialmente cariñosa y tierna.

—¿Y qué tal come? —quiso saber su madre.

Ese punto era espinoso. Porque comer, lo que se dice comer, no entraba dentro de los hábitos cotidianos de Noelia. Desde la marcha de Justice había perdido el apetito hasta el punto de no sentarse a la mesa.

Azucena, asustada, le preparaba unos contundentes caldos de pollo con verduras en los que a veces disimulaba un par de yemas de huevo. La niña tomaba dos cucharadas y se quejaba de dolor de estómago.

—Come poco, ya sabes lo delgadita que está. Pero tiene buen aspecto —mintió Cecilia—. Nada preocupante.

Aquella llamada de atención de su madre tuvo un efecto inmediato en Cecilia, la cual se sentía responsable del bienestar de sus huéspedes. Se dijo que había llegado el momento de actuar y, armada de valor, se presentó ante la puerta del dormitorio de Noelia, dispuesta a soltarle una charla sobre los efectos del amor contrariado en la salud del individuo despechado —con ejemplos propios—, y la necesidad de hacer borrón y cuenta nueva, pasar página, comenzar de cero o comoquiera que uno prefiriera llamar al hecho de tragarse el dolor y poner al mal tiempo buena cara o hacer de tripas corazón. Benditos lugares comunes, qué a mano están cuando se les necesita. Tenía preparado el discurso de los «recursos», que a ella le habían servido de más bien poco, pero que al parecer, eran infalibles para curar males de amores, cuando, al acercar la oreja a la puerta, escuchó un llanto nuevo, ya no de chaparrón, sino de tormenta.

—¿Estás bien, Noelia? —preguntó cuidadosa.

—¡Vete! —respondió la chica con voz de trueno.

Cecilia abrió la puerta de un empujón y la encontró ahogada en lágrimas en su cama desecha. Temió que se le hubiera ocurrido atiborrarse de pastillas, colgarse de una viga, desangrarse en la bañera de agua caliente o llenarse los bolsillos de piedras y lanzarse al río imaginario de Virginia Woolf, esas barbaridades a las que algunos llaman «hacer una tontería» y que terminan fatal. El suicidio ha sido, a lo largo de la historia de la literatura, una salida airosa para numerosos héroes románticos, poetas y escritores malditos, elegantes damas infieles y artistas bohemios;

no sería de extrañar que alguien tan dramático como Noelia lo contemplara como una atractiva posibilidad.

Sin embargo, sus temores se demostraron infundados en cuanto se enfrentó a los ojos aterrados de la chica, que sostenía en su mano un palito blanco con una raya roja.

—¡Ay, Santo Fuerte, Santo Inmortal! —exclamó Cecilia en su lengua materna: el aguileño que las unía a ambas.

—No les digas nada a mis padres —le rogó Noelia—. Me van a matar, Cecilia, te juro que me matan como se enteren.

La raya roja, la que en un noventa y nueve por ciento de los casos garantiza un embarazo, temblaba entre los dedos de Noelia.

Cecilia cerró la puerta con cuidado, se sentó a los pies de la cama y se le escapó sin querer lo primero que le vino a la mente:

—Nos matan a las dos, Noelia.

Se abrazaron y lloraron como dos náufragas a la deriva, la cabeza dándoles vueltas, sin saber qué se hacía ahora con la criatura que asomaba las orejas detrás de aquel palito: el bebé de Justice, la piel tostada, la boca gruesa, los ojos de lince. El de Noelia, los rizos largos, los dedos de pianista, la risa de campanitas.

Las dos la imaginaron exactamente igual: una niña preciosa y llena de vida, correteando por la pensión, aprendiendo a hablar con las palabras dulces de Azucena y las groserías de Andrés Leal, aprendiendo a caminar vigilada por Catalina, a desafiar al mundo con las armas de Ivana, a refugiarse en el consuelo de Cecilia y en el amor de Noelia.

Pero el sueño se desvaneció rápido. En cuanto Noelia recobró el juicio y chocó contra la realidad.

—¿Qué voy a hacer ahora? —lloró—. Tengo dieciocho años, Cecilia, no tengo pareja, ni modo de mantener a esta criatura, ni nadie que me ayude.

—¿Cómo puedes decir algo así? —la regañó su casera—. Me tienes a mí. A mi pensión. A mi despensa. Yo jamás te dejaría sola.

Noelia la respondió con una sonrisa triste. Agradecía el apoyo de Cecilia, pero en una situación tan grave como aquella, necesitaba mucho más que la despensa de la pensión y el respaldo de su casera.

—Cuando mis padres se enteren de que estoy embarazada, me echarán de casa y tendré que abandonar la universidad —le confesó angustiada—. ¿Y qué haré cuando nazca este niño? No estoy hecha para ser madre, Cecilia, soy inestable, insegura e incapaz de cuidar de mí misma. ¿Cómo iba a poder ocuparme de él?

—¿Quién es el padre? —Por un momento Cecilia cruzó los dedos para que, en contra de toda probabilidad, Noelia resultara ser una chica sexualmente promiscua y tuviera dudas razonables sobre la paternidad de su hijo.

—Pues Justice, ¿quién va a ser?

—¿Pero dónde habéis concebido a esta criatura? ¿En qué momento?

—En la cabaña del Lerele. La noche del robo.

—Con luna llena, ¿no?

—Redonda como una hogaza de pan.

Hicieron cuentas y resultó que Noelia estaba embarazada de cinco semanas, contando desde la fecha de su última regla.

—En agosto, qué fecha más mala —calculó Cecilia—. Con todo el calor y ningún médico.

—Esto no me puede estar pasando —se angustió Noelia entre sollozos—. Voy a ser la vergüenza de mi familia.

Cecilia se hacía cargo. La familia Villanueva de Campos era una de las más antiguas de la capital de Tierra de Campos. Procedía de la vieja nobleza castellana. Sus antepasados habían expulsado a los moros de los campos del rey Sancho, habían conquistado América, habían construido castillos, y después palacios, habían gobernado grandes extensiones de tierra, habían sido señores, y después caciques, y ahora eran dueños de fábricas y prósperos negocios. Eran ricos de solemnidad. De los de toda la vida.

Evidentemente, en los planes de Victoria y Julio, los abuelos, o en los de Valentín y Natalia, los padres, no entraba la posibilidad de un embarazo no deseado, y menos aún con un indigente keniata.

Si en el apartado «recursos» se contemplaban entradas tales como la familia, la pareja, la actividad profesional, la salud, las aficiones o las amistades, Cecilia iba a tener que cambiar el discurso. Noelia estaba más sola en la vida que el número uno entre los divisores del siete. Sólo se tenía a ella misma, y en último caso a su casera, para enfrentarse con lo más grande de esta vida.

—Yo siempre he querido ser madre —le confesó Cecilia—. Hasta pensé en hacerme una fecundación artificial.

—¿Y habrías sido madre soltera?

—Toma, claro. Mejor sola que mal acompañada.

—¿Eso crees?

—Eso creía entonces.

Acordaron no decir nada a nadie de momento. Según tenía entendido Cecilia, el embarazo no arraiga hasta que pasan tres meses y el embrión anida en el útero. Tenían por delante siete semanas más de incertidumbre.

—Tal vez —suspiró Noelia— la pobre criatura encuentre un medio tan hostil en mi vientre que prefiera marcharse sin hacer ruido. Tal vez mis padres nunca lleguen a enterarse de este susto. Tal vez todo quede en eso. Un susto.

—Tal vez —repitió Cecilia—, pero Noelia, corazón, aunque sea un secreto nuestro y no permitamos a nadie más que lo sepa, deberíamos ir al médico. Para asegurarnos de que el palito tiene razón y que no hay ningún peligro para tu salud.

—Pero entonces será verdad —respondió la chica—. Ya no será un tal vez sino un seguro. No podré achacar los mareos al maldito estómago ni el cansancio que siento a mi mal de amores. Le pondré cara, y nombre, y le imaginaré una voz, una mirada.

—Es que las cosas que son, son. No dejan de serlo porque las ignoremos.

—No desaparecen.

—No.

Dos semanas más tarde, Cecilia acompañó a Noelia a la consulta de su ginecóloga de toda la vida. Se sentó junto a la cabecera de la camilla mientras la doctora la exploraba y le apretó la mano con fuerza cuando en la pantalla del ordenador apareció el temido garbancito latiendo en el interior de una cavidad oscura. Era la primera vez que ambas veían y escuchaban a un embrión de casi carne y casi hueso, del que sólo las separaban algunas capas de piel, músculos y tejidos. Tuvieron la sensación de que el chiquitín tenía ya brazos y piernas, cabeza y ojos, y de que las miraba aterrado, pataleando, braceando, llamando la atención sobre sus pocas habilidades, igual que un niño pequeño se pasa el día repitiendo: «Mira, mamá, lo que hago, cómo salto, cómo corro, cómo me lanzo a la piscina y nado, cómo me tiro del trampolín».

Tenía la cabeza enorme y la barriga redonda, las manos y los pies eran cuatro bolitas de nieve pegadas al cuerpo.

—Me parece que él está todavía más asustado que yo —dijo Noelia—. Cuando la doctora me ha preguntado si me he planteado abortar, se ha llevado un disgusto tremendo; él hasta ese momento no sabía que algo así pudiera ocurrirle. Bastante agobiado estaba ya con lo del latido. ¿Has visto con qué ilusión nos latía?

—No ha podido oír nada. Todavía no tiene orejas.

—Pero escucha de otra manera. Sabe que lloro de noche, que todos los días me pregunto dónde estará Justice y que hasta hoy he hecho como si él no existiera. Por eso se hacía tanto de notar. Para demostrarme que no es una raya roja en un palito ni un invento de mi mente. Por cierto — añadió—, ¿sabes dónde está Justice?

—¿Creciendo ahí dentro? —comprendió Cecilia.

Una vez de vuelta en la pensión, mientras Noelia esperaba tirada en la cama a que la bañera se llenara de agua caliente, Azucena llamó a Cecilia aparte. Le sirvió un vaso de agua, se llevó un dedo a los labios en señal de silencio y después se sentó a su lado para contarle que desde hacía tiempo venía sospechando —y ahora creía estar segura— que Noelia, ¡ay!, estaba preñada. Lo sabía por la falta de pruebas de sus últimas reglas, dos meses ya sin manchar, y por el resto de síntomas que, claro, Cecilia no había identificado con un embarazo, pero ella, que había servido en varias casas, había notado enseguida: el cansancio, los vómitos, la falta de apetito, la palidez y el aumento sensible del volumen de su pecho.

—Preñada como una perra —sentenció sin misericordia.

17

LAS HUÉSPEDES SE ABSTENDRÁN DE PARTICIPAR EN ACTIVIDADES ILÍCITAS O INMORALES

El hotel donde se encontraban Ivana y el embajador dos veces por semana estaba situado en una céntrica calle de Madrid, a la que él llegaba caminando desde su restaurante favorito, algo achispado, gastronómicamente satisfecho y excitado ya ante la perspectiva del encuentro clandestino. Aquel lugar tenía nombre de comandante en jefe del ejército británico, primer ministro del Reino Unido, héroe de la guerra de la independencia española, vencedor de Napoleón en Waterloo, pero también se llamaba igual que unas conocidas botas de caza y que un delicioso solomillo recubierto de hojaldre. Cualquiera de las tres acepciones del nombre le bastaban al embajador para considerar aquel escondite como el más indicado para sus amoríos secretos.

Ivana llegaba a las tres y media en punto, pedía la llave, subía sola en el ascensor y, como estaba estipulado en su contrato verbal, se duchaba o se daba un baño caliente, con mucha espuma, cuidando especialmente sus zonas más íntimas, para que su cliente las encontrara suaves y apetecibles. Nada de cremas. De eso se ocupaba él. Y nada de mojarse el pelo, que el embajador era propenso a los catarros y no hay nada peor que la humedad en las almohadas para constiparse. Lo esperaba envuelta en el albornoz del hotel, la colcha doblada dentro del armario, junto con su ropa, la que él no quería ver por nada del mundo. Se lo había advertido: «Te quiero desnuda, depilada, lubricada. Si no de manera natural, te compras un gel vaginal, te lo pago yo. Los pezones te los pellizcas cuando escuches la puerta. Y nada de maquillaje, nada de medias de seda, nada de lencería de encaje, que eso ya lo tengo en casa. Te pones la pulsera de brillantes que te regalé, cierras los visillos, te recuestas en la cama. Me aguardas en silencio. No quiero música ni, por supuesto, la televisión encendida, y el teléfono lo dejas en casa. Si veo tu teléfono en algún momento, si sospecho, aunque no lo vea, que nos está grabando, nos está localizando en un mapa digital de los que cubren la Tierra entera, te lo hago tragar pieza por pieza.

»Estas instrucciones te las digo una vez. No dos. Ni tres. Hoy que estamos vestidos, tomando una copa en el piano bar, como si fuéramos una pareja de veras a punto de amarnos por primera vez. Que yo he logrado convencerte de mis intenciones serias, que tú me quieres y me deseas, que se nos ha olvidado la hora, el día, el año. Que el tiempo se ha detenido entre tus dedos y los míos. Que no hay más cielo que el azul de tus ojos ni más infierno que el rojo de los míos.

»Pero a partir de ahora, no quiero tener que repetirte estas cosas. Han de surgir de manera natural entre nosotros. Yo llegaré puntual y te amaré en silencio, sin caricias ni preliminares, ni reproches ni fingimientos. Si quieres gritar, grita. Si quieres callar, calla. Te dejaré el dinero en un sobre antes de marcharme y mi chófer te llevará a casa cuando estés lista. Acuérdate que a las cinco y media tiene que recoger a los niños del colegio. No te hagas esperar. No sea que por tu culpa mis hijos se mojen con la lluvia o se enfríen con el aire gélido de este invierno tan frío.

»Martes y jueves. De tres y media a cuatro y media. Diré que juego al squash en un *sports center* urbano, que tengo un entrenador personal, que trabajo mi musculatura. Tú dirás que me das clases de francés, que por eso te llevan a tu casa en mi coche.

Ivana se encogió dentro del albornoz, descalza, desnuda, y lo esperó como cada martes acostada sobre las sábanas, las piernas un poco abiertas, como a él le gustaba encontrarlas. El pelo peinado hacia atrás, un hombro descubierto, el otro tapado. La escena perfecta.

El corazón le empezó a latir con más fuerza en el momento en que escuchó la llave girar en la cerradura de la puerta, se le aceleró la respiración, notó que le sudaban las palmas de las manos, se estiró aún un poco más la manga del albornoz sobre la muñeca desnuda.

Apareció él, un dandi de carne y hueso, con la gabardina mojada y el pelo húmedo. La contempló durante un minuto eterno, luego comenzó a desvestirse delante de su sonrisa. La gabardina al suelo, la chaqueta sobre el sofá, la corbata que siempre le costaba un poco, la camisa botón a botón, hasta abrirla del todo. El pantalón doblado, los calcetines encima de los zapatos de *gentleman*, y así, con la camisa abierta y los bóxers azules, a cuatro patas sobre la cama, el embajador, un tigre de bengala que olía a lavanda, se lanzó sobre su presa con garras y dientes, con la piel a rayas y la mirada felina.

—¿Dónde está la pulsera que te regalé? —se sorprendió en cuanto despojó a Ivana del albornoz con que ella trataba de ocultar la ausencia de aquella joya tan valiosa que, sospechaba, le hacía imaginar a su amante que se acostaba con una aristócrata superviviente de la Rusia Imperial.

Nunca hasta aquella tarde se había sentido Ivana víctima de la furia del embajador. Alguna vez, sí, había notado que llegaba a su cita disgustado por algún problema que no era de su incumbencia, y en esos casos, solía desvestirse más deprisa y terminar la faena con más urgencia que cuando llegaba contento. Tenía fama de hombre de carácter enérgico, inmisericorde con los errores de sus subordinados, y corría el rumor de que en cierta ocasión estuvo a punto de batirse en duelo con su agregado cultural tras una tonta discusión sobre arte contemporáneo.

—Me la han robado, James. Estoy desolada.

El tigre de bengala se incorporó sobre los cuartos traseros.

—¿Cómo que te la han robado? —se admiró—. Te advertí que jamás te la pusieras fuera de nuestras citas. Que la guardaras en una caja fuerte. Que no la viera nadie.

—Y eso hice —replicó ella, suplicante—. Estaba dentro de un joyero, en un cajón de mi armario, cerrado con llave. Pero el viernes por la noche alguien entró en la pensión a robar. No sólo se llevaron mis cosas. También dinero y joyas de la casera y de las otras chicas.

—¿No había nadie en la casa?

—No.

—¿Tú dónde estabas?

—Me quedé estudiando en casa de una amiga.

El embajador saltó de la cama. Echaba fuego por los ojos.

—Te crees que soy idiota —escupió—. Te advertí que nuestra relación tenía que ser exclusiva. Que si te acostabas con otros hombres, se acabaría de inmediato.

Golpeó con fuerza la pared de la habitación. Luego se peinó el pelo hacia atrás con los dedos. Carraspeó.

—Fuera —le ordenó sin mirarla, señalando a la puerta—. Coge tus cosas y vete. No quiero volver a verte jamás.

Ivana comprendió que no era cosa de llevarle la contraria. Tal vez en unos días se le pasase el enfado y volviera a llamarla. Ella le juraría que no mantenía relaciones sexuales con nadie más que con él. Lloraría si era necesario. Le haría creer, incluso, que lo amaba a su manera. Como un perro quiere a su amo, que lo espera atento y lo intuye antes de bajarse del ascensor, que no puede concebir la vida sin su existencia y que confía tan ciegamente en su criterio que sería capaz de seguirle al centro mismo del infierno.

Se vistió deprisa dentro del cuarto de baño. Cuando salió, el embajador ya se había marchado. Esta vez no encontró un sobre cerrado encima de la mesa de noche ni el coche esperándola en la puerta del hotel. Como era la primera vez que hacía sola el camino de vuelta a la pensión le llevó más de media hora dar con el autobús indicado.

Sentada con la cara apoyada en la ventana del cuarenta y seis, las gotas de lluvia resbalando en el cristal, analizó fríamente su situación. Descubrió con sorpresa que en la sopa de sus sentimientos flotaban el miedo, la incertidumbre, la rabia y el desamparo, pero el ingrediente que ligaba la masa y le daba una consistencia pastosa, como de puré con ganas de volverse sólido, era el susto de la libertad.

Desde que había conocido a Dani, su relación con la propia sensualidad había dado un giro de ciento ochenta grados. Su cuerpo había despertado del letargo en el que había vivido hasta entonces y ahora reaccionaba de manera natural, sin artificios ni remedios ni engaños de mantenida.

Las últimas semanas habían sido dolorosas. Físicamente ácidas, escocidas y anímicamente demoledoras. Cuando estaba con el embajador procuraba hacerse a la idea de que quien la manoseaba bajo las sábanas era Dani, pero era incapaz de ignorar que donde uno era suave, el otro era áspero; donde uno acariciaba, el otro arañaba; y donde uno solicitaba, el otro tomaba posesión sin miramientos.

Con el embajador había tenido que fingir. Con Dani se había dejado llevar como una hoja en otoño, conducida por el viento hasta la corriente del río, y después al mar, hasta la orilla de alguna playa desierta y paradisiaca.

Le había dicho que subsistía como modelo, que estudiaba en la facultad de filosofía y letras, que vivía en una pensión para estudiantes a la orilla del Manzanares, que su sueño era regresar a su país natal a cambiar las cosas. Dar clases en la Universidad de Kiev, hablar en la ONU, denunciar la injusticia, la pobreza, la corrupción, el sistema. Y él había creído que salía con Golda Meir de joven. Con Angelina Jolie. Con Rigoberta Menchú.

Ahora su mundo de seguridades se estaba viniendo abajo. La cuestión de la pintada era mucho más seria de lo que podía parecer a simple vista. Ivana, que era lista, se daba cuenta de que la explicación de la autoría de Susana sólo convencía a Dani, más aún cuando el lunes, oculta detrás de un seto, esperó a que llegara la chica para ver qué cara se le ponía al ver el grafiti. Ella lo ignoró como se ignoran las cosas que no atañen a uno, porque Susanas, en la Universidad Complutense de Madrid, facultad de filosofía y letras, debe de haber más de una, y puta es un insulto facilón, que no señala ni molesta de veras a no ser que de verdad lo seas. Por lo tanto, quien quisiera que hubiera escrito aquella acusación tan cercana a la realidad sabía de buena tinta que Ivana, dos veces por semana, vendía su cuerpo al señor embajador.

Y ese era sólo uno de sus problemas. El otro, más apremiante incluso que aquel, era la cuestión de su subsistencia económica después del robo y del despido. Cuando llegara el fin de mes y tuviera que pagar a Cecilia, tendría que pedirle una prórroga porque se había quedado sin blanca.

Una vez en la pensión, calada hasta los huesos y muerta de frío, reparó en el bulto de Noelia dormitando en el sofá. La despreció profundamente por su vida resuelta y su holgazanería. La niña mimada, que lo ha tenido siempre todo en la vida, que nunca ha pasado hambre, ni frío, ni miedo, ni asco. Y le deseó todos los males juntos.

18

La renta se pagará, religiosamente, el último día laborable de cada mes

Andrés Leal no entendía nada. O había sido víctima de un hechizo: el que lo había llevado a obsesionarse con Cecilia hasta el punto de perder el sueño, el hambre y el contacto con la realidad; o había malinterpretado de tal modo las señales que emitía aquella mujer incomprensible que ahora dudaba hasta de sus certezas más absolutas.

El juego de la seducción es apasionante, se dijo, como el de la guerra para un mariscal de campo, como el de la caza para un ave de presa, pero él había creído en el amor adolescente por segunda vez en su vida y se había entregado a él con inocencia, a pecho descubierto, poniendo en peligro su delicada integridad.

¿A qué estaba jugando Cecilia?

Desde su punto de vista, había sido ella quien lo había atraído con cantos de sirena, primero imperceptibles, después imposibles de ignorar, hasta el día en que, sin saber cómo ni por qué, había vuelto en sí del encantamiento con los pantalones a media pierna y el corazón desbocado en la puerta de la pensión.

Aquello debería haberlo cambiado todo, se decía. En su humilde opinión, cuando uno consigue irse a la cama con una mujer, o al suelo, vaya, o al pajar, o al huerto, sobre todo si esto acontece después de una larga campaña de conquista, se presume que la cosa va en serio. En especial tratándose de dos adultos como ellos, en plena madurez y muy vapuleados ya por la vida. Uno no se imagina que lo van a obligar a escaparse corriendo, a medio vestir, con la angustia del quinceañero al que sorprenden los padres de la novia con las manos en la masa y tiene que huir de mala manera, ventana abajo, para que no lo muelan a palos.

Al revés; más bien supone que a partir de ese momento, se le van a abrir de par en par las puertas de la casa y lo van a esperar con los brazos abiertos, el camino al tálamo despejado, pétalos de rosas por el pasillo, porque el amor no es cosa de una noche, sino de ir cogiendo carrerilla, mejorando la técnica, hasta llegar a la conclusión de que no hay nada mejor que dormir acompañado, despertar acompañado, vivir acompañado. Y desarbolado, como un velero después de una tormenta, dejarse querer.

La cuestión era que había pasado más de un mes desde la noche de autos y a pesar de que él había hecho todo lo posible por repetir la experiencia amatoria —si bien, esta vez como Dios manda, sobre una cama y no sobre las tablas del porche—, no había logrado convencer a Cecilia de nuevo. Se encontraba ante una mujer distraída, atribulada, que parecía tener la mente ocupada en asuntos diferentes al amor.

En efecto. Tal y como sospechaba Andrés, Cecilia andaba angustiada por varios motivos que no tenían nada que ver con su campaña de acoso y derribo. Su principal obsesión —y ella era muy de obsesionarse— residía en el embarazo de Noelia, secreto de estado al que de momento sólo había tenido acceso oficial ella, y extraoficial Azucena, dada su intuición femenina.

Tras la visita a la consulta de la ginecóloga había quedado claro que Noelia estaba decidida a llevar a buen término su gestación, con o sin el apoyo de su familia, con o sin la presencia de Justice. Según le había asegurado la futura mamá a su casera, aquello no tenía discusión. Lo que quedaba por resolver ahora era la delicada cuestión de cómo hacerlo público.

—En unos días me voy a Águila —le había contado Noelia a Cecilia—. Siempre pasamos la Nochebuena todos juntos en casa de los abuelos. Vienen los primos de Bilbao, las hermanas de mi abuela, los ahijados de mis padres... A lo mejor es un buen momento para decirles lo del embarazo.

—Pero vamos a ver, alma de cántaro, que desde que has visto la ecografía de la criatura se te ha puesto un muro en la cabeza —había protestado Cecilia—. ¿Tú crees que se van a llevar una alegría tus padres y tus abuelos? Porque yo no. Yo creo más bien que les vas a amargar las Navidades.

—¿Entonces qué hago? ¿Espero a que me crezca la tripa y voy cualquier fin de semana a enseñársela?

—Hombre, tampoco es eso, pero en fin, no estaría de más un poco de cuidado, de preparación —había sugerido Cecilia—. Yo lo digo más que nada porque no se lleven un susto. A ciertas edades son malísimos los sustos. Tú empieza por contarles que te has enamorado de un chico de tu clase, que es de buena familia y eso. Luego, en un par de meses, les dices que has roto con él por crápula. Y ya en primavera, se lo vas insinuando poquito a poco... que si tengo náuseas, que si me duermo por los rincones...

Esta estrategia, que no obedecía más que al miedo visceral de Cecilia hacia la reacción de la familia Villanueva de Campos, y por extensión la familia Dueñas, no tenía más virtud que la de dilatar el tiempo hasta que ya no hubiera remedio, ya el ombligo se hubiera salido de su órbita y el bebé se hubiera dado la vuelta, listo para asomar la cabeza —morena y rizada, imaginaba— al mundo hostil que lo recibiría con los ojos como platos. Cecilia era consciente de ello, pero prefería evitarles el disgusto monumental a sus padres en plena Navidad.

—¿Tú me acompañarías a contárselo? —Noelia la había mirado con ojos de súplica, su única confidente, su única tabla de salvación.

Cecilia había asentido con la cabeza. ¿Qué otra cosa podía hacer?

Por eso, según se acercaba el temido día de las confesiones, la bola de ansiedad que le oprimía el pecho se instalaba más y más cerca de la garganta, como el guante negro de un estrangulador.

El embarazo era su primera obsesión, sí, pero no la única. Ocurría también que, un par de semanas después del robo, había recibido la inesperada visita de Ivana a su cuarto, un martes a las diez de la noche, cuando ya el resto de las huéspedes se habían retirado a sus habitaciones.

Ivana, fría y calculadora hasta ese momento, se había venido abajo delante mismo de sus narices. Había inundado la buhardilla con el agua de su deshielo. Le había confesado, entre lágrimas, que cuando llegara el fin de mes iba a ser incapaz de pagar la renta. El robo la había despojado de todo su dinero ahorrado, de las pocas piezas de valor que podía haber vendido y que, para empeorar aún más las cosas, había perdido al único alumno de sus clases de francés.

—¿Perdido? —se había extrañado Cecilia—. ¿Se ha muerto?

—Para el caso, es lo mismo —había respondido Ivana con amargura.

Y unos días después, también de noche, también en el secreto de su dormitorio, había aparecido Catalina, blanca como el espíritu de su propia abuela, y le había venido a decir más o menos lo mismo que Ivana. Que este mes la cosa estaba chunga, que a su padre le iba mal el negocio, que si le fiaba un mes, por caridad, «te lo cobras el mes que viene con intereses y todo», y que le estaría eternamente agradecida si le dejaba quedarse hasta que las aguas volvieran a su cauce, que sería pronto. Ya lo vería.

—¿A qué se dedica tu padre? —había querido saber Cecilia, que hasta entonces no se había preocupado de indagarlo.

—Tiene negocios —había respondido Catalina—. Inversiones de bolsa y eso.

A este escenario había que añadir además que, dada la penosa situación de Noelia, y por no obligarla a confesar a su familia en qué médico, ecógrafo, analista, farmacia y demás organismos sanitarios se había gastado el dinero del mes, Cecilia le había perdonado el pago de la renta dos días antes de la petición de Ivana y diez o doce antes de la de Catalina.

En tercer lugar, sumada a la obsesión trágica y a la económica, existía una tercera preocupación, que remitía también al robo y a su posible autor: Cecilia lloraba por las noches pensando en Justice.

Se desesperaba como la madre de un drogadicto que está a punto de tirar la toalla, decepcionada, engañada y preguntándose dónde diablos cometió el error. ¿Fue en el momento en que no lo echó a la calle, el día mismo en que lo encontró en el cobertizo? ¿Fue después, cuando lo malcrió, fabricándole una vida despreocupada y regalándole todo a cambio de nada?

Pero encima, unido a este sentimiento de rabia, más abajo, más latente, existía también un dolor de entrañas, de raíces que arrancan de la tierra, un dolor de parto, por la ausencia del chico, lo más parecido a un hijo que había conocido.

En esta situación de ansiedad secreta —sus tres obsesiones eran además tres secretos inconfesables—, era cierto que para la atormentada Cecilia las ganas de sexo de Andrés Leal no eran más que un eco lejano, sordo, imperceptible y, sobre todo, inoportuno. Su cuerpo no respondía a los estímulos que él le enviaba. Estaba seco por dentro y por fuera, alerta, susceptible, irritable, lo más parecido a una sartén puesta al fuego a la que le salta una gota de agua del puchero de al lado.

Pero Andrés, en la inopia, lo achacaba todo al disgusto del robo y le parecía una reacción exagerada, como muchas de las que había observado en Cecilia desde que la conocía. Creía —pobre infeliz— que bastaría con traerle al culpable en bandeja de plata para derribar sus defensas. Así que una tarde se presentó en la pensión sin avisar y le juró a Cecilia que encontraría al ladrón, que recuperaría el alijo, que le devolvería la paz y las ganas de vivir.

—¿Y si resulta ser Justice? —se angustió ella.

—Si ha sido Justice, le obligaré a devolveros lo que os robó. A pediros perdón y, sobre todo, a explicaros por qué os traicionó de ese modo.

—¿Hablarás con la policía?

—Tengo contactos en los bajos fondos, no te preocupes. Creo que lograré dar con él sin necesidad de denunciarle oficialmente a la policía, si es lo que quieres.

Miró en derredor. Se encontró solo con Cecilia en aquel salón vacío.

—¿No hay nadie en casa?

—No. Azucena ya se ha marchado y las niñas están de exámenes.

Era el momento.

—Mira Cecilia, te voy a confesar una cosa —dijo—. El día que te empeñaste en pintar tu habitación de verde, ¿te acuerdas?, yo podía haber pasado olímpicamente de tu mal gusto. Al fin y al cabo, qué cojones me importaba a mí que tú quisieras dormir en un cuarto verde. Como si te daba por pintarlo de negro, ya ves tú. —Se sentó a su lado en el sofá—. Pero no pude evitar imaginarnos a los dos enrollándonos entre cuatro paredes verdes. A lo mejor le pintabas florecillas en el techo o alguna pijada de esas, y yo me veía ridículo despertándome por la mañana en semejante escenario. Lo que quiero decirte —carraspeó— es que me muero por dormir contigo en tu cuarto blanco. Hace meses que te deseo. No pienso más que en ti. Por Dios, Cecilia, ¿qué tengo que hacer para llevarte a la cama?

—Encuentra a Justice, te lo pido por lo que más quieras —respondió Cecilia antes de abrazarlo y arrastrarlo con ella al fondo del abismo.

—Lo que más quiero ahora mismo eres tú —logró pronunciar él entre beso y beso.

19

SE RESPETARÁN LA PAZ Y EL SILENCIO

Los días que precedieron al temido viaje a Águila los pasó Cecilia en una nube que a ratos era de algodón de azúcar y a ratos se coloreaba de negro y amenazaba tormenta. Las noches en las que Andrés se quedaba a dormir eran apacibles y serenas. El amor lograba hacerle olvidar todas sus preocupaciones. Si se desvelaba, se abrazaba al cuerpo fuerte y sólido de aquel hombre tan guapo y tan bueno con el que compartía colchón y almohada. Por no encontrarse con las chicas, solía subir el café en una bandeja y, juntos, todavía con el calor del sueño entre las sábanas, desayunaban en la cama mientras en la calle iba despuntando el día.

Pero las noches en las que Andrés dormía en su piso de Juan Bravo, donde Bicho lo esperaba con auténtica ansiedad de perro abandonado, Cecilia se revolvía inquieta bajo las mismas sábanas acogedoras del día anterior, que ahora se habían vuelto ásperas, e insomne y angustiada, era incapaz de conciliar el sueño. A veces se levantaba de la cama, salía al rellano, se entretenía contemplando los libros de su biblioteca en la tenue claridad del tragaluz y recorría los pasillos y la escalera de su casa, rememorando al fantasma de sus abuelos, que, aparentemente, descansaban en paz.

Sólo en una ocasión creyó ver a la abuelita Teresa al final del corredor del primer piso. Llevaba puesto el delantal de flores del que le había hablado Noelia y el pañuelo de seda alrededor del cuello y, afanosa, colocaba los vasos en el aparador. Sin palabras audibles, pero llenas de urgencia, su abuela movía los labios para advertirle a Cecilia que algo grande estaba por venir. Algo que tenía que ver con una niña pequeña, indefensa y abandonada que igual podía ser ella misma que el bebé que esperaba Noelia. Luego se dio cuenta de que al final del pasillo del primer piso lo que había era un espejo de cuerpo entero y en él su propio reflejo de sonámbula. En su inconsciente, la inminente llegada de un recién nacido desvalido; y en su deambular por la casa, la reacción física al miedo escénico. Aunque no encontró explicación alguna para lo del delantalillo de flores.

La mañana del 22 de diciembre, lunes, dos días antes de su partida, ocurrió un hecho inesperado. Azucena llegó en taxi, ruidosa como era ella, a las ocho en punto de la mañana. Le pidió al conductor que la esperara un momentito en la puerta y entró en la pensión como un vendaval, dando gritos.

—¡En pie todo el mundo! ¡Ha llegado la Navidad!

Las caras soñolientas de Noelia, Ivana, Cecilia y Catalina se fueron asomando a las puertas de sus dormitorios y al hueco de la escalera. En la calle hacía un frío de mil demonios y todavía era de noche.

—¡Ayudadme con los paquetes! —voceó desde el recibidor, mirando hacia arriba.

Las cuatro habitantes de la pensión no tuvieron otro remedio que calzarse unas botas y abrigarse con lo primero que encontraron antes de salir al gélido invierno a descargar el taxi.

Azucena, mientras las chicas trasladaban un montón de cajas del coche al salón, calentó leche en un cazo y derritió en ella una pastilla grande de chocolate negro.

Una vez reunidas todas alrededor de la mesa de la cocina, tan dormidas aún que no daban crédito a lo que acababa de sucederles, y mientras bebían a pequeños sorbos el cacao hirviendo, Azucena tomó la palabra:

—Vengo hoy temprano porque no quería que se me escapara ninguna —explicó—. Quería darles a todas la sorpresa.

—Pues bien que nos la has dado —protestó Catalina.

—La cosa es que hace muchos años que paso la Navidad más sola que la una. En Alemania no tenía ocasión de celebrar nada y aquí, en España, no me queda nadie. Así que, de toda la vida, estas fechas han sido muy tristes para mí. —Hizo una pausa dramática—. Pero este año he pensado: ¡qué leches! ¡Vamos a celebrarlo como se merece! Vosotras, niñas —las miró de una en una—, y usted, Cecilia —añadió, dirigiéndose a su patrona—, sois lo más parecido a una familia que he conocido nunca. Lo que hay en las cajas son adornos de Navidad y regalos para ponerlos debajo del árbol. Ya sé que dentro de tres días aquí no queda ni Dios —es un decir—, que cada cual se va para su casa. Pero yo quería celebrar la Navidad por adelantado. Juntas. Hoy.

»Tengo un pavo en el horno; el relleno lo traigo preparado de casa, el puré de manzana lo hago en un momento. Y mientras vosotras, si os parece, vais adornando el árbol.

El silencio fue un silencio de cimientos que se derrumban. El olor del asado se hizo evidente y en la calle, al otro lado de la ventana de la cocina, comenzó a nevar. Copos blancos, inconsistentes, confeti helado.

Noelia se echó a llorar. Con hipo. Ivana, víctima ya del deshielo, se abrazó a Azucena como si la quisiera de veras. Catalina se ocupó de colgar el muérdago y Cecilia llamó por teléfono a su voz amiga de recursos humanos para explicarle que hoy, sin excusa, se exoneraba de ir a trabajar.

Por unanimidad se decretó el día del pijama y las pantuflas, el almuerzo elegante, el banquete salvaje y la siesta en el sofá, cabeza con hombro y pies sobre la mesa. Iba a ser una Navidad inolvidable.

Lo estaba siendo. La casa rezumaba sabor a pavo y a manzanas al horno. Las guirnaldas engalanaban los vanos de las puertas y la encimera de la chimenea, y al fondo del salón, en el hueco que quedaba entre la mesa del comedor y el aparador, que era excesivamente ancho —ya se quejó en su día Cecilia, cuando colgaron la lámpara del techo, de que la habían dejado descentrada—, levantaron un abeto de ramas verdes que enseguida se llenó de bolas coloradas y lucecitas blancas.

—¡Azucena, deje un momento la comida y venga a poner la estrella en lo alto del árbol! —gritó Cecilia, encaramada a la escalera.

—¡Voy!

Azucena, depositaria del honor de coronar el árbol, trepó por la escalera plegable y se estiró cuan larga era para alcanzar la punta. Logró su propósito sin demasiado esfuerzo, pero al desplegar su escote poderoso, de sus profundidades asomó una pequeña cadena dorada que llevaba colgando una medalla. Ni más ni menos que la medalla del ángel de la guarda. La misma que en plena obra de reforma había aparecido emparedada en el tabique del cuarto de baño de arriba. La misma que Cecilia guardaba primorosamente dentro de su joyero. La misma que formaba parte del botín, del asalto, de la noche en la que casi todas las habitantes de la pensión se saltaron a la torera la norma número trece de la lista con la que Cecilia —infractora ella misma de dicha norma— había tratado de evitar consecuencias funestas procedentes de pasiones incontroladas, tales como la que había terminado —en el caso de Noelia— en un embarazo no programado.

En fin, que en una milésima segundo, que pareció pasar a cámara lenta ante los ojos atónitos de la dueña de la pensión y los de la avispada Catalina, Azucena, sin darse cuenta y por culpa de su pecho saltimbanqui, se incriminó en el robo.

Pasado ese instante de indiscreción, el ángel de la guarda regresó a su guarida de carne blanda. O más bien fue devorado por ella.

—¿Has visto lo mismo que he visto yo? —le preguntó Cecilia a Catalina, llevándola a un aparte, cuando ya Azucena había vuelto a la cocina y las otras dos chicas se entretenían desenvolviendo las figuritas del belén.

—¡Estoy alucinando! —admitió Catalina, blanca como la cal de la pared.

—¿Y qué hacemos ahora? ¿La obligamos a confesar? ¿Llamamos a la policía?

Debatieron en voz baja las posibilidades que se les ocurrieron a bote pronto. Catalina opinaba que era mejor esperar.

—¿A qué coño quieres que esperemos?

—¡Ay, no sé! A veces las cosas no son lo que parecen. Puede que Azucena forme parte de un clan de ladrones organizados. Que todo esto sea más gordo de lo que pensamos. ¿Tú la conoces desde hace mucho tiempo?

—No, hija —reconoció la casera—. La contraté por impulso. Apareció una mañana en la puerta y me dijo que estaba buscando a mis abuelos. Que venía por un anuncio de un periódico en el que ellos ofrecían un puesto como asistenta. Creí que me la enviaban del cielo.

—¿Te enseñó el anuncio?

—No. Me dijo que el anuncio no lo había guardado, pero que había apuntado el teléfono y la dirección de esta casa.

—Un poco confiados tus abuelos, ¿no? ¿De verdad publicaron sus datos en un periódico? ¿No se imaginaron que podría leerlo cualquier hijo de vecino con malas intenciones?

—Eran un par de benditos, mis abuelos.

Finalmente convinieron en que, dadas las fechas que se avecinaban, y el poco tiempo que les quedaba antes de partir cada cual hacia su casa, lo mejor era callar de momento y darse un plazo para investigar a fondo a Azucena antes de denunciarla. Catalina se ofreció para ocuparse de las averiguaciones. Dijo que lo primero que haría sería ir a la hemeroteca y buscar el anuncio que, según defendía la sospechosa, habían publicado los abuelos en el *ABC*.

—Yo no me lo trago —dijo—. Creo que ahí es donde está la mentira y por esa mentira es por donde se puede empezar a tirar del hilo.

Lo más difícil fue morderse la lengua delante del resto de las afectadas por el robo. Si Noelia supiera la verdad, se descargaría gran parte de su angustia al saber que Justice se había ido, sí, pero con lo puesto y sin haber cometido la traición de la que todos le acusaban. Y si llegaba a enterarse Ivana, probablemente agarraría a Azucena por el cuello y la obligaría a confesar dónde guardaba el botín.

Andrés Leal, por su parte, que se había comprometido a encontrar a Justice y traerlo de vuelta, tal vez dejaría de buscarlo si se enteraba de que el chico era inocente. Conociendo su manera de pensar, lo más probable era que se encogiera de hombros y dijera algo así como: «Allá él con su vida», y entonces Noelia perdería para siempre la ocasión de ser feliz. Cecilia se había hecho la ilusión del reencuentro, con el bebé en los brazos, en el escenario romántico de la puerta de la pensión.

Así las cosas, llegó el día de la partida. Azucena se despidió de todas con lo que Cecilia y Catalina calificaron como el beso de Judas; Noelia, con desgana, metió cuatro cosas en una maleta y esperó a que su casera cargara el coche antes de salir de la casa arrastrando los pies; Ivana rescató unos bikinis del altillo de su armario y se marchó con Dani, que la había invitado a pasar las fiestas bajo el sol de Canarias; y Catalina se quedó en la pensión.

—Estos días, si no te importa, me quedo en casa —le había confiado a su casera—. Mi padre está de viaje, así que estaré sola. Además, estoy sin blanca. La verdad, Cecilia, es que lo que más me apetece ahora mismo es poner en marcha la investigación sobre Azucena.

Lo más difícil fue lograr despegarse del abrazo de Andrés Leal. La última noche durmió bajo el techo inclinado de la buhardilla, enredado en Cecilia. Aquella observación de su madre: «Andrés es el más sentimental de mis hijos», empezaba a cobrar sentido. Pasaría la Nochebuena y la Navidad en El Boalo, con sus padres, sus hermanos y sus numerosos sobrinos, y como cada año, se acostaría temprano, antes de que los demás empezaran a descorchar el champán y a brindar por la familia. Subiría a su cuarto con un peso insoportable sobre los hombros y, una vez a solas, lloraría un torrente de lágrimas que empaparían la almohada, haría juegos malabares con la alianza de oro y trataría de arrancarse del alma la pena negra de su duelo inabarcable.

—Te llamaré a las doce en punto de la noche —le prometió Cecilia—. Y será como si estuviéramos juntos.

20

SE PROHÍBE DESENTENDERSE DE LA DESDICHA AJENA

Durante las dos horas y media de viaje en las que Cecilia y Noelia compartieron un silencio muy denso, resolvieron que esperarían hasta el último día de su estancia en Águila para lanzar la bomba del embarazo. No era cosa de echar a perder las fiestas, ni de escandalizar a los niños pequeños, ni de provocar un síncope a alguno de los miembros de más edad de la familia Villanueva de Campos, que pudiera contagiarse por la vía del sofoco a alguno de los Dueñas.

Se despidieron delante de la fachada blasonada del palacete de los abuelos de Noelia, bajo el escudo de sus antepasados nobles, con un abrazo apretado y con un ya nos veremos por ahí si vas a la misa de gallo a la catedral o de compras a la calle Mayor o a tomar café en el casino.

—Entonces, te espero aquí el día 1 a las cinco de la tarde —le recordó Noelia a Cecilia, temblando de miedo—. No te olvides.

Fueron días de frío castellano, de páramos áridos donde el viento corta la piel, de chocolates espesos, chimeneas encendidas, tardes oscuras y alguna nieve que no cuaja, pero ilusiona y hace soñar con laderas blancas y charcas heladas. Los viejos recuerdan, en días de esos, que antiguamente aquello parecía la estepa siberiana, de puro invierno, y que los héroes de la División Azul volvían del sitio de Leningrado diciendo que para frío Burgos, que para el caso es lo mismo, lo mismo da, que Águila, ya ves tú dónde estará la diferencia. Y cuentan, por enésima vez, la historia del loco que se escapó del manicomio y se cayó al río y pasó la noche en remojo, porque cada vez que salía del agua le entraba frío. Pobre hombre, que lo encontraron a punto de congelarse a la mañana siguiente, mientras el resto de los internos daban gritos de pena, encerrados en sus celdas.

Los padres de Cecilia procuraron protegerla de lo que ellos creían unas Navidades tristes de mujer recién divorciada. Evitaron las reuniones familiares y las sustituyeron por largos paseos campestres de los que los tres regresaban agotados, deseando acostarse temprano. No la sometieron al temido interrogatorio sobre la marcha de la pensión. Se limitaron a preguntarle en tono de guasa si todavía no se había arrepentido de su idea peregrina y a recordarle que en la caja de ahorros había un dinerito aguardándola, del que podía disponer a su antojo. La colmaron de atenciones, la mimaron como a una gatita abandonada, la engordaron, la malcriaron, y cuando llegó el día de las despedidas, le llenaron el maletero de embutidos, dulces de las monjas, huevos de corral, perdices sin desplumar y conejos sin desollar.

Andrés llamó todas las noches. Parco en palabras, como él era, prefería escuchar las historias que le contaba Cecilia. De lo suyo no compartía más que el muy bien de rigor. Los sobrinos, muy bien. Los padres, muy bien. La cena, muy bien. Pero siempre, antes de colgar, le soltaba a Cecilia, como quien no quiere la cosa, la frase definitiva: «Te tengo unas ganas...».

El primer día de enero, con el coche cargado de cadáveres cinegéticos, Cecilia se despidió de los suyos y cruzó las tres o cuatro calles que separaban a los Dueñas de los Villanueva de Campos. El palacete, a la luz del crepúsculo, aparecía un poco siniestro. Sólido, recio, solemne, sí, pero también amenazante. De uno de los balcones, extrañamente abierto al frío de la tarde, le pareció a Cecilia que brotaban voces airadas.

Se detuvo al amparo del portón. Escuchó también sollozos. Un portazo, una bandeja que tiembla, pasos que corren y arrastran cadenas, un silencio de los que preceden a las tormentas y, por fin, la voz de doña Victoria Villanueva de Campos, autoritaria, seca, de dientes apretados, que decía: «Vete y no vuelvas. Has mancillado el honor de esta familia, por casquivana, por libertina. Te señalarán por la calle, se burlarán de nosotros, lo están deseando. Por tu culpa pagaremos justos por pecadores, seremos víctimas del escarnio público, unirán tu nombre al nuestro, tu deshonra a nuestra virtud, los amalgamarán, los harán uno, porque te han visto entrar y salir de esta casa; te han tolerado por venir de donde vienes, y ahora, los mismos que hasta ayer te trataban de usted, mañana te llamarán puta. Así es la gente. Todos iguales. Siempre esperando la ocasión para envalentonarse y saltarnos a la yugular. Para inventar rimas. Para equipararse, compararse y salir airosos».

Hablaba sola, doña Victoria, desde hacía un buen rato.

De eso dio fe la puerta lateral, que se abrió de golpe para arrojar a la calle a una mujer empapada en lágrimas. Las manos cubriendo la cara, la vergüenza. Los botines tropezándose con los adoquines de la acera.

Pasó junto a Cecilia y no se detuvo porque no la vio. Se había vuelto incorpórea. Sólo sintió algo de frío al rozarla y se encogió todavía un poco más.

Cecilia estuvo a punto de gritar «¡Noelia!» a la figura escorada que se fue haciendo pequeña y desapareció por el final de la calle del Aire.

Del balcón salía aún el murmullo, que se hizo más y más audible a medida que doña Victoria se fue aproximando a la ventana abierta. Se asomó, escrutó la calle como intentando perseguir aquella sombra y empujarla lejos, fuera de la vista, antes de cerrar cristalera, celosía y cortina de damasco, y entonces, extrañada, entrevió a Cecilia medio oculta por el vano de la puerta.

—Cecilia. Cecilia Dueñas —se sorprendió—. ¿Eres tú la que está ahí abajo?

—La misma —tembló ella.

—¿Y por qué no subes, guapa? ¿No te oyen?

—No he llamado todavía —reconoció.

—¿Vienes a buscar a Noelia?

—Sí. Habíamos quedado a las cinco.

—Ahora digo que bajen a abrirte.

En efecto, menos de veinte segundos más tarde, apareció en la puerta lateral la misma ama de llaves del primer día, algo mudado el color, la saludó como si nada y la acompañó al salón.

Victoria Villanueva de Campos presentaba el aspecto impoluto de siempre. Moderna, elegante, vestía pantalón de pinzas —esta vez de franela—, camisa de seda y pañuelo anudado al cuello.

—Ahora viene mi nieta. Está terminando de hacer la maleta —le dijo a modo de saludo mientras se acercaba a recibirla—. ¿Te apetece tomar un té?

—No, gracias. Estoy bien —se excusó Cecilia con un nudo en la garganta.

Noelia no se hizo esperar. Se materializó como por arte de magia en medio del salón. Arrastraba la maleta con fuerzas inexplicables en una muchachita tan delicada como ella y además tan flaca, tan pálida y enfermiza como estaba últimamente.

—Tenemos una prisa... —le dijo a su abuela antes de darle tiempo a iniciar una conversación—. Hemos quedado en Madrid a las ocho en punto, figúrate.

—Qué lástima —respondió ella—. Gaudencia había hecho mantecadas.

—Otro día, abuela —resolvió Noelia.

Y sin más, casi a trompicones, sacó a Cecilia de la casa de sus ancestros, maleta por delante, pies para que os quiero, buscó con la mirada el coche libertador y se dirigió hacia él a toda prisa.

En el balcón, doña Victoria decía adiós con la mano.

—Entra en casa, abu, que hace frío.

Una vez a solas las dos en el interior del vehículo, Noelia estalló en un llanto angustiado y angustioso que salpicó a su casera.

—¿Pero qué ha pasado?

—No te lo vas a creer.

—¿No habíamos quedado tú y yo en que hoy íbamos a contarles lo del embarazo? Yo venía preparada, con el discurso aprendido, el Lexatín tomado, que por cierto, no sé si es muy recomendable conducir con un tranquilizante en el cuerpo, y resulta que nos vamos deprisa y corriendo, como alma que lleva el diablo. Y además, Noe, me ha parecido escuchar a tu abuela llamar a alguien puta. Creí que era a ti.

—¡Ay, Cecilia! ¡Es que no te lo vas a creer! —repitió.

—¿Qué es lo que no me voy a creer?

—Que ha dado la casualidad de que Gaude, la cocinera, la que había hecho mantecadas, pues que también se ha quedado embarazada. Soltera. Y nos lo ha confesado hoy después de comer.

—No me digas.

—Como lo oyes. ¿Has visto cómo se ha puesto mi abuela? Pues tenías que haber visto a mis padres. La han despedido, Cecilia, la han echado a la calle.

Como el llanto anegó el interior del coche, hubo que esperar a que las aguas volvieran a su cauce, ya en la provincia de Segovia, para retomar la conversación.

Lo que Cecilia logró entender, entre hipos y mocos, fue que la tal Gaudencia, originaria de un pueblo pequeño de la provincia de Águila, se había criado, como quien dice, bajo las faldas de doña Victoria. Había entrado a trabajar a los catorce años y había prosperado muchísimo en el intrincado mundo del servicio doméstico. En doce años había pasado de ayudante de cocina a cocinera titular, ejerciendo además las labores de doncella de comedor y responsable de intendencia, lo que suponía para ella un delicado trabajo de diplomacia, ya que era la encargada de ir al mercado y pelearse con los proveedores de la casa. Con su buen humor y sus artes de negociadora innata, se había ganado el cariño de media ciudad. La conocían como la chica de los Villanueva, se contoneaba un poco al andar, la invitaban a pasteles en la Delicada y a café en el Comercial, tenía fama de lista y decían de ella que era de las que no daban puntada sin hilo. A veces le reprochaban que se diera esos aires de grandeza, que fuera tan orgullosa y altanera, y en cierta ocasión un pretendiente despechado le puso el mote de la Condenada: «Porque o conde o nada», explicó.

Noelia había encontrado en ella algo parecido a una hermana mayor, un poco despegada pero muy sabia, con la que había aprendido verdades universales como que la vida es dura, que los hombres van a lo que van, que mucho predican los curas y que el diablo sabe más por viejo que por diablo, entre otras.

Todavía recordaba que, de niña, Gaude la llevaba en brazos a todas partes. Como si fuera un mono de circo, decía, y que los primeros zapatos de tacón se los regaló ella, para espanto de su madre.

—Eran horribles —reconoció—, pero lo que cuenta es el cariño, ¿no?

También rememoró el día en que una mujer se puso a proferir gritos contra la familia Villanueva de Campos en plena calle. Los acusó de crueles y desalmados porque, según ella, habían echado a su hijo de la fábrica sin motivo. Entonces Gaudencia, armada con una escoba de barrer, había salido afuera, a defender a los suyos, a denunciar las costumbres disipadas del muchacho, que se emborrachaba todas las noches en la fonda y luego no daba pie con bola en todo el día.

—Tuvo que bajar mi padre a mediar, Cecilia, porque Gaude estaba fuera de sí. Yo lo vi todo desde el balcón.

—¿Y no te había dicho lo del embarazo?

—No. Pobrecita. Cuando nos lo ha contado, se ha puesto roja como un tomate.

Gaudencia había entrado en el salón con la bandeja del café, la había colocado sobre la mesa, se había puesto a retorcer un paño de cocina que llevaba en la otra mano y entonces, con un hilo de voz, había tratado de explicar que, sin ella saber cómo, se había quedado preñada.

—¿Sin saber cómo? —se había burlado el padre de Noelia.

Luego había tenido lugar la quema de la bruja. Y la chica se había retorcido de dolor, y había comenzado el llanto y el crujir de dientes, y la casa entera se había convertido en una hoguera; el pueblo llano contemplando el espectáculo en silencio, sin atreverse a intervenir para no acabar igualmente escaldado por las llamas, consciente de que en su lumbre también se cocían hierbas mágicas, también se chupaban setas alucinógenas y se conjuraba a Satán.

—Me quedé callada, Cecilia —se arrepintió Noelia—. Como una cobarde.

—¿Qué ibas a hacer? ¿Sumarte a la hecatombe?

—No sé. Tal vez ir a por la escoba.

Entre lágrimas y confesiones llegaron a la M30 y sonó el móvil de Cecilia. Era Catalina.

—Oye —le dijo sin antes felicitarle las Pascuas ni preguntarle por la familia—. Tengo algo sobre Azucena. Algo muy gordo.

Cecilia tragó saliva.

—Estoy entrando en el puente de los Franceses —le respondió un poco amedrentada por el tono grave de la investigadora.

—Pues te lo cuento en cuanto llegues a casa.

21

Se prohíbe ocultar asuntos de trascendente importancia que puedan afectar al resto de las inquilinas

Después de una semana sin Azucena, el aspecto que presentaba la casa de los abuelos dejaba mucho que desear: Catalina no se había ocupado de barrer ni de pasar el plumero ni de ahuecar los cojines. En la cocina, los platos sucios se amontonaban en el fregadero y había botellas de cerveza a medio beber sobre la encimera.

A Noelia le extrañó que Cecilia no le echara una bronca. Pensó que, en condiciones normales, semejante desastre habría motivado una nueva norma que se habría sumado a las veinte ya existentes. Sin embargo, esta vez la casera pasó por alto la suciedad y el desorden de la pensión para centrarse en asuntos más prácticos.

—Vete a descansar, Noelia —le indicó en tono imperativo—. Ahora te subo un té caliente si te apetece.

Noelia obedeció, porque había perdido la voluntad y las ganas de recuperarla. En cuanto desapareció por el hueco de la escalera, Cecilia se enfrentó impaciente a su investigadora privada.

—¿Y a esa qué le pasa? —preguntó Catalina—. Tiene los ojos hinchados de llorar.

—¡Qué va! —la excusó la casera—. Es que se ha mareado en el coche, la pobre.

De un empujón cerró la puerta del salón y encerró a Catalina dentro.

—¡Cuenta!

La detective sonrió. Le encantaba sentir el poder de la información. Tal vez había equivocado su profesión y en lugar de escribir novelas debería protagonizarlas, se dijo, podría estudiar periodismo o hacerse inspectora de policía.

—He estado buscando el anuncio que presuntamente publicaron tus abuelos en el *ABC* hace tres o cuatro años. Resulta que existe un servicio de hemeroteca online, en el que se pueden encontrar los pdf de todas y cada una de las páginas del periódico desde 1903, alucina, incluidas las de los anuncios por palabras. Como te podrás figurar, ha sido una tarea de chinos, porque salen dos páginas diarias, la mayoría de chicas que se prostituyen o que ofrecen masajes, y la letra es diminuta. Total, que dedicarle más de una hora seguida es una tortura.

—¿Pero lo encontraste?

Catalina, durante unos minutos más, siguió dilatando conscientemente el momento de la verdad.

—Había también muchas ofertas de trabajo doméstico. En casi todos los casos de agencias de contratación; muy pocas eran de familias particulares. Después de varios días dejándome los ojos, estuve a punto de rendirme. No encontré el nombre de tus abuelos por ninguna parte... hasta ayer.

—¡Entonces lo encontraste!

—Encontré un anuncio, sí. Lo firmaba tu abuelo, Miguel Quintana. Pero no estaba en la sección de servicio doméstico. Por eso me costó tanto dar con él.

—¿No?

—Estaba en el apartado de contactos.

—¿En el de las putas? ¡No puede ser!

—Como lo oyes —se regodeó Catalina—. Y todavía hay algo más raro. Resulta que tu abuelo estuvo publicando el anuncio durante —no te lo vas a creer— treinta y cinco años seguidos. Una vez por semana. Todos los miércoles sin falta. Me he remontado hasta el setenta y seis.

—En el setenta y seis fue cuando compraron la casa y se vinieron a vivir a Madrid. Mi abuelo trabajaba en la Renfe y se jubiló con cincuenta y ocho años. Mi madre decía que les había entrado una prisa incomprensible, que habían salido de Águila como si les persiguiera el diablo, que habían abandonado la librería así, de repente, y se la habían dejado a ella, como quien les deja al perro porque se va de vacaciones y ya no vuelve a buscarlo nunca.

—Algo pasó ese año, Cecilia —le respondió Catalina—. Algo relacionado con Azucena —añadió—. Mira —dijo, sacando un papel arrugado del bolsillo de sus pantalones vaqueros—. Este es el anuncio.

Cecilia tomó asiento en el sofá y encendió la lámpara auxiliar para leer mejor las letrillas diminutas del recorte. Catalina permaneció de pie, inmóvil, esperando la reacción de su patrona.

> Se busca a Azucena Fernández, huérfana en el hogar de acogida de las monjas franciscanas de Madrid, por asunto familiar de su interés. Póngase en contacto con Manuel y Teresa Quintana en el número 7 de la Ribera del Manzanares o en el teléfono 915757699.

Levantó la vista del papel y miró a Catalina con una expresión indescifrable mientras dos gruesos lagrimones brotaban de sus ojos.

—No entiendo nada —reconoció.

Catalina, ahora sí, se sentó en la butaca frente al sofá.

—Eso es porque te has enterado así, de sopetón, y no has tenido tiempo para pensar. Yo llevo desde ayer dándole vueltas al tema y tengo ya un par de teorías.

Como su casera no reaccionaba, la investigadora decidió explicarle sus conclusiones. Tomó aire y comenzó el relato:

—A ver, lo primero, al encontrar el anuncio en la sección de contactos, yo también di por hecho que tenía alguna relación con la prostitución, pero para tu tranquilidad te diré que hablé con el periódico y me explicaron que cualquier tema que tenga que ver con búsquedas de personas o animales desaparecidos se incluye en dicha sección, así que lo primero que descarté es que Azucena fuera puta y tu abuelo la buscara para algún tema sexual. Además, también estaba el nombre de tu abuela, lo cual hubiera sido bastante asqueroso.

—Cuánto me alegro —señaló Cecilia, que seguía en *shock*.

—Eliminado el primer supuesto, analicé el contenido del anuncio y saqué las siguientes conclusiones: tus abuelos conocían muchos datos de Azucena, su nombre y apellido y la cuestión del hogar de acogida donde creció. ¿Tú sabías que Azucena es huérfana y se crio en un orfanato de Madrid con unas monjas franciscanas?

Cecilia asintió con la cabeza.

—Pues podías habérmelo dicho, jodía, que me ha costado un huevo hacerme con esa información. —Carraspeó y continuó—: Entonces, tenemos la certeza de que tus abuelos la estaban buscando a ella. No a una asistenta cualquiera, como Azucena te ha hecho creer, sino a ella en concreto; y no para cocinar y limpiar, sino por un asunto familiar de su interés, como pone en el anuncio. La pregunta es la siguiente: ¿qué asunto familiar puede ser? ¿Y de qué familia se trata, de la de Azucena o de la tuya, Cecilia?

—Ni idea.

—¿Tus abuelos nunca te hablaron de Azucena?

—No.

—¿Y tus padres?

—Tampoco. Cuando contraté a Azucena se lo comenté a mi madre. Le hablé del anuncio y le puse al corriente de todo lo que ella me había contado sobre su infancia en el orfanato. Mi madre no sabe nada, Catalina. Puedes estar segura de que todo esto va a ser tan inexplicable para ella como para mí.

Después de una pausa dramática, Catalina retomó el hilo de la historia.

—La segunda conclusión —dijo— tiene que ver con la medalla del ángel de la guarda. Ya me parecía muy raro que alguien que roba una joya la lleve encima, delante de la persona a quien se la ha robado, por mucho escote protector que valga. Me da la sensación de que la medalla de Azucena no es la misma que la tuya, sino una igual.

—¿Piensas que hay dos medallas? ¿Entonces tú crees que podemos descartarla como ladrona? —preguntó Cecilia, y en su pregunta iba implícita otra más, ya que, si Azucena recuperaba su inocencia, entonces las sospechas volverían a recaer sobre Justice.

—Lo que necesitamos saber es qué conexión existe entre Azucena, las dos medallas y tus abuelos.

—Y por qué mis abuelos decidieron emparedar la suya, como si quisieran hacerla desaparecer de la vista.

—Y la tercera y última conclusión —añadió Catalina, misteriosa—. Se trata de la fecha en la que todo confluye. El año 1976. Si no lo has olvidado, te recuerdo que ese fue el año en el que los padres de Andrés Leal vendieron su casa a tus abuelos. El año en el que tu abuelo pidió la jubilación, se marchó de Águila y comenzó a poner el anuncio. Estoy segura de que existe alguna conexión que une todos estos sucesos.

—¿Y qué te parece que hagamos ahora?

—Acorralar a Azucena —respondió Catalina—. Y obligarla a confesar de qué va todo esto.

22

SE PROHÍBEN LOS INSULTOS, LAS PELEAS Y LOS PORTAZOS

En ese momento se escuchó un portazo en el recibidor, seguido de la voz aflautada de Ivana que acababa de hacer su aparición en la casa, cargada con sus maletas de viaje y más guapa que nunca, con la piel bronceada, los ojos brillantes y la melena trenzada, como una diosa griega que acaba de desplomarse del Olimpo después de una noche de amor celestial.

—¿Estáis en casa? —preguntó a voz en grito, todavía con el abrigo puesto.

Noelia se asomó al hueco de la escalera. Cecilia y Catalina interrumpieron su conspiración y salieron al encuentro de la rusa, a la cual encontraron envuelta en luz.

—Tengo que daros una noticia —sonrió—. ¡Dani y yo nos hemos casado!

Y levantando la mano derecha, les mostró el dedo anular, en el que relucía un solitario de buen tamaño y una deslumbrante alianza de oro.

Tras la sorpresa inicial y el inevitable pasmo que siguió al anuncio —tal vez demasiado prolongado para achacarse únicamente al desconcierto—, Cecilia se adelantó y abrazó a Ivana. La siguieron Catalina y Noelia; todas ellas inventando palabras de felicitación y tratando de que sonaran sinceras.

—Ha sido una locura —les explicó Ivana—. Estábamos tan felices, disfrutando tanto el uno del otro, que nos era imposible separarnos. Entonces Dani me llevó a dar un paseo por la playa, a la luz de la luna, se arrodilló y me pidió que me casara con él —les mostró el anillo del diamante—. Un amigo suyo que trabaja en el registro civil nos arregló los trámites en veinticuatro horas y al día siguiente fuimos al juzgado y nos casamos —resumió—. Los dos solos.

—¡Dios santo! —no pudo evitar exclamar la casera—. ¿Lo saben los padres de Dani?

—Todavía no —explicó Ivana—. Se lo contaremos más adelante. De momento, vamos a seguir como estamos —explicó—. Él viviendo en su casa y yo aquí. Por lo menos hasta que terminemos la carrera y encontremos un buen trabajo. Hemos calculado que en un par de años podremos casarnos por la Iglesia. Organizaremos una boda por todo lo alto, con cientos de invitados, baile y fuegos artificiales.

—¿Y no ha tenido nada que ver que se te haya caducado la visa? —La voz de Catalina sonó cruel en medio de tanto almíbar. Acababa de echar por tierra de un plumazo todo el romanticismo y la felicidad que destilaba Ivana.

Ahora sí se hizo un silencio pastoso. Seis pares de ojos se clavaron en el cuerpo de la rusa, que de repente comenzó a menguar hasta hacerse diminuta.

—Eres una puta —dijo Ivana, utilizando por primera vez, una palabra malsonante en español.

—Mira quien fue a hablar —respondió Catalina, entornando los ojos.

—¡Ay, callaos! —suplicó Noelia, que se llevó instintivamente las manos a los oídos.

Entonces Catalina lanzó su veneno contra ella y acertó en la diana, con la puntería de una cobra.

—¡Cállate tú, niñata, no vayas a desmayarte! —exclamó—. Las embarazadas no debéis alteraros. Es malo para el bebé.

Noelia se quedó paralizada. Volvió la cabeza hacia Cecilia, la cual estaba tan sorprendida como ella.

Trató de explicarle por gestos que ella no le había revelado el secreto a nadie. Probablemente, supuso, la aprendiz de detective había llegado por sus propios medios a la conclusión acertada, pero Noelia parecía dar por hecho que había sido ella la que la había delatado. Le sostuvo la mirada durante unos segundos, con una expresión de niña indefensa, mezcla de incredulidad y decepción. Su única y precaria seguridad acababa de venirse abajo. ¿En quién podía confiar ahora?

Cecilia intentó despegar los labios para defender su inocencia, pero, durante un minuto que le pareció eterno, no encontró las palabras adecuadas.

Hasta ese momento, había tratado de ignorar el sexto sentido que la prevenía contra Catalina. Su intuición femenina llevaba tiempo llamando a la puerta, pidiendo permiso para entrar y decir en voz alta que algo funcionaba mal en aquella chica. Una amargura mal disimulada, una actitud de perra vieja y desengañada que no correspondía con sus diecinueve años recién cumplidos.

Catalina era incapaz de alegrarse con la felicidad ajena. Al contrario. Las buenas noticias parecían abrasarle, como disolvente, la piel. Si se paraba a analizar los últimos acontecimientos, encontraba a Catalina detrás de cada comentario desagradable, de cada mal gesto y cada acusación. Ella era la única que había protestado la noche de los afectos desmedidos en la puerta de la pensión, la que había descubierto la doble vida de Ivana, la que había acusado a Justice del robo sin más pruebas que su inexplicable desaparición, la que despreciaba con la mirada a Noelia y trataba con desdén a Azucena.

—¿A ti qué te pasa? —la reprendió finalmente hecha una furia—. ¿Es que tienes que amargarnos la vida a todas?

La reunión se deshizo con la misma rapidez con la que se había convocado. Cada cual se encerró en su cuarto y aquella noche no hubo cena. El resentimiento de Catalina se había extendido como una plaga por la pensión, y la mejor manera de prevenir el contagio era someterse a una cuarentena de aislamiento e incomunicación, la mascarilla en la boca, los guantes de látex y las fundas para los zapatos. Así de inmunodeprimidas se sentían aquellas mujeres.

Ivana se desnudó sobre la cama, cerró los ojos, se obligó a recordar qué suave era la arena de la playa, qué blanca la luz de la luna, qué húmedos los labios de Dani sobre su piel de gallina. Porque hacía una brisa fresca la noche en cuestión y ella llevaba los hombros al aire, las piernas desnudas, y se había quitado los zapatos para pisar descalza la espuma del mar.

Habían pasado la tarde juntos, a ratos riendo, a ratos llorando, tratando de encontrar el modo de resolver el callejón sin salida al que se aproximaban sin remedio. Perdida la protección legal del embajador de Inglaterra —la cual ella explicó disfrazándola de contrato de trabajo—, Ivana carecía de un visado de estancia en España. Su situación dejaba de ser legal en enero y ella se vería obligada a regresar a Rusia, sin dinero, sin trabajo y sin futuro.

Dani la tomó de la mano, se arrodilló, las olas mojaron sus pantalones vaqueros, sus veinte años. En la mano encerraba un anillo para anudar su vida a la de la chica de sus sueños.

—Cásate conmigo —le rogó—. Yo te protegeré, te amaré y te haré feliz. Confía en mí, Ivana. Te quiero.

Por la mañana fueron juntos a comprar un vestido blanco, un ramo de rosas, una corona de flores y dos alianzas de oro amarillo, sencillas y clásicas, en las que grabaron sus nombres y la fecha del día de los Inocentes, 28 de diciembre, como una broma muy seria, de las que vuelven la vida del revés. Se presentaron en el juzgado agarrados de la mano, disfrazados de novios, en busca de un juez, alcalde o funcionario público que diera fe del contrato, de la nueva nacionalidad de Ivana, española ya a todos los efectos, del nacimiento de una familia compuesta por un hombre de veinte años y una mujer de veintidós que se conocen desde septiembre, señor concejal, tres meses han sido más que suficientes para saber que nos queremos, somos adultos responsables y libres, venimos al juzgado sin coacciones ni intereses diferentes a nuestro amor, y usted, en virtud de las facultades que legalmente le han sido otorgadas no tiene más remedio que casarnos, antes que a estos señores que han llegado ahora, a los cuales puede casar inmediatamente después si le place, cuando nosotros nos hayamos ido a consumar este matrimonio, detrás de los visillos de nuestro escondrijo con vistas al mar, donde llegamos por separado y del que partimos convertidos en el señor y la señora Cisneros, la maleta mezclada, la carne una sola, la sangre una aleación de sangres diversas, inseparables ya para siempre, con la ley de nuestra parte y el problema resuelto.

—En dos años nos casaremos en una iglesia. Mi madre con mantilla y tú con una cola de cinco metros, que no quepa en el coche; que haya que llegar en carroza, con quinientos invitados, orquesta y fuegos artificiales.

—¿Y tendremos hijos?

—¡Una docena!

Ivana se arrebujó entre las sábanas. Se le ocurrió pensar que Catalina, convertida en la bruja mala del cuento de hadas, se presentaba en la iglesia, se agazapaba tras la puerta y esperaba el momento en el que el sacerdote pronunciara la exhortación cruel: «¡Hable ahora o calle para siempre!» y en ese instante, envuelta en un fuego diabólico, salía de su escondrijo para gritar señalándola con el dedo: «¡Ivana es una puta!», tal y como escribió en la pared de la facultad, porque ya no había duda ninguna de quien había sido la autora de la pintada.

En la buhardilla, Cecilia hablaba por teléfono, en susurros, con Andrés Leal.

—Esto es una locura —le estaba diciendo—. Las cosas se están precipitando sin darme tiempo a asimilarlas. No sé qué pensar de nadie; ni de Azucena, ni de Ivana, ni de Catalina, ni de Justice... No sé qué va a ser de Noelia, Andrés. Aquí todo se susurra, nada se dice en voz alta. Esta casa está llena de secretos y de fantasmas. Temo encontrármelos por la escalera.

—Si quieres, voy. Bajo de El Boalo en menos de una hora. Yo también tengo algo que contarte. Creo que sé dónde está Justice.

—¿Lo has encontrado?

—Eso creo.

—¿Y dónde está?

—En Kenia.

—Ven, Andrés, por favor. No me dejes sola esta noche. Tengo frío y miedo.

23

Se prohíbe arruinar vidas y sueños

La última noche que Justice pasó en la cabaña del Lerele, fue incapaz de conciliar el sueño, en parte porque quería disfrutar de cada segundo junto al cuerpo tibio y suave de Noelia, que también velaba a su lado, y en parte porque su cabeza había comenzado a trazar un plan: «Seré lo que tú quieras que sea», le había prometido; y eso haría. Lograría labrarse un porvenir; haría fortuna; se volvería blanco, como Michael Jackson, si ella se lo pedía; se casaría con ella; la coronaría reina de Saba; haría desfilar, como Rubén Darío, cuatrocientos elefantes a la orilla de la mar; y vivirían juntos para siempre en un palacio de marfil, rodeados de sirvientes y de riquezas.

Aquella mañana se hizo de día muy lentamente. Al principio fue sólo un comienzo de claridad a través de los estores, pero luego salió el sol y la ventana se convirtió en la pantalla de un cine mudo, en blanco y negro, en cuyo patio de butacas, amparados por las sombras, una pareja de amantes se seguían acariciando sin reparar en que la película hacía rato que se había terminado y las luces estaban a punto de encenderse.

—Me tengo que ir, Justice, que va a llegar Azucena y nos van a pillar —dijo Noelia en un susurro, después de comprobar que eran ya más de las ocho.

—No tengas prisa —respondió él, abrazándola aún más fuerte—. Es muy temprano todavía. Hace mucho frío. Déjame que te traiga el desayuno a la cama.

—Sí, hombre. —Noelia creyó que era broma—. Si te parece, salimos de la cabaña a plena luz del día y les contamos a todos que hemos dormido juntos.

—Bueno. Si tú quieres...

Se incorporó sobre los codos y lo miró estupefacta.

—Estás hablando en serio —comprendió.

Justice frunció el ceño. Claro que hablaba en serio. En su humilde opinión, le explicó a Noelia, enamorarse era una cosa muy sana, muy natural, y no tenía nada de malo reconocerlo ante los demás. Estaba convencido de que a Cecilia le haría mucha ilusión saber que Noelia y él habían descubierto el placer del amor en su pensión. Bueno, a decir verdad, él ya lo había probado antes un par de veces, pero Noelia había perdido su virginidad aquella noche en la cabaña del Lerele, y en eso del sexo, dijo, la primera vez, sobre todo cuando se está enamorado, no se olvida nunca. Y se alegraría cuando le contaran que habían disfrutado mucho de sus cuerpos, que se compenetraban bien, que habían sabido acompasar sus movimientos y que había sido intenso, profundo; y que lo habían hecho tres veces seguidas, porque había hambre de sobra, juventud y energía; y que podrían haber continuado durante muchas horas más, que ojalá la noche fuera eterna y la mañana oscura, que no amaneciera nunca, que no existiera ningún otro ser humano sobre la faz de la Tierra, solos ellos dos, trepándose como la hiedra a la pared.

—¡Dios santo, Justice! —lo interrumpió Noelia—. No sé cómo serán las cosas en Kenia, pero aquí en España, la gente no va contando por ahí lo que hace en la cama.

—¿Por qué no?

—Pues por pudor, por educación, qué se yo.

En un arrebato bíblico, Noelia se dio cuenta de que estaba desnuda en medio del jardín del Edén. A falta de hoja de parra, echó mano de su ropa interior y se despidió de Justice con la misma cara de pena que le puso Adán a Dios el día del disparate: no importaba lo dulce que estuviera la manzana, lo persuasiva que fuera la serpiente o lo seductora que se hubiera vuelto Eva de repente, que la culpa había sido suya y sólo suya, por calzonazos, por débil de espíritu y de palabra.

Después de su marcha, el chico permaneció todavía un rato más con la vista perdida en el techo de la cabaña, pensando en la mujercita dulce y desvalida que lo estaba volviendo loco.

Hasta la irrupción de Noelia en su vida, Justice se había considerado un hombre afortunado: como responsable del mantenimiento de la pensión y del cuidado del huerto, se ganaba honradamente su derecho a vivir en la cabaña. Comía caliente todos los días y tenía la lata de los ahorros más llena que nunca, gracias a la generosa propina que le había dado Andrés Leal por ayudarle con la reforma de la casa. No se le ocurría qué más podía pedirle nadie a esta vida. Por primera vez en mucho tiempo, salía a la calle con la cabeza bien alta, miraba a la gente de frente y no tenía que suplicar una limosna en la puerta del supermercado, sino que entraba dentro y hacía la compra como cualquier parroquiano. Se paseaba con libertad por el barrio; algunos le saludaban al pasar. Estaba limpio y bien vestido y su vida de indigente empezaba a ser un recuerdo borroso e irreal.

Pero entonces conoció a Noelia, y lo que él consideraba un éxito se demostró un fracaso. Se dio cuenta de que la escalera era mucho más alta de lo que él había imaginado, que sólo había subido el primer escalón y que ella le llevaba muchos tramos de ventaja.

Aquella mañana, después del amor, con la mirada fija en el techo de la cabaña, Justice se dijo que, de todos los hombres que había conocido en su corta vida, el único que había triunfado de verdad, con mayúsculas, en la selva de la civilización, era Andrés Leal. Recordó la historia que les había contado a Cecilia y a él una tarde de calor y sed en el porche de la pensión. Cómo había levantado con sus propias manos una empresa con la que había ganado mucho dinero, cómo se había comprado una casa elegante y un barco de vela. No había más que ver el coche que conducía, la ropa que vestía y la seguridad con la que hablaba —que la cuadrilla de obreros comía de su mano—. Y Cecilia, con todo lo guapa y educada que era, había caído en sus brazos como una adolescente que se enamora por primera vez.

Andrés Leal era la clave, se dijo, y su idea, quizá descabellada, era presentarse en su casa y ponerse a sus pies. Rogarle, de rodillas, que le hiciera un sitio en su empresa, que le arreglara el tema de los papeles, que legalizara su situación, que le diera el primer impulso y a cambio él sería su esclavo, le vendería su alma, su juventud, su energía y firmaría un papel por el que se comprometería a hipotecar su futuro. «Cuando sea millonario —le diría—, lo serás tú también. Tendrás la mitad de mi fortuna. Podrás retirarte a vivir en tu barco, darás la vuelta al mundo mil veces, serás el viejo más rico de la historia».

Se levantó de la cama, se vistió sin preocuparse de su aspecto, se olvidó las llaves de la cabaña dentro de un cajón, salió con la vista empañada, el cuento de la lechera rondando por su cabeza, las zancadas de Forrest Gump, la determinación de Hillary a punto de coronar el Everest y la ansiedad de Amundsen cuando empezó a sentir frío de veras. Bajó al metro con la valentía de los mineros que saben que van a cerrarles la mina, pero siguen picando porque no conocen otra forma de vid; y en el andén central, con el tren aproximándose a la estación y el corazón enjaulado, fue detenido por un policía de paisano.

—¿Me enseñas los papeles, por favor?

—¿Qué papeles?

—Pasaporte y permiso de residencia, para empezar.

—Los he perdido.

—Entonces tendrás que acompañarme a la comisaría, chaval, a comprobar tu expediente.

Cecilia escuchaba a Andrés con los ojos como platos. Cumpliendo con su palabra, había llegado a la pensión en poco más de tres cuartos de hora y ahora compartía con ella una taza de caldo caliente, abrazados los dos en el sofá del salón, mientras le relataba lo que había averiguado sobre el paradero de Justice.

—Su expediente señalaba que un par de meses antes de encontrarlo nosotros, lo habían detenido en la puerta del supermercado y le habían advertido que, si no era capaz de regularizar su situación en España y volvían a pillarle sin papeles, sería enviado de vuelta a su país de manera inmediata, sin juicio ni leches, porque, al parecer, la primera vez te ponen un abogado de oficio, pero la segunda ya es un delito y te deportan automáticamente.

Cecilia estaba horrorizada.

—Le dijeron que estaba de enhorabuena, que iba a volver a casa por Navidad. Había que llenar un Boeing 737 de inmigrantes ilegales y todavía quedaban cien plazas libres; por eso andaba la policía deteniendo de manera indiscriminada a todo subsahariano que encontraba por la calle, tratando de entenderse con ellos en suajili o en bantú si no daba buen resultado el socorrido *spanglish* de las fuerzas de seguridad del estado.

»El avión partió de Torrejón de Ardoz esa misma tarde con doscientos inmigrantes ilegales a bordo. Todos ellos tienen la entrada prohibida en España hasta que pasen, al menos, tres años desde su expulsión.

—¡Tres años! —exclamó Cecilia—. Eso es una eternidad, Andrés, no creo que Noelia pueda resistir tanto tiempo sin ver a Justice.

Por un instante se hizo el silencio.

—Te sorprendería la capacidad humana para sobrevivir en las peores condiciones —reflexionó Andrés, de repente melancólico—. Uno cree que la vida deja de tener sentido cuando te separan de tus seres queridos, que ya no hay nada por lo que luchar ni por lo que sentir, pero te aferras a este mundo, Cecilia, a pesar de todo, por el puto instinto de supervivencia, porque al final somos animales y estamos naturalmente diseñados para perpetuar nuestra especie.

El discurso había sido tan derrotista como inesperado. Cecilia se apartó de su abrazo y lo miró a los ojos.

—¿Eso es lo que sientes tú conmigo? ¿Que estamos perpetuando nuestra especie?

—No somos más que animales, Cecilia.

—Claro que somos animales —concedió ella—, pero tenemos alma. Por eso somos capaces de amar y de muchas otras proezas. Somos capaces de reír, de llorar, de perdonar, de recordar; y sí, también somos capaces de sobrevivir a nuestros seres queridos, porque el amor los hace eternos. Yo, por ejemplo, a veces me encuentro con mis abuelos por el pasillo.

Andrés Leal la enfrentó igual de atónito.

—¿Tú crees que existen el cielo y esas pijadas?

—Lo sé de buena tinta.

Después de semejante exposición de principios, Cecilia y Andrés regresaron al abrazo en el sofá y a la conversación que había derivado hacia esos derroteros.

—El caso de Justice es de libro —se lamentó Andrés—. Entró de manera ilegal, fue detenido y advertido hace meses, carece de permiso de residencia y de trabajo, no tiene ningún arraigo familiar... Es que no tiene defensa, el pobre.

—¿Con arraigo familiar te refieres, por ejemplo, a tener un hijo? —quiso saber Cecilia, a quien de pronto se le había encendido la luz de la esperanza.

—Sí, un hijo o una mujer española. En esa circunstancia existe un supuesto llamado agrupación familiar, al que podría acogerse, pero tendría que demostrar que lleva tres años en España y que tiene trabajo.

—¡Eso se podría documentar! —Cecilia saltó del sofá—. Lo de los tres años se lo firmo yo, aunque tenga que cometer perjurio, y lo del trabajo se lo resuelves tú en dos patadas. ¡Le contratas en Miguel Ángel Buonarroti, y listo!

Andrés Leal carraspeó.

—A ver, pedazo de pan —dijo—, las cosas no son tan fáciles. Para empezar, es ilegal contratar a un inmigrante sin papeles, lo cual es, ni más ni menos, la pescadilla que se muerde la cola: sin papeles no hay trabajo y sin trabajo no hay papeles. Y para seguir, no existe familia a la que arraigarlo, a no ser que quieras adoptar a Justice, y me temo que al ser mayor de edad, va a ser imposible.

—Ese punto también tiene arreglo —sonrió misteriosa.

Justice pasó diez horas en un calabozo y ocho en un avión, lamentándose, como el resto de sus compatriotas, de su mala suerte. Algunos lloraban, impotentes, otros simplemente miraban al frente, con la vista perdida en algún horizonte descolorido, que se desdibujaba según iban pasando los minutos.

Él resistía, erguido, con la dignidad del guerrero, porque todavía podía oler el perfume de Noelia en su piel. Descendió del avión en Nairobi y, desde el primer instante en que sus pies tocaron tierra, en cuanto fue puesto en libertad, comenzó a idear el modo de regresar a su lado.

El que hace un cesto, hace cientos, dice el refrán, y Justice había aprendido algunos trucos por el camino. Sabía que la mejor manera de entrar en España era por vía marítima, así que puso rumbo a Marruecos, donde buscaría una patera que le cruzara el estrecho. Volvería como el perro abandonado que atraviesa el mundo y se planta en la puerta de su casa moviendo la cola y dando saltos de alegría, sin sospechar que su amo, aquel a quien él nunca traicionaría, cerró la puerta del coche después de echar gasolina y se alejó mirando por el retrovisor para asegurarse de que él no le seguía. El perro que ensucia, el perro que ladra, el perro que come, el que nadie saca a pasear y nadie quiere. El que sobra y molesta a los vecinos.

—Y del robo, ¿te dijeron alguna cosa?

—Nada.

—¿No llevaba las joyas encima, ni el dinero, cuando lo detuvieron?

—Nada.

—¿Y si no fue él?

—Fue él, Cecilia. —Andrés no tenía duda—. La cuestión es encontrar el escondite donde guardó lo que os robó. Habrá que registrar bien la cabaña, escarbar en el huerto... Probablemente pensaba vender las joyas, pero no tuvo tiempo.

Cecilia se irguió de repente.

—O tal vez alguien las encontró, se las quedó y no nos dijo nada —reflexionó. Y entonces le vinieron a la mente las palabras de Catalina: «Tenemos que acorralar a Azucena y obligarla a confesar de qué va todo esto»—. Catalina y yo tenemos una candidata —dijo misteriosa.

—¿Catalina?

—Ha hecho algunas averiguaciones al respecto —aclaró.

—Me la encontré en el juzgado —recordó Andrés—. Le pregunté a mi amigo, el picapleitos, qué estaba haciendo allí.

—Estaría investigando. Le encanta hacer de detective.

—Pues no, nada de eso —replicó Andrés—. Por lo visto estaba pagando la fianza de su padre. ¿Sabías que su padre anda metido en líos?

24

Se prohíbe eludir la responsabilidad familiar

Abrazada al cuerpo de Andrés, Cecilia consiguió dormir en paz y olvidarse por unas horas de los problemas que la acosaban, pero en cuanto amaneció y se despidió de él con un beso de desesperación en el porche de la casa, regresaron los miedos a su cabeza obsesiva. Por el lado de la calle de la Lanzada hizo su aparición Azucena, la última persona con la que Cecilia hubiera deseado encontrarse en ese momento, la cual se abrazó a ella con una fuerza sobrehumana y una alegría inusitada en alguien a quien acaban de terminársele las vacaciones y tiene que reincorporarse a su puesto de trabajo. Dijo que ya se estaba volviendo loca, sin nada que hacer en todo el día, que las había echado muchísimo de menos, que por fin en casa.

Cecilia se fijó en la cadena dorada que colgaba de su cuello y recordó el plan que había elaborado la tarde anterior con Catalina: la maniobra de acoso y derribo a la que pensaban someterla para que explicara la procedencia de aquella medalla que la convertía en sospechosa de apropiación indebida, si bien, a esas alturas, no estaba claro si se trataba de la misma medalla o de otra idéntica, ni si se la acusaba de robo o sólo de hallazgo fortuito.

Por otra parte, pensó, si Azucena era la última persona a la que le apetecía ver, Catalina era la penúltima. Ahora que tenía nuevos datos sobre aquella chica tan intrigante

—la cuestión de un padre «metido en líos»—, se temía que todavía quedaran cohetes por estallar en la feria en la que se estaba convirtiendo su vida.

Azucena entró en la pensión canturreando un villancico, se colocó el delantal, contempló el desastre en el que se hallaba su cocina y se remangó la camisa sin hacer el menor comentario al respecto.

Cecilia se sentó a la mesa del *office* y la observó desde detrás, las caderas anchas, las piernas varicosas, los brazos blandos y la invasión de canas en su pelo rizado, mientras ella trajinaba entre cacharros y platos sucios. De repente, sin venir a cuento, sintió algo parecido a la ternura hacia aquella mujer cariñosa y ruda a la vez, tierna y brusca a partes iguales, y se le ocurrió pensar que Azucena era una niña abandonada, y la vio con trenzas y siete años, de puntillas en el fregadero, con las manos escocidas y la inocencia intacta, feliz, a su manera, porque no había conocido otra casa que el orfanato ni otra madre que la hermana Petra, y aquello le parecía la gloria.

—Azucena —la llamó sin pensárselo dos veces—. Siéntese aquí conmigo, que quiero que hablemos de una cosa.

La mujer la miró extrañada, pero no vio en sus ojos nada que no fuera compasión, así que obedeció de buena gana.

—Usted dirá —la animó a hablar.

—Es que no sé por dónde empezar —confesó Cecilia—. Lo que voy a preguntarle es muy personal. Tal vez se ofenda.

Azucena, instintivamente, echó mano de la medalla que le colgaba del cuello.

—Se trata, precisamente, de esa medalla.

—¿La medalla?

—Sí, Azucena. —Cecilia se envalentonó—. Necesito saber dónde la ha encontrado.

La cara de la asistenta se congestionó. Frunció el ceño, arrugó la nariz.

—No la he encontrado en ninguna parte. Esta medalla es mía. Me la puso la hermana Petra cuando llegué al orfanato. Ya le había hablado de ella, ¿verdad?

—Sí, me contó que esa monja fue como su segunda madre, ¿no?

—Como la segunda no, como la primera, que yo no he tenido más madre que ella —la corrigió—. La hermana Petra se hacía cargo de las niñas a las que abandonaban en la puerta del hospicio. A todas nos ponía nombre, siempre de flores: que si Azucena, que si Hortensia, que si Margarita, nos bautizaba y nos colgaba una medalla del ángel de la guarda, para que nos protegiera y nos cuidara, decía, si nos separábamos de ella.

—Entonces no ha encontrado usted lo que nos robó Justice.

—¿Yo? —se extrañó, y enseguida contraatacó—. ¿O sea que fue Justice?

—Eso creo. Cada vez estoy más convencida de ello. Tengo la sospecha de que, antes de irse, escondió el botín en alguna parte de esta casa. Creí que lo había encontrado usted porque resulta que yo tenía una medalla exactamente igual que la suya.

—Pues ya es raro —señaló Azucena—. Esta medalla tiene más de sesenta años. No creo que haya muchas parecidas.

Cecilia tomó aire. Había llegado el momento de descubrir sus cartas. No quería esperar a Catalina, que hubiera hecho un interrogatorio salvaje y despiadado, sino aproximarse a su víctima con suavidad, acariciándola, de nuevo transformada en la niña de las trenzas.

—Azucena, dígame la verdad —suplicó—. Aquel anuncio del que me habló, en el que mis abuelos solicitaban una asistenta, ¿era este?

Del bolsillo trasero de sus pantalones vaqueros, los mismos que llevaba la noche anterior y que se había vuelto a poner para despedir a Andrés, extrajo el recorte del *ABC*: «Se busca a Azucena Fernández, huérfana en el hogar de acogida de las monjas franciscanas de Madrid, por asunto familiar de su interés...».

Azucena palideció. Los ojos se le anegaron, las manos comenzaron a temblarle y un llanto sordo, de lágrimas viejas, le empapó las arrugas de la cara.

—¿Dónde ha encontrado eso? —se maravilló.

—En el mismo sitio que usted —dijo—, en el periódico.

—¿Y usted lo entiende? —La pregunta descolocó a Cecilia hasta el extremo.

—¿Que si lo entiendo?

—Sí, que si usted sabe para qué me buscaban sus abuelos —dijo Azucena—. Porque yo no les conocía de nada. Ni llegué a conocerlos. Vi el anuncio en el periódico, como le dije, estando de vacaciones en Madrid, y me quedé con la intriga, pero me tenía que volver a Alemania y luego ya, por unas cosas y por otras, lo olvidé. Creo que llamé un par de veces al número de teléfono que ponía en el anuncio, pero nadie me respondió. Y el año pasado, haciendo limpieza en mi piso, apareció en un cajón y me dije: «Azucena, ha llegado el momento de resolver este misterio». Pero ya ve, cuando llegué, ya era tarde. Sus abuelos habían fallecido.

Durante un par de minutos, las dos mujeres se observaron en silencio. Las dos cabezas elucubraban una misma teoría que no se atrevían a pronunciar en voz alta. Lo cierto era que existían dos medallas idénticas: una en el cuello de Azucena, la otra emparedada en la casa de los abuelos, y que esa era la única conexión que unía ambas historias.

—¿Sabe qué sucedió en el año 1976?

—¿1976? —repitió la asistenta, intrigada—. Fue el año en el que murió la hermana Petra. Pobrecita —se lamentó—, no me dieron permiso ni para venir a su entierro.

—Pues resulta que también fue el año en el que mis abuelos se trasladaron a Madrid y comenzaron a buscarla a usted. Creo que la solución a este misterio está en el orfanato. Según he podido saber —añadió—, todavía queda alguna monja que conoció a la hermana Petra. Pero antes de ir allí, es importante que usted sienta que está preparada para enfrentarse a lo que sea que podamos descubrir. Algo que tal vez nos incumba a ambas.

De manera instintiva, Cecilia tomó las manos de Azucena entre las suyas y las apretó con fuerza.

—Yo sí estoy preparada —dijo la niña huérfana—. ¿Y usted?

Antes de darles ocasión de inmiscuirse en sus asuntos a las chicas que dormían en el piso superior, Cecilia y Azucena se pusieron en marcha. A bordo del coche de Cecilia, recorrieron el camino hasta el convento de las hermanas franciscanas en un silencio de respeto que a ratos era interrumpido por algún suspiro. Unos metros antes de llegar, Azucena se lanzó a hablar:

—Ahí a la vuelta está el hospicio —dijo, y Cecilia observó que le temblaba un poco la voz—. Hace muchísimos años que no vengo por aquí. No por nada, ¿sabe? Lo que pasa es que la vida es como un río que la lleva a una hacia donde le da la gana, y es muy difícil nadar contracorriente. Pero yo, en este lugar, he sido muy feliz. La hermana Petra era toda ternura, la encargada de darnos el beso de buenas noches, la que nos ponía a rezar, con los codos apoyados en la cama, al ángel de la guarda, para que cuidara de nosotras y de nuestros padres. Decía que todas las niñas teníamos un papá y una mamá. Que algunos estaban en el cielo y otros estaban trabajando muy duro para poder volver a buscarnos. Que éramos lo más importante para ellos —ya ve usted—, que todas las noches rezaban también, como nosotras, al mismo ángel, y que él era como el pastor, capaz de saber qué corderito correspondía con cada ovejita. Si alguna estaba triste, se pasaba la noche velando a su vera. Si era nuestro cumpleaños, nos hacía algún regalo sencillo: unos calcetines, un cuaderno, un ramo de flores... y aunque la mayoría no sabíamos qué día exactamente habíamos nacido, contábamos desde el día que llegamos al hospicio y en paz.

»También estaba la hermana Sagrario, que era la que imponía la disciplina. Y menos mal, porque la hermana Petra era tan buena que a veces le tomábamos el pelo. La hermana Sagrario hacía que se cumplieran las normas: nos decía que había que ducharse todos los días, que la comida era sagrada y no se desperdiciaba ni un grano de arroz, que no se corría por los pasillos, que no se decían palabras feas... cosas de esas.

»Luego estaba la maestra; la hermana Covadonga, que era grande, grande, gorda, gorda, y que, si te descuidabas, te comía el bocadillo de la merienda. Nos ponían pan con mantequilla y azúcar, gloria bendita, pero como alguna estuviera desganada, se lo zampaba ella, ¡con un gusto!

»Y las novicias, ¡qué cuadrilla! Unas niñas, ya ve usted, pero más bonicas, más santitas, más limpias... Todas queríamos ser novicias, como ellas, y vestir el hábito y la toca blanca. Pero luego, claro, cada cual tiró para donde la llamó su naturaleza y unas se casaron, otras se pusieron a servir y a algunas, como yo, nos dio por conocer mundo, por hacer fortuna, que a lo mejor éramos más soñadoras o más aventureras.

—¿Y no conserva ninguna amiga de entonces? —quiso saber Cecilia.

—Tenía alguna, sí, pero después de tantos años fuera de España, ya se imagina que el contacto se va perdiendo. Yo siempre he estado muy sola, Cecilia. De jovencita tuve un novio que se cansó de mí y luego ya no encontré a nadie que me quisiera.

Entraron en el edificio de ladrillo por una puerta modesta. Preguntaron por la superiora y las pasaron a un despacho sin ventanas donde sólo había un sofá, una mesa auxiliar y dos sillas. En las paredes colgaban dos cuadros: una acuarela del papa Juan Pablo II y una lámina a plumilla de san Francisco de Asís con el hábito de saco y el cinturón de cuerda.

Después de un rato, una religiosa cincuentona adornada con unas gafas de pasta y una sonrisa desordenada les dio la bienvenida al convento.

—Antes era un orfanato —aclaró—, pero ahora ya sólo es convento.

—Cecilia Dueñas y Azucena Fernández —se presentaron con un apretón de manos—. Veníamos a ver si usted nos aclara un misterio.

Como la reunión se preveía larga, la hermana les ofreció café con pastas.

—Se piensa mejor con el estómago contento —dijo, y aquella frase sacudió la memoria de Azucena.

—¡Eso lo decía la hermana Covadonga! —exclamó.

—¡La misma! —se alegró la monja—. ¿La conocía usted?

En poco más de diez minutos, Azucena, animada por la curiosidad de la superiora, la puso al corriente del secreto que las había llevado hasta ella.

—La hermana Petra siempre con sus medallitas —comentó la religiosa—. A todas sus niñas, como ella decía, las ponía bajo la protección del ángel de la guarda. Ella les inventaba el nombre. Siempre les buscaba nombres de flores, porque decía que todas ellas formaban un ramo para su madre del cielo: la Virgen María.

—¿Todas las niñas que vivían aquí eran huérfanas? —preguntó Cecilia.

—No todas. Algunas eran huérfanas, pero a otras las dejaban abandonadas en el torno o en la puerta. Eran épocas de hambre, ya se hacen cargo, y de miedo.

—¿Y esas niñas solían darse en adopción? —La idea que rondaba por las cabezas de Cecilia y Azucena empezaba a tomar forma.

—Las huérfanas, sí; las otras, no. Siempre quedaba la esperanza de que los padres volvieran a recogerlas.

—¿Usted podría buscar mi expediente? —preguntó tímidamente Azucena—. Para saber a qué grupo pertenecía yo.

La monja de las gafas de concha tardó más de media hora en dar con los documentos solicitados. Según les explicó, todos los archivos de papel estaban guardados en el sótano por orden alfabético y de antigüedad.

—Ni mi vista es ya tan buena ni mis piernas me sostienen encima de la escalera tan alegremente como antes —se disculpó.

Azucena tomó la carpeta que la otra le tendía, con un ligero temblor de manos y de barbilla. Cecilia se sentó a su lado y le pasó el brazo por encima de los hombros.

—Huérfana —pronunció Azucena con un hilo de voz, tras leer el encabezado del documento.

—Lo siento —se entristeció Cecilia.

—No pasa nada, guapa —se consoló—. Si ya me imaginaba yo que era huérfana. Lo raro habría sido lo otro.

La superiora, que se había asomado por detrás de las dos mujeres, agudizó la vista.

—El expediente es doble —dijo de pronto.

—¿Cómo doble?

—Mire, ahí, en la esquina de la izquierda —señaló la religiosa—. Donde pone duplicado.

—¿Qué significa duplicado?

—Pues que hay otro.

Cecilia y Azucena se miraron intrigadas.

—Voy a buscarlo —se ofreció la monja sin necesidad de que ninguna de las dos tuviera que pedírselo.

En esta ocasión tardó menos de cinco minutos en volver. Cuando abrió la puerta, traía la toca torcida y algunos pelos sueltos. Venía jadeando, porque, según les confesó, se había saltado la prohibición de correr por los pasillos, y eso que era la superiora.

—Resulta, Azucena —anunció—, que tenía usted una hermana menor. Según el expediente, usted ingresó en el orfanato junto a otra niña a la que adoptaron de recién nacida.

Cecilia ató cabos. Unió orillas. Cruzó puentes. Encendió la luz.

—Que se llamaba Rosa —adivinó, pálida como la cal de la pared.

—Sí —confirmó la monja—. La hermana Petra le puso de nombre Rosa, por santa Rosa de Lima. ¿Cómo lo sabe usted?

—Lo sé —dijo Cecilia—, porque Rosa es el nombre de mi madre.

25

SE PROHÍBE LAMENTARSE POR AQUELLO QUE NO TIENE REMEDIO

La biblioteca, a media luz, se había convertido en un refugio seguro y acogedor, con su butaca de cuero, el ventanuco empañado, la mesita de velador y la alfombra mullida sobre el suelo de madera en la que Cecilia y Azucena, recostadas contra las librerías y tomando un té con pastas en sendas tazas de porcelana inglesa, pasaban las páginas de los álbumes de fotos, examinando cada imagen como si fuera una obra de arte, analizando la escena que encerraba cada una de ellas, describiendo a cada persona retratada, cada edificio, cada paisaje, tratando de reconstruir con palabras una realidad remota que, según avanzaba la mañana, se iba volviendo más cercana, del blanco y negro al color, hasta casi el presente, casi la misma casa en la que estaban, pero antes de la reforma, cuando aún la habitaban los abuelos y no existía el porche y la cocina era de carbón.

Todavía les faltaban algunos datos para comprender la historia completa, de eso eran conscientes ambas, pero los que habían logrado obtener arrojaban una luz tan inesperada como sorprendente: para empezar, demostraban que Rosa, la madre de Cecilia, no era hija biológica de los abuelos y que su verdadero apellido no era el Quintana del abuelito Miguel, sino el Fernández con el que la había inscrito la hermana Petra cuando la encontró dentro de un canasto, recién nacida, sucia todavía a resultas de un parto complicado, a juzgar por la cantidad de sangre y suciedad que la envolvía, llorando como un gatito abandonado en la puerta del convento, acompañada únicamente por otra niña, igual de asustada e igual de sucia, aunque un par de años mayor que ella, a la cual dio el mismo apellido inventado —Fernández, uno corriente y discreto, nada de Expósito ni de la Iglesia ni ninguno de esos calificativos que marcaban para toda la vida y daban fe de un origen dudoso—, y bautizó Azucena por ser nombre de flor y nombre de santa, de las importantes, además, de las que celebran su fiesta el día de la Asunción, el de la Blanca Paloma.

Que eran hermanas estaba clarísimo. Ambas formaban parte del mismo paquete. De las dos emanaba el mismo olor a leña. Ambas estaban descalzas, cubiertas por la misma toquilla de lana de oveja y tenían los mismos ojos de pena, la misma redondez de cara y las orejitas arrugadas.

La hermana Petra se llevó una doble sorpresa cuando salió a abrir la puerta y se las encontró llorándola a dúo en la acera solitaria de las seis de la mañana. Se ocupó de alimentarlas, bañarlas, vestirlas, arrullarlas y besuquearlas —el recibimiento clásico del orfanato—, mientras la hermana Sagrario se afanaba en buscar a los padres, primero, y a dar parte, después, del hallazgo a la Guardia Civil.

Descubrió que las niñas eran hijas de una viuda que había muerto en el parto. Lo sabía la partera, que había tratado de salvar la vida de la madre, sin éxito, y finalmente había tenido que sacar al bebé por la barriga. La primera vez que atendía un parto, dijo, una carnicería, añadió. Había sido ella la que había abandonado a las niñas en la puerta, porque no sabía qué hacer, confesó.

Esperaron las horas de rigor antes de inscribirlas como huérfanas en el registro civil. Nadie vino a buscarlas. En secreto, la hermana Petra se alegró un poco. Ya les había cogido cariño a la Rosa y la Azucena.

—Una semana después, un matrimonio de Águila, Miguel y Teresa Quintana, se personaron en el orfanato y solicitaron una recién nacida para tomarla en adopción. —La superiora de las gafas de pasta leía el expediente como si fuera un cuento de hadas—. Se les hizo el examen pertinente y se les consideró aptos para tal empresa. Se les entregó a la niña Rosa Fernández el día 7 de abril de 1950.

—¿Y no se les informó de la existencia de la otra niña? —se sorprendió Cecilia—. ¿No les dijeron que tenía una hermana?

—Las cosas no funcionaban así —explicó la superiora—. Una vez las niñas eran recibidas en el orfanato, se consideraba que todas ellas eran hermanas, todas Fernández, sin hacer distinción ninguna. Si sus abuelos hubieran pedido más de una niña, tal vez les hubieran hablado de Azucena. Pero no fue el caso. Aquí dice que solicitaron una recién nacida. ¿Lo ve?

En segundo lugar, semejante descubrimiento suponía un descalabro en la historia vital de Rosa Quintana, la madre de Cecilia, ya que jamás había sabido ni sospechado ni imaginado siquiera que sus padres no fueran aquellos que la criaron, sino unos fantasmas desconocidos, dos veces muertos: una en vida y otra en gloria, por habérseles negado la existencia que les hubiera correspondido en la memoria de sus hijas.

—Pues yo me alegro de saberlo —dijo Azucena—. Que no es que mis padres me abandonaran por capricho, digo, sino porque se murieron.

—Hombre, así visto... —le concedió Cecilia.

La cuestión era preparar ahora el camino de Rosa hacia la luz, la cual estaba en la inopia, disfrutando de una existencia apacible y sin sobresaltos en su Águila natal.

El pellizco inicial que sintió Cecilia en el ánimo al caer en la cuenta de que sus abuelos no eran biológicos, sino putativos, se solucionó bastante bien, ya que, para su sorpresa, examinando su interior, llegó a la conclusión de que le daba total y absolutamente lo mismo.

—Qué cosas —suspiró encogiéndose de hombros, ante las caras de alivio de la directora del convento y de su asistenta, que contenían la respiración sin atreverse a hacer ningún comentario al respecto.

La tercera conclusión que se extraía del hallazgo era, ni más ni menos, que Azucena y Cecilia eran tía y sobrina, lo cual afectaba en esencia a su relación profesional, transformándola de la noche a la mañana en una relación familiar, emocional e íntima.

De ahí que, nada más llegar a la pensión, en lugar de regresar Azucena a las tareas domésticas y Cecilia al despacho, donde la aguardaba una montaña de trabajo atrasado, se prepararan un té con leche y pastas, subieran la escalera hasta la buhardilla y se encerraran a revisar los álbumes de fotos que guardaba Cecilia en su biblioteca.

—Esta es nuestra casa de Águila; este de aquí, el de la bicicleta, es mi padre y esta del abrigo rojo es mi madre —explicaba Cecilia—. De alta es más o menos como usted y es verdad que la forma de la cara es igualita a la suya. ¿Lo ve?

—Parece mucho más joven que yo.

—Se conserva bien, sí. Se cuida mucho: come sano, camina todos los días y se maquilla muy bien. Se tiñe el pelo desde que cumplió los cuarenta; por lo visto, le salía un mechón blanco en la sien derecha.

—¿Este? —Azucena señaló su propio pelo canoso y Cecilia observó que la permanente estaba bastante maltrecha, como si le hiciera falta un buen arreglo.

—¿Sabe lo que vamos a hacer? —se animó—. Antes de viajar a Águila nos vamos a pasar por el salón de belleza donde me hago las mechas y cuando salga de allí no se va a reconocer ni usted misma.

La idea era preparar cuidadosamente el camino. Nada de sorpresas televisivas con subtítulos sensacionalistas: «Hermanas separadas al nacer se reencuentran en el plató sesenta y cuatro años más tarde y se deshacen en llanto para regocijo de la audiencia». Rosa Quintana no era amante de lo inesperado, al contrario: su felicidad se basaba en el orden y la planificación. No había más que ver con qué primor colocaba los libros en las estanterías de Macondo, por ejemplo, para entender que una noticia como aquella podría causarle un auténtico descalabro.

—Lo mejor será que vaya yo antes, un fin de semana cualquiera, y empiece por contarle la historia de la medalla. Que he descubierto la procedencia del colgante, que perteneció a una niña huérfana del convento de las franciscanas, que a esa niña la adoptó una pareja de Águila...

—¿Y lo de la hermana?

—Pues eso, creo yo, lo dejamos para otra visita. Poquito a poco, Azucena, no le provoquemos un infarto a mi madre.

—Hábleme de sus abuelos —le rogó entonces, abriendo uno de los álbumes más antiguos.

La primera foto de la abuelita Teresa y el abuelito Miguel que conservaba Cecilia era la del día de su boda; en junio de 1942. En el retrato en sepia, Miguel Quintana, como todos los jóvenes de su época, parecía un viejo prematuro: las orejas de soplillo, la frente despejada, la raya en medio y el bigote recortado, la pajarita negra, el clavel en la solapa. Teresa Astudillo era una mujer menuda y vivaracha, que aparecía sonriente dentro de su vestido blanco con cuello bebé, ajustado en la cintura y amplio de mangas, con su ramo de flores y el velo enganchado en una diadema muy ancha.

—Ella tenía veintiuno y él veinticuatro —le explicó Cecilia—. Se habían conocido de niños y habían crecido juntos. Supieron que estaban enamorados el día en que mi abuelo se presentó voluntario y lo mandaron al frente. Ese día se plantó en la casa de ella, solicitó hablar con su padre y le pidió permiso para cortejarla, como era costumbre. Le dijo que era muy probable que dicha petición no tuviera consecuencias prácticas, puesto que estaba convencido de que iba a perder la vida en la guerra, pero que si, por algún motivo, Dios decidía conservársela, tendría que ser al lado de Teresa, porque si no, mantenerlo en esta vida privándolo de la única razón para vivirla, no tenía ningún sentido.

»Durante los años de la contienda, se escribieron unas cartas preciosas y en el cuarenta y dos se casaron en la catedral de Águila. Esta de aquí es la casa del Secarral, donde pasó su juventud mi abuelo Miguel. Siempre contaba que la finca estaba tan aislada del mundo que se enteró de que había estallado la guerra porque no pasaba el coche de línea. Los primeros años mis abuelos vivieron en el campo, pero luego a mi abuelo lo contrataron en la Renfe y se trasladaron a la casa de Águila.

—¿Y este bebé es su madre?

—Sí. Esta foto es del día de su bautizo. Este del mostacho y la mujercilla que se apoya en su brazo son mis bisabuelos.

—¡Qué bonito faldón!

—A mí también me bautizaron con él —sonrió Cecilia—. Creo que mi madre lo tiene guardado en casa. Nunca ha perdido la esperanza de ser abuela. No sabe con qué insistencia me preguntaba todos los meses si habíamos llamado ya a la cigüeña. Al final me hacía ver que la vida fértil de las mujeres no es eterna; que a partir de los cuarenta la cosa se pone difícil... Pero ya ve, por mucho que lo intentamos mi marido y yo, nunca conseguimos tener hijos.

—Los hijos le caen a una en la vida cuando menos se lo espera —soltó de pronto Azucena—. Eso es lo que sostiene mi amiga Asunción. Dice que los niños no siempre llegan por el mismo conducto, y ya ve, su madre y yo somos el mejor ejemplo de que está en lo cierto.

—La infancia de mi madre fue muy feliz —continuó Cecilia, pasando de página para cambiar de tema—. Esta fotografía es de una mañana de Reyes. Fíjese qué bonito belén, qué montón de regalos y qué roscón más apetitoso.

Azucena no comentó nada. De repente se le había puesto un nudo en la garganta y empezaba a notar que los ojos se le humedecían.

La hermana Petra les llenaba a sus niñas los calcetines de caramelos. La hermana Covadonga se aseguraba de conseguir un par de pavos y de rellenarlos con carne picada y ciruelas pasas; y la hermana Sagrario escondía una moneda en el roscón. Tres novicias se disfrazaban de Melchor, Gaspar y Baltasar y repartían algunos juguetes entre las más pequeñas: canicas, tabas, una cuerda de saltar, una muñeca de fieltro, una pelota de trapo. Con todo eso, el día de Reyes se convertía en un día mágico. La felicidad completa. Si aquella niña llamada Azucena Fernández hubiera sabido que existía algo parecido a la opulencia que mostraban aquellas fotografías, probablemente se habría sentido muy desdichada.

—¿Sabe lo que estoy pensando? —verbalizó—. Que al final va a resultar que mi infancia fue una mierda.

Cecilia sonrió, comprensiva.

—La felicidad no tiene nada que ver con las cosas materiales —dijo—. Hay una frase de San Agustín que siempre repetían mis abuelos: «No es más rico el que más tiene, sino el que menos necesita».

—Toma, claro —respondió Azucena—. Porque a ellos nunca les faltó de nada. Así es fácil decir esas cosas tan rimbombantes. Pero yo necesitaba un padre y una madre, un hogar, regalos en Navidad, una educación, un novio que no fuera un caradura y un trabajo que no consistiera en limpiar retretes alemanes.

—Si le sirve de consuelo —dijo Cecilia—, creo que puedo asegurarle que su vida está a punto de cambiar para siempre. A mi madre le costará un poco hacerse a la idea, pero cuando logre aceptar que usted es su hermana, se convertirá en su mejor amiga y aliada. Nunca le faltará cariño, ni regalos en Navidad, eso se lo aseguro yo que la conozco muy bien. Es inútil lamentarse por lo que ya no tiene remedio. Lo importante es mirar para adelante. Y teñirse el pelo, claro —remató con la intención de hacer que Azucena recuperara la sonrisa—. Para empezar, ¿Qué te parece si nos tuteamos?

26

NO SE PERMITIRÁ A LAS VISITAS PERNOCTAR EN LA PENSIÓN

El viaje de Cecilia a Águila tuvo que posponerse por causas mayores: la noche del 28 de enero, a eso de las tres de la madrugada, Noelia se levantó con el estómago revuelto y unas ganas rarísimas de comer aceitunas. No quiso encender la luz para no molestar a Ivana y a Catalina, que tenían el sueño ligero y muy mal despertar, así que buscó la escalera a tientas, tropezó con la esquina de la barandilla y cayó rodando diez de los dieciséis escalones del último tramo. El ruido alarmó a Cecilia, que encontró a Noelia despatarrada en el descansillo, sujetándose la tripa con las dos manos y repitiendo «Mi bebé, mi bebé», como un mantra o una maldición de bruja.

Entre todas la ayudaron a levantarse y a regresar a la cama, donde, aterradas, vieron cómo la sábana se manchaba de sangre.

Noelia lloraba un llanto histérico de espasmos y temblores, que de vez en cuando salpicaba con el nombre de Justice, su amor desvanecido. Ivana le abanicaba la cara con los apuntes de literatura y Catalina, más práctica, había ido a buscar agua a la cocina y trataba de hacérsela tragar a pequeños sorbos.

Cecilia llamó a su ginecóloga, la cual se presentó en la casa pasadas las cuatro de la madrugada y les recomendó que no levantaran a Noelia de la cama, que permaneciera inmóvil tumbada boca arriba y que, en todo caso, le pusieran una toalla doblada debajo del trasero, para evitar que la sangre siguiera brotando de entre sus piernas.

—Tiene toda la pinta de ser un desprendimiento de placenta —diagnosticó—, aunque para estar seguros habría que hacerle una ecografía.

—¿Está bien mi bebé? —se angustió Noelia.

—El latido es normal —la tranquilizó la doctora— y la hemorragia está remitiendo. En principio, no debes alarmarte, pero llámame inmediatamente si vuelves a sangrar. Te voy a pedir, eso sí, que hagas reposo absoluto durante los próximos siete días. No te levantes ni para hacer pipí. No cambies de postura. No te muevas.

Así que en lugar de aquel viaje a Águila, que prometía ser tan esclarecedor, Cecilia decidió quedarse en casa para poder atender a la embarazada, la cual no paraba de llorar acordándose de Justice y temiendo por la salud de su bebé.

Lo asombroso fue que la postración de Noelia actuó como bálsamo y trajo como consecuencia una especie de entente cordial a la pensión. El sufrimiento se hizo compartido y cada una se propuso paliarlo de la mejor manera a su alcance: Azucena en la cocina preparando sabrosos guisos, infusiones y dulces; Ivana, con lecturas y masajes en los pies; Catalina, con chistes y consejos; y Cecilia ocupándose de todo lo demás. Las discusiones, las acusaciones y los insultos parecían ser agua pasada.

—Me estoy volviendo loca aquí tumbada, pensando si el bebé habrá sufrido algún daño y acordándome de Justice —la escuchó comentarle Noelia en cierta ocasión a Catalina.

—Podrías escribir una novela, ahora que tienes tiempo —oyó que le respondía la otra—. ¿No querías ser autora romántica? Pues ea, facilísimo. Lo tuyo con Justice es como la historia de *Crepúsculo*, sólo que él, en lugar de ser un vampiro, resulta que es de Kenia.

Cecilia habló por teléfono con su madre. Tuvo que improvisar una mentira piadosa para explicar por qué no iba a visitarles. «Resulta que Noelia se ha puesto enferma —le dijo—. Nada grave, no te preocupes, una gripe: mucha fiebre, escalofríos y tiritonas. Mejor me quedo este fin de semana en Madrid cuidando de ella; me parece feo dejarla sola, ya te haces cargo, y voy a veros el próximo o el siguiente, sin falta».

Pero las noticias vuelan en las ciudades pequeñas como Águila, y para espanto de todos, sin aviso ni encomienda alguna, el viernes a las ocho de la tarde, un coche procedente de Tierra de Campos se detuvo delante de la cancela de la pensión y de él descendieron dos mujeres, cuatro maletas, dos cajas de milhojas rellenos de nata, dos problemas de los gordos: la más mayor, envuelta en un abrigo guateado, se llamaba Rosa Quintana, o eso creía ella. La más joven, portadora de una evidente cirugía estética que le convertía el rostro en una máscara de rasgos afro-orientales —ojos rasgados, nariz de Cleopatra y labios inflamados—, se llamaba Natalia Pomar de Valdivia, señora de Villanueva de Campos, y era ni más ni menos que la madre de Noelia.

—¿Tu madre se parece a las Kardashian? —preguntó Cecilia, asomada a la ventana de la habitación de Noelia y a punto de derramar el caldo que llevaba en la bandeja.

—¿Por qué lo preguntas? —respondió Noelia horrorizada.

—Porque acaba de cruzar el jardín y de un momento a otro va a llamar a la puerta de la pensión.

—¿Qué hacemos?

—Tú finge que estás con gripe. Hazte la dormida. Yo me encargo.

La escena del reencuentro fue de película hollywoodiense, más que nada por la semejanza de Natalia Pomar de Valdivia con esas actrices maduras que se niegan a envejecer y se atiborran de bótox y silicona. Los besos de Rosa a su hija Cecilia retumbaron por la calle de la Lanzada y por ambas orillas del Manzanares, confundiéndose con el sonido que hacen las carpas al boquear.

—Nos pareció simpático venir a veros, a nuestras niñas —se excusó la madre de Cecilia—, echarte una mano con la casa, vigilar a la enferma...

—¿Dónde pongo el equipaje? —quiso saber la madre de Noelia, que ya había subido el primer tramo de la escalera y se había detenido, sin saberlo, en el mismo lugar en el que su hija había estado a punto de descalabrarse unos días antes.

—Noelia está dormida —se excusó Cecilia.

—¡Pues la despertamos! —exclamó Natalia, dando palmas—. ¡Qué sorpresa se va a llevar!

Noelia, inmóvil por prescripción facultativa, había logrado cubrirse con el edredón hasta el cuello, de manera que su vientre, un poco abultado ya y en ángulo obtuso para evitar hemorragias, quedaba fuera de la vista de su madre. Con la intención de hacer más creíble el cuento de la gripe, se había salpicado la cara con el agua del vaso de la cena y se había despeinado los rizos sueltos. La palidez de siempre y las ojeras hundidas, junto con su extrema delgadez, hicieron el resto y lograron su objetivo de alarmar de veras a las recién llegadas. Quisieron saber si ya la había reconocido algún médico, y si estaba tomando antibiótico, y si no era mejor que la destaparan para evitar que le siguiera subiendo la fiebre, y si había probado a darse un baño de agua fría, método infalible contra las convulsiones. Después de unos intensos minutos (cuyo punto álgido llegó cuando a Natalia Pomar de Valdivia se le ocurrió sentarse dando un bote en la cama de su hija para besuquearle con sus labios de goma la frente húmeda y las mejillas coloradas, mientras se apoyaba, precisamente, en su tripa y, para desmayo de la embarazada, exclamó extrañada: «Pues yo no la noto caliente», a lo que Cecilia respondió con una agilidad mental admirable: «Es que hace un rato se tomó un Gelocatil»), surgió el tema del alojamiento.

Las madres habían pensado que cada una dormiría con su respectiva hija, pero tal idea fue inmediatamente desechada por ambas.

—Imposible, mamá. Si te quedas aquí conmigo, te contagiarás de esta gripe tan fuerte. ¿Qué pasará con tus migrañas si caes enferma?

—Estoy de acuerdo con Noelia —se apresuró a añadir Cecilia. Después organizó la casa de la manera más conveniente—: Ahora mismo no hay ninguna habitación libre en la pensión —se lamentó—, pero tal vez no os importe dormir juntas en mi cuarto de la buhardilla.

—¿Y adónde irás tú, hija? —quiso saber su madre—. Y no le llames pensión a esta preciosa residencia de estudiantes —la reprendió, señalando a la señora de Villanueva de Campos con un leve movimiento de cabeza.

—No te preocupes por mí, mamá —dijo—. Yo puedo dormir en la cabaña.

—Pues me bajo yo contigo.

—De ninguna manera.

Había ciertos placeres a los que Cecilia no estaba dispuesta a renunciar. Ni siquiera para contentar a su propia madre.

Los viernes, después de trabajar, Andrés Leal guardaba algo de ropa y un par de útiles de aseo en una bolsa con cremallera que llevaba impreso el logotipo de Miguel Ángel Buonarroti, y se trasladaba a la pensión para disfrutar del fin de semana junto a su amante secreta. En realidad, lo de secreta era sólo una ilusión que se hacían ambos y que contribuía a aderezar sus relaciones íntimas: «No hagas ruido, que nos van a oír; no salgas desnudo al pasillo; tápame la boca para que no me escuchen gritar de placer...», porque las niñas sabían de sobra que los viernes por la noche sonaban los inconfundibles pasos del constructor —con cojera— en el suelo de madera de la buhardilla y que los sábados por la mañana, Cecilia preparaba una bandeja con un espléndido desayuno, el cual subía a su dormitorio del que no salía hasta bien pasado el mediodía.

La presencia de Andrés Leal en el salón los sábados y los domingos a la hora de comer era ya bastante habitual y nadie se extrañaba del modo como aquel hombre aparecía por arte de magia, sin llamar a la puerta, y se plantaba frente al televisor, ni se le preguntaba si su visita se debía a alguna avería, como solían hacer los primeros días. Que Leal dormía en la cama de Cecilia era un hecho consumado. Igual que su romance pretendidamente clandestino.

En cuanto las madres se retiraron a su habitación en el tercer piso, Cecilia llamó a Andrés para advertirle que esa noche lo esperaba en la cabaña del Lerele, no por morbo, le dijo, sino para evitarle el bochorno de irrumpir en el dormitorio de su suegra. Eso dijo, suegra, y notó que Andrés se quedaba callado al otro extremo de la línea.

El espacio en la cabaña era limitado, pero acogedor. Consistía en un rectángulo de madera pintada de blanco envejecido, de seis metros de largo por cuatro de ancho, con tejado a dos aguas, dos ventanas a los lados y una puerta en el centro, en cuyo interior se apiñaban una zona de descanso que contaba con una cocina diminuta al fondo y un cuartito donde estaba el aseo con ducha y retrete de barco. Este punto, el del retrete de barco, se le había ocurrido a Andrés Leal para solucionar el problema de la falta de bajante.

En verano allí dentro hacía un calor de sauna finlandesa, pero en invierno había que encender los dos radiadores eléctricos para no morir congelado.

Cecilia se armó de edredones, esquijamas, bolsas de agua caliente, zapatillas de felpa y mantas de lana con las que abrigarse mientras se caldeaba el ambiente. Se consideraba una experta en combatir el frío porque de niña, en Águila, las noches de invierno eran gélidas y solitarias.

Andrés hizo su aparición pasadas las doce. Cecilia lo esperaba recostada en la cama de Justice, envuelta en una manta escocesa e iluminada por un montón de velas.

—¿Se ha ido la luz? —se extrañó el recién llegado, responsable, entre otras cosas, de la instalación eléctrica del Lerele.

—¡Qué poco romántico eres, hijo! —protestó ella, que se había esforzado en crear un ambiente propicio para el amor.

—¿A qué huele?

—A magnolia, a vainilla y a jazmín. ¿Te gusta?

—Empalaga tela, ¿no?

Dejó la bolsa en el suelo y se aproximó a Cecilia haciendo el ruido de siempre, el de la cojera de pirata que la volvía loca. Se quitó la cazadora de cuero y la camisa de lana. Su olor a marinero en tierra venció la guerra con las velas de olor.

No le preguntó por la inesperada visita de su madre hasta pasadas un par de horas, y entonces, Cecilia no tuvo más remedio que ponerle al corriente del único secreto que no había compartido con él todavía: que en esa misma cabaña, probablemente en la misma cama en la que ellos acababan de amarse, Justice y Noelia habían concebido un bebé. Que él era, sin contar con el padre y los abuelos de la criatura, el último en enterarse, porque en la pensión la historia era ya vox pópuli: ella lo sabía desde hacía meses, Azucena lo había descubierto por su cuenta y Catalina se había encargado de propagarlo a los cuatro vientos, de modo que también lo sabía Ivana, que, por cierto, se había casado en diciembre, en secreto. Por otra parte, y ya que había cogido carrerilla, a Cecilia le pareció un buen momento para relatarle también la historia de Azucena.

—Mi madre no tiene ni idea de que es adoptada —le advirtió—. No metas la pata.

Andrés se había quedado pasmado. Le preguntó a Cecilia si no hacía ya suficiente bochorno en el Lerele y si no sería recomendable bajar un poco la temperatura de los radiadores, antes de que les diera un golpe de calor en pleno febrero.

—Una cosita —se atrevió a preguntar—. ¿Le has hablado a tu madre de mí?

—¡Ay, no! —cayó en la cuenta Cecilia, de repente—. Ni una palabra, Andrés, por favor te lo pido. Déjame que vaya poquito a poco, no le vaya a dar un yuyu. Tú si te la encuentras mañana, le dices que eres el médico y en paz.

—A mí siempre se me ha dado muy bien hacer de médico —respondió Leal, con una sonrisa muy pícara—. Te voy a explorar ahora mismo, para que veas —añadió.

Por la mañana, antes del amanecer, Cecilia se despertó sobresaltada. Había soñado que Justice estaba preso en una cárcel africana. Lo soñó malherido, sucio y enfermo, y escuchó la única palabra que él era capaz de pronunciar: Noelia. Con los ojos abiertos, oyendo de fondo la respiración rítmica y sosegada de Andrés, su cabeza se puso a funcionar. A eso de las nueve había dado con una teoría indiscutible.

Despertó a Andrés, le obligó a vestirse deprisa y corriendo y lo arrastró hacia la puerta de la pensión. Una vez dentro, la casa todavía en penumbra, dio los buenos días a Azucena, que acababa de llegar, le ordenó que la siguiera y después fue habitación por habitación despertando a las niñas y reuniendo a todo el mundo alrededor de la cama de Noelia.

Cerró la puerta tras de sí, encerrándolos a todos en el dormitorio azul, cuyas paredes había pintado ella misma y donde se había dado cuenta de que estaba perdidamente enamorada de Andrés.

—Muy bien —afirmó—, de aquí no sale nadie hasta que el culpable del robo confiese.

—¿No habíamos quedado en que había sido Justice? —se sorprendió Noelia.

—Pues sí —reconoció Cecilia—. Pero no habíamos caído en la cuenta de un detalle importante: si Justice pasó la tarde contigo y la noche en el Lerele concibiendo a vuestro bebé —lo cual es una evidencia—, entonces él no pudo ser el ladrón.

—Genial —aplaudió Catalina—, esta escena es clavadita al desenlace de las novelas de Agatha Christie y tú, Cecilia, eres idéntica a Miss Marple.

—Pues a mí que me registren —protestó Azucena—. Siempre tiene que ser la asistenta la sospechosa.

—Yo no he dicho tal cosa —replicó Cecilia—. Pero creo haber descubierto al ladrón y le estoy dando la oportunidad de confesar su culpa y pedir perdón.

El silencio fue la única respuesta a semejante ofrecimiento.

—Este suspense me está matando —dijo finalmente Catalina—. Está claro que quien haya sido no está dispuesto a hablar.

—Pudo ser alguien de fuera —insistió Azucena, defensora de aquella teoría desde el principio.

—No, Azucena —le rebatió Cecilia—. Porque las cerraduras de la cancela y la de la puerta no estaban forzadas. Fue alguien de dentro. Alguien que ahora mismo está presente en este cuarto.

—¡Por Dios, dínoslo ya! —se desesperó Noelia.

—Está bien —concedió Cecilia, y comenzó a explicarles su razonamiento—: Para cometer un crimen se necesitan tres cosas: la primera, el móvil; la segunda, la oportunidad; y la tercera, el medio. En nuestro caso, el móvil está clarísimo: es un móvil económico. Como el más necesitado de dinero era Justice, dimos por hecho que el culpable era él. Estaba claro que no habíamos sido ni Noelia, que tiene las espaldas muy bien cubiertas por su familia, ni Ivana, que poseía un montón de joyas y ropa de marca, ni yo, que me las apaño más o menos bien, ni Andrés, que renunció a dirigir su empresa porque estaba harto de ganar dinero...

—Hombre —protestó el constructor—, no fue exactamente así.

—No me interrumpas —le regañó Miss Marple, y siguió con su discurso—. Además, tengo que reconocer que aquella noche la pasamos juntos Andrés y yo, y sí, los ruidos que escuchaste en la puerta de la pensión, Catalina, los hicimos nosotros. Somos pareja, supongo que os habrá pillado por sorpresa, de manera que ninguno de los dos tuvo tampoco la oportunidad. Así que sólo quedan Azucena y Catalina.

—O alguien de fuera —insistió la asistenta.

—Pero ocurre —continuó Cecilia sin hacerle caso— que Azucena no tenía ni idea de que una de las piezas robadas era una medalla del ángel de la guarda idéntica a la que lleva puesta. —La asistenta se llevó la mano al escote—. Y por lo tanto, tampoco pudo ser ella.

Todas las miradas se dirigieron entonces a Catalina, la cual había enrojecido de repente.

—Esta noche he soñado con Justice —les contó Cecilia—. Estaba preso por un delito que no había cometido. Creo que mi subconsciente me estaba llamando la atención.

—¿Entonces no fue Justice? ¿No se fugó con el botín? —exclamó esperanzada Noelia—. ¿Y por qué huyó si no era culpable?

—Justice no huyó —intervino Andrés Leal—. Al parecer fue detenido y expulsado de España ese mismo día. Como sabéis, no tenía los papeles en regla. Vamos, por no tener, no tenía ni un solo papel. Hemos seguido su pista hasta Kenia, pero ahí la hemos perdido —añadió.

—¿Por qué no me lo habíais dicho? —Noelia se echó a llorar. Inmóvil. Unas lágrimas gruesas y pastosas.

—Lo hemos sabido hace muy poco tiempo y hasta esta mañana seguíamos convencidos de que era culpable —se excusó Cecilia—. Pero pensábamos contártelo si lográbamos dar con él.

Catalina, incómoda, se había puesto en pie y se había girado hacia la ventana. Le resultaba imposible enfrentarse al resto de los implicados en la escena.

—Pues sí, fui yo —reconoció al fin con voz temblorosa—. A mi padre lo habían acusado de pegarle una paliza a una prostituta. No era la primera vez que lo denunciaban por algo así, ni ha sido la última, y le habían puesto una fianza de diez mil euros. Os juro que el hijoputa de mi padre no aguanta en la cárcel ni media hora: es un cobarde de mierda; y no se me ocurrió otra forma de conseguir pasta de la noche a la mañana. Llegué tarde a casa y vi que estaba sola, así que fui cuarto por cuarto buscando dinero y joyas para vender.

—¡Y acusaste a Justice! —gimoteó Noelia aún más fuerte—. ¡Y a mí me rompiste el corazón!

—Eso es lo que más siento —reconoció la ladrona—. Lo otro no era nada personal —añadió—. Así es mi vida.

No estoy orgullosa, pero como dice la canción, no la he inventado yo.

—¡Tú hiciste la pintada! —comprendió Ivana de repente.

—No decía más que la verdad, esa pintada —la rebatió—. Porque tú eres puta, ¿no?

—¡Te voy a denunciar! —se envalentonó Noelia.

—Entonces le diré a tu madre que estás preñada —respondió sin alterarse, demostrando tener la sangre muy fría—. Si me denuncias tú —añadió, señalando a Ivana—, le contaré a Dani a qué te dedicas en tus ratos libres; y a vosotras dos —dijo, refiriéndose a Cecilia y Azucena— más os vale guardarme el secreto, porque ese tema que os traéis entre manos, el del anuncio y eso, no creo que queráis que salga publicado en los periódicos.

Andrés Leal perdió la paciencia. Haciendo un ruido tremendo se abalanzó sobre la ladrona y le sujetó los brazos detrás de la espalda.

—Yo mismo llamaré a la policía —aseguró.

Pero en ese momento, y para desilusión del constructor, todas las chicas se pusieron de acuerdo sin proponérselo.

—¡No! —exclamaron al unísono.

Entonces la puerta se abrió de par en par y bajo el dintel, como dos espectros despeinados cuya presencia en la casa se había olvidado colectivamente, aparecieron Rosa Quintana y Natalia Pomar de Valdivia, vestidas con sendos camisones largos y luciendo ambas su mejor máscara de asombro.

—¿Qué está pasando aquí? —se alarmaron—. ¿Y quién es ese hombre? —preguntaron refiriéndose a Andrés Leal, que todavía seguía inmovilizando a Catalina por detrás.

—¡Es el doctor, mamá! —exclamó Cecilia.

—Andrés Leal, médico de familia, para servirlas —se presentó el constructor, ofreciendo su mano áspera a las dos sorprendidas mujeres.

27

Las residentes habrán de ser jóvenes estudiantes solteras y sin hijos

El falso doctor Leal diagnosticó gripe vírica contagiosa y recomendó a todo el mundo que abandonara aquella habitación si no quería sufrir la enfermedad en carne propia. Dijo que Noelia tendría que guardar cama al menos una semana y que no era nada conveniente que su madre, esa belleza tan estridente, permaneciera a su lado, ya que poco se podía hacer por la paciente, aparte de surtirla de líquidos y esperar a que remitiera la fiebre.

Estos consejos tuvieron un efecto inesperado en el ánimo de Natalia Pomar de Valdivia. Liberada de sus responsabilidades filiales, la madre de Noelia regresó a su verdadero ser: se despojó de la careta de persona afligida y preocupada, se embutió en unos pantalones elásticos de piel de ocelote, se calzó unas botas negras con tachuelas a juego con el bolso al que bautizó *shopping bag*, se colocó unas gafas de sol enormes y un montón de bisutería brillante y anunció que se iba de compras y que no estaba segura de si regresaría a comer o almorzaría en un japo, le lanzó un beso desde el descansillo de la escalera a su hija enferma, planteó si no sería mejor cerrar la puerta para que no se extendiera el virus, llamó a un taxi y desapareció por la calle de la Lanzada.

Rosa Quintana, en cambio, se empeñó en quedarse con Noelia toda la mañana aplicándole paños empapados de agua fría en la frente para mitigar la supuesta fiebre, ventilando de vez en cuando la habitación; dándole conversación y tomándole la temperatura cada quince minutos. Después de una jornada de enfermería intensiva, le comentó a su hija Cecilia que la asistenta, Azucena, era una mujer bastante peculiar. Le contó que se había pasado más de diez minutos seguidos mirándola fijamente desde la puerta sin decirle nada, con una sonrisa un poco siniestra, como de persona tarada. «¿No será tortillera, la mujer?», se le ocurrió después de que la asistenta, en un momento dado, se acercara a ella y le acariciara el pelo disimuladamente. Le dijo que le ponía muy nerviosa esa persona tan rara, que a lo mejor era esquizofrénica y, de repente, un día, se olvidaba de tomarse la medicación y las pasaba a todas a cuchillo, que ya había sucedido algo parecido una vez en un hospital de Madrid.

—¿Tú has investigado bien a Azucena? —le preguntó—. ¿Sabes algo de su pasado? ¿De su familia?

—Algo sé —respondió Cecilia, mordiéndose la lengua.

Tal vez hubiera sido un buen momento para ir dejando caer alguna pista sobre su pasado común, pero Cecilia no se sentía con fuerzas para manejar ninguna otra crisis. Bastante tenía ya con la confesión de Catalina y las consecuencias que había traído consigo.

Por unanimidad, se había decidido expulsar a la chica de la pensión. Le habían permitido quedarse hasta el domingo por la noche, para darle tiempo a buscarse algún otro alojamiento y no obligarla a dormir en la calle, pero nadie tenía ganas de seguir compartiendo techo con una ladrona, mentirosa y manipuladora como ella.

Que la información es poder se demostró en su peor versión en la pensión más bonita del mundo: Catalina se libró de una denuncia colectiva gracias a los datos que manejaba. Valía más que el dinero, más que la fuerza, más que la justicia.

Andrés Leal tuvo que dar su brazo a torcer al descubrir el horror en los rostros de Noelia, Ivana, Azucena y Cecilia. Ninguna de ellas estaba dispuesta a delatar a Catalina si ello significaba desvelar sus secretos. Sus dos últimos días en la pensión los pasó relegada al ostracismo, que también es una forma de condena. No se le sirvió ninguna comida ni se le permitió intervenir en las conversaciones de las demás ni sentarse en el sofá ni subir a la biblioteca. Fue un arresto domiciliario en toda la regla. Una despedida sin palabras que se prolongó durante cuarenta y ocho horas de desprecio.

—¿Buscarás a otra inquilina? —quiso saber Azucena.

—Creo que no —respondió Cecilia—. Al menos hasta que nazca el bebé de Noelia, prefiero que no venga nadie más. Serán meses complicados —auguró.

A las doce de la noche, Natalia Pomar de Valdivia descendió de un taxi y llegó dando tumbos hasta la puerta de la pensión. Venía cargada de bolsas, despeinada, sudorosa y, sobre todo, más borracha que un piojo, o eso comentó Andrés con su sabiduría popular. No se le entendía al hablar y le olía el aliento a bodega y vómito. Sin interesarse por su hija ni por ninguna otra cosa que no fuera mantener el equilibrio, subió la escalera con la dificultad de un transeúnte sorprendido por un terremoto, se desplomó vestida sobre la cama y durmió quince horas seguidas. Se despertó a las tres de la tarde del domingo, totalmente desorientada, y volvió a vomitar, esta vez, afortunadamente, dentro de la taza del retrete.

—¡Qué divertido es Madrid! —comentó con una sonrisa enorme ante el asombro del resto de los presentes, que estaban sentados a la mesa terminando de comer—. Águila es un entierro en vida —añadió—. A veces tengo la sensación de haber desaprovechado mi vida, mi juventud. Me casé muy joven, ¿sabéis? Pero yo habría hecho grandes cosas: habría sido actriz, habría conocido mundo, me habría enamorado de un *playboy* —se rio a carcajadas. Encendió un cigarrillo. Inspiró profundamente y soltó el humo por la nariz. Suspiró—. Al año justo de la boda nació Noelia —se lamentó—. Y ya se me terminó la libertad. Tener hijos es una cárcel —afirmó—. ¿Vosotras no tenéis hijos, verdad? —dijo, refiriéndose a Ivana, Cecilia y Azucena—. ¡Pues qué listas sois! Los hijos sólo traen problemas y preocupaciones, no hay más que ver como estamos estos días, con Noelia en cama. ¡Qué pesadilla!

—Está mucho mejor —intervino Andrés, al que se le llevaban los demonios—. Ya puede usted volverse a su casa tranquila, que la niña en un par de días estará como nueva.

—Le he comprado unos vaqueros pitillo que le van a enamorar —dijo entre volutas de humo.

—Muy oportuno —se le ocurrió comentar a Azucena por lo bajini.

—Pues cuando quieras, nos volvemos a Águila —propuso la madre de Cecilia.

—Subo, le tiro un besito desde la puerta y nos vamos, ¿vale? Así llego a pilates. —Miró el reloj—. Tengo clase a las siete —aclaró.

En cuanto el coche de la madre de Noelia desapareció de la vista, todos los presentes se miraron sin decirse nada, pero entendiéndolo todo. Aquella mujer tan poco maternal era la responsable de la indefensión de su hija. Noelia había crecido sintiendo que sobraba en una casa habitada por la soledad y el silencio. Valentín Villanueva de Campos y Natalia Pomar de Valdivia habían unido sus apellidos en una ristra rimbombante y ostentosa, a juego con su casa elegante, su estilo de vida ocioso y su fortuna heredada. Pero les había nacido una hija inteligente, capaz de descubrir la belleza en el interior de las personas, de querer a cada cual por lo que es y no por lo que tiene, valiente hasta el punto de arriesgarlo todo por su amor hacia Justice y por el hijo que llevaba en su vientre.

Ivana fue la primera en levantarse de la mesa. Taciturna, subió la escalera y llamó a la puerta de Noelia, a la que encontró —como era de esperar— empapada en llanto.

Se sentó a su lado, le alcanzó los pañuelos de papel y, para sorpresa de Noelia, que estaba convencida de que la rusa la despreciaba por algún extraño motivo, le tomó la mano entre las suyas.

—Siento mucho haber sido tan injusta contigo —le dijo—. Quisiera pedirte perdón.

—¿Perdón? —se extrañó Noelia—. No te entiendo, Ivana, tú nunca me has hecho nada malo. He sido yo la que he procurado mantenerme lejos de ti. A tu lado me siento tan poca cosa...

—Cada vez que te miraba, Noelia, yo sentía una rabia visceral. Tú has nacido con la vida resuelta y en cambio yo he tenido que sobrevivir de la manera más humillante que te puedas imaginar. Te deseaba todos los males del mundo.

—¿Y ya no?

—Ahora te entiendo. Tu indefensión es la mía, tu soledad es mi compañía. ¿Podríamos intentar ser amigas? Déjame que te cuide mientras estés en cama. Y luego, cuando nazca tu hijo, por favor, cuenta conmigo para lo que necesites.

Las lágrimas volvieron a rodar por las mejillas de Noelia.

—Este niño lo que necesita es una familia, un hogar, una estabilidad —le dijo—, y no creo que ninguna de las dos podamos ofrecerle eso. Al menos no en este momento de nuestras vidas.

—Qué lástima que los embarazos duren nueve meses y no nueve años —suspiró Ivana y, antes de levantarse y dejar a Noelia hecha un mar de dudas, añadió, acariciando su anillo de boda—: Pero ya verás como encuentras una solución. Si piensas con el corazón, darás con la respuesta. La vida, a veces, hace regalos inesperados.

Un poco más tarde, cuando Cecilia llamó a la puerta, le extrañó mucho encontrar allí a la rusa —que ya se iba, según aclaró un poco azorada— y a Noelia tan llorosa.

Se mordió el labio inferior, permaneció un rato callada, aguardando a que la chica recuperara la calma, y entonces Noelia rompió el silencio de repente, y las palabras que brotaron de su boca provocaron una auténtica conmoción en la existencia de Cecilia.

—Te lo ruego, Cecilia, sé tú la madre de mi hijo. No se me ocurre nadie mejor que tú para serlo. Yo tengo dieciocho años y una familia que jamás aceptará lo que está ocurriendo. No tengo nada que ofrecer a este bebé.

Cecilia tomó asiento a los pies de la cama. Por su cabeza pasó su vida como una ráfaga de viento: los doce años de intentos infructuosos para quedarse embarazada, la ridícula visita a la clínica de fertilización y, sobre todo, la frase que repetía Azucena una y otra vez: «Los hijos le caen a una en la vida cuando menos se lo espera y no siempre llegan por el mismo conducto».

Noelia acababa de regalarle un hijo. Ni más ni menos. «Tú lo adoptas, le das tu apellido, le pones el nombre que te dé la gana y le enseñas a que te llame mamá. Dime que sí, Cecilia, te lo pido de corazón, eres mi única esperanza».

—La llamaré Teresa, como mi abuela, o Miguel, como mi abuelo —dijo Cecilia después de un minuto de silencio—. La colmaré de caprichos, la querré como si hubiera salido de mi propio vientre, y crecerá aquí, en esta casa, o en la casa en la que Dios quiera que me toque vivir; irá a la universidad, será libre, valiente y afortunada. Te lo aseguro, Noelia, será feliz. Mucho más de lo que tú o yo hayamos soñado llegar a serlo jamás. Pero sabrá, porque es su derecho, quiénes son sus verdaderos padres. Aunque a mí me quiera llamar mamá y a ti y a Justice os llame por vuestros nombres, nunca dejará de ser vuestra hija.

Se abrazaron temblando. Acababan de sellar un compromiso de por vida, una unión más fuerte que la de la sangre, más arriesgada, más cierta. El bebé, que por aquel entonces medía unos diez centímetros y pesaba unos ciento cincuenta gramos, tenía unos ojos grandes como faroles, dos cejas prometedoras y la costumbre de chuparse el pulgar cada vez que notaba el llanto de su madre.

«Mira mamá, ya me han salido dedos, ya doy patadas, ya te oigo cuando lloras, y cuando ríes, y cuando le pides a Cecilia que se haga cargo de mí».

Con esta nueva percepción del mundo, Cecilia acompañó a Noelia a la consulta de la ginecóloga en cuanto se cumplieron los siete días de reposo estipulados. Catalina ya se había marchado de la pensión, dejando tras de sí una estela de decepción tan profunda que sólo fue vencida por la idea de ver la cara del bebé que le caía en la vida por arte de magia. Se fue de madrugada, antes de que llegara Azucena, antes de que se despertaran las chicas y de que Cecilia bajara a desayunar vestida de abogada. Simplemente, cuando amaneció, Catalina ya no estaba.

La ecografía reveló que la criatura, dado que era una niña, finalmente se llamaría Teresa y que tendría que luchar con uñas y dientes si quería sobrevivir a la tendencia de su placenta a desprenderse antes de tiempo.

—Lo que tú tienes se llama riesgo de aborto o de parto prematuro, vaya, si es que llegas a superar las veintiséis semanas, lo cual no puedo asegurarte, visto el panorama —le explicó la doctora—. Tendrás que guardar reposo hasta el final del embarazo. Ni siquiera te levantes al cuarto de baño. Alguien tendrá que ocuparse de tu aseo personal y de ponerte la cuña —añadió, mirando a Cecilia.

—¿Pero el bebé está bien?

—El problema no es del bebé, sino de la placenta —las tranquilizó la ginecóloga—. Mientras no arrastre la bolsa, no hay peligro. Pero tienes que evitar la posición vertical y, por supuesto, cualquier esfuerzo o cualquier movimiento brusco. Iré a verte a tu casa cada dos semanas. ¿De acuerdo?

—¡De acuerdo! —respondió Cecilia.

—No os hagáis demasiadas ilusiones —las desencantó—. Estos embarazos de alto riesgo no siempre llegan a buen puerto.

Al salir de la consulta y en previsión de que Noelia no vería la calle en cinco meses, Cecilia detuvo el coche delante de una tienda especializada en bebés. Compró una cuna plegable, un juego de sábanas pequeñitas, de color rosa, un baño con cambiador, un montón de ropa, varios paquetes de pañales, un cochecito modular desmontable, biberones, chupetes y tarritos de colonia, gel de baño y crema hidratante, pintura blanca y roja, rodillos, brochas, una cenefa de ositos y hasta una lámpara de intensidad regulable.

—Ya sé lo que voy a hacer con la habitación de Catalina —declaró.

—¿Y lo de no hacerse ilusiones? —protestó Noelia, que seguía aterrada por las últimas palabras de su doctora.

—Ni caso —resolvió la otra, y puso en marcha el motor del coche, cargado hasta los topes, mientras imaginaba la cara de guasa que pondría Andrés Leal cuando se enterara de que su blanco roto se iba a volver rosa palo de un momento a otro.

28

SE DEBERÁ RECAPACITAR SERIAMENTE ANTES DE TOMAR UNA DECISIÓN QUE PUEDA HACER PELIGRAR LOS CIMIENTOS DE LA PENSIÓN

Por alguna extraña razón, a Cecilia le aterraba responder a las llamadas de su madre. No siempre había sido así. Al contrario; al principio de su matrimonio fracasado, solía mantener con ella largas conversaciones sobre temas tan dispares como la vida cotidiana en Águila o la mejor marca de detergente para el lavavajillas. Ahora se preguntaba si aquellas charlas eternas habían tenido algo que ver con la desidia de su relación conyugal. Desde el comienzo de su nueva vida, es decir, desde que puso la primera piedra de su flamante pensión, levantar el auricular del teléfono y marcar los nueve dígitos que la conectaban con Rosa Quintana era un esfuerzo de la voluntad.

Pero aquella noche no tuvo más remedio que atender al irritante tono de llamada —idea de Andrés Leal— que resonaba por toda la casa desde el altavoz de su móvil: «¡Coge el teléfono, coge el teléfono!».

—Cecilia, hija —le soltó su madre a bocajarro—, tu padre y yo tenemos una curiosidad que no podemos con ella: ¿ese doctor Leal es tu novio o algo así? Lo digo por la manera como le mirabas y por como se te insinuaba él todo el rato.

—Mamá —empezó a protestar Cecilia.

—Si no es que nos parezca mal —la tranquilizó—. Nos gustaría mucho que fuera verdad, porque me dio muy buena impresión. Médico, además, con una carrera importante... Qué pena lo de la cojera, ¿verdad? ¿Sabes cómo se hirió la pierna? A mí se me ha ocurrido que tal vez en algún acto de servicio, salvando vidas en alguna guerra o por la explosión de una mina de esas, antipersona.

—Es un amigo —logró intercalar Cecilia en medio de la perorata de su madre—. Un amigo especial, sí. Pero novio, novio, no es.

—... Todavía —remató aquella madre desesperada.

—De momento, amigos nada más, mamá.

Advirtió como tapaba el auricular del teléfono con la palma de la mano y le refería a su padre: «Dice que sólo amigos, pero yo te aseguro que está colada por él».

—Tu padre te manda muchos besos —le dijo—. Se va a la cama.

—Dile que le adoro.

—Y ahora que estamos las dos solas —bajó la voz—, quisiera contarte una cosa rarísima. No me tomes por loca, Cecilia, pero es que cuando estuve en tu casa me pasó algo muy extraño.

Rosa Quintana juraba que no estaba dormida y que lo que estaba a punto de detallarle a su hija, en voz baja —no la fuera a escuchar su marido y creyera que definitivamente había perdido la cabeza—, no había sido el producto onírico de una mala digestión, sino una realidad tan sólida y cierta como que la Tierra es redonda y no plana. Era noche cerrada, le dijo. Natalia Pomar de Valdivia descansaba a su lado y en la habitación flotaba un desagradable olor a fábrica de tabaco y destiladora de whisky. Estaba desvelada, le explicó, porque su compañera de cuarto había hecho, al llegar, un ruido atronador y acto seguido se había puesto a roncar con un escándalo de bramidos, mugidos y bufidos de tal calibre que le había sido imposible conciliar el sueño y llevaba varias horas dando vueltas en la cama considerando la posibilidad de bajarse a dormir con su hija a la cabaña —al oír estas palabras a Cecilia se le puso la carne de gallina—, cuando notó que alguien le acariciaba el pelo.

No había sido una sensación física, aclaró, sino una percepción metafísica, sobrenatural. Porque mano como tal no había, ni dedos que le rozaran la cabeza y que pudieran, en algún caso, enredarse en un mechón, no. Pero del mismo modo que uno se siente acompañado en algunos momentos de angustia y piensa: «No estoy solo, mis seres queridos velan mi soledad», ella había reconocido el frío repentino que precede a las apariciones de los llamados ectoplasmas, acompañado de un hedor como de cosa muerta —que tal vez procedía de su compañera de cuarto, pero tal vez venía del más allá—, y finalmente había sucedido eso: que alguien le había acariciado el pelo.

Se había incorporado entonces en las almohadas y a contraluz había creído ver la silueta inconfundible de su madre, la abuelita Teresa, vestida con un delantal de flores, zapatillas de andar por casa y pañuelo de seda anudado al cuello, atuendo este que le había parecido muy poco apropiado para pulular por la eternidad, sobre todo porque la pobre había insistido horrores en que, llegado el momento, la enterraran con el hábito de las carmelitas descalzas y sus deseos habían sido escrupulosamente respetados al igual que el resto de sus voluntades últimas.

A pesar de esta incongruencia, Rosa Quintana sostenía que era ella, con su nariz de siempre, un poco aplastada, y el pelo completamente blanco de los últimos años, pero que ahora estaba rodeada de luz y caminaba sin pisar el suelo, que más bien flotaba, y que por eso no hizo ningún ruido cuando abrió la puerta y la animó a que la siguiera fuera del cuarto.

Detrás de la puerta, eso lo juraba por lo más sagrado, las estaba esperando el abuelito Miguel con atavío de jardinero: las botas de agua en los pies, las tijeras de podar enganchadas en el cinturón y fumando en pipa. El aroma a madera vieja y a humo de tabaco la había trasladado de vuelta a su niñez, aseguraba; de hecho, había notado que el suelo perdía la habitual distancia que lo separaba de su cabeza adulta y se situaba mucho más cerca, como si, de repente, ella midiera un metro veinte y tuviera algo así como siete años.

El abuelito había metido la mano en la pared del baño y había sacado colgando del dedo índice una cadenita de oro.

—Entonces me la colocó alrededor del cuello, como si fuera una condecoración: el primer premio a la puntualidad en el colegio o la medalla de oro en los Juegos Olímpicos, digo, por la solemnidad con la que me la imponía.

Lo de acariciarle el pelo, sospechaba, podría ser resultado inconsciente de la extraña actitud de la asistenta, ya que ella también salía en la escena: estaba del otro lado de la pared del baño, pero como la puerta se había quedado entreabierta, podía observarse que Azucena pasaba las páginas de un viejo álbum de fotos y todos ellos se movían con el aire que levantaba la cartulina al caer.

Lo siguiente que recordaba era su propia imagen reflejada en el espejo del cuarto de baño, despatarrada encima del retrete, con medio culo atascado en la taza y el camisón arrugado. Se había puesto en pie, había mirado en derredor y en ese momento no había entendido qué estaba haciendo allí ni cómo había acabado apoltronada en el excusado.

—He ido recomponiendo la escena poco a poco. —Rosa Quintana trató de adaptar su relato a los parámetros de una lógica inexistente—. Durante estos días he reflexionado mucho, Cecilia, sobre los seres queridos y su voluntad de hacerse entender desde el más allá. Creo que mis padres quieren decirme algo importante. Algo que tiene que ver con esa medalla que encontraste emparedada.

—¡Qué cosas, mamá! —fue lo único que se le ocurrió responder a Cecilia ante semejante exposición de misterios.

—¿Pero tú me crees?

—Sí —le aseguró—. Yo también me he cruzado alguna vez con los abuelitos por el pasillo. Se les ve felices, ¿verdad?

—Eso sí —reconoció Rosa.

Y Cecilia se dijo que había llegado la hora de ponerse en camino.

Pero antes de emprender viaje, consideró que era necesario aclarar algunas cosas con Andrés Leal, porque lo más probable era que a su madre le diera un primer síncope cuando se enterara de su verdadera procedencia biológica y de sus lazos de sangre con Azucena, y un segundo síncope cuando supiera que en unos meses tendría una nieta —tampoco biológica en este caso, se apresuraría a aclararle— que la convertiría a ella en madre soltera.

Para contrarrestar los dos síncopes, había pensado en ofrecerle alguna noticia más a su gusto a la que pudiera aferrarse para minimizar el efecto de las otras, y la única que se le ocurrió lo suficientemente feliz para evitarle el desmayo fue la presencia de Andrés Leal en su vida. Por eso decidió que era urgente mantener una conversación con él, incómoda pero necesaria, para saber de qué modo y con qué ritmo habría de ir introduciendo su existencia en la de sus padres.

—¿Entonces somos novios o qué?

La pregunta quedó flotando en el aire caldeado del salón mientras Andrés Leal trataba de procesar la avalancha de novedades que acababan de caerle sobre los hombros como lluvia de granizo.

Cecilia le había pedido que fuera a verla, que «tenían que hablar» y él, por un momento, había temido que quisiera romper su relación. Pero sus miedos se desvanecieron en cuanto ella salió a abrirle sonriente y guapísima, embadurnada de ese empalagoso olor a velas de vainilla y magnolia, con un beso apretado que le hizo tambalearse sobre las tablas del porche. Entonces Andrés se hizo la ilusión de que aquella era una invitación al pecado, que lo de «hablar» era un eufemismo y que Cecilia obedecía a una llamada de la carne. Pero también se le vino la idea abajo cuando ella lo empujó al salón, cerró la puerta, la atrancó con una silla del comedor y le pidió que se sentara, no fuera a marearse de la impresión.

«Voy a ser madre», le soltó, y Andrés sintió que la tierra temblaba bajo sus pies, se abría en canal y se lo tragaba junto con su perro, Cecilia y la pensión.

—¿Estás embarazada? —acertó a balbucear, mientras notaba como le subía la presión arterial.

—No, tonto —respondió ella con una risa saltarina, y luego pasó a relatarle la escena de Noelia pidiéndole entre lágrimas que se hiciera cargo de la niña Teresa, a la cual, a esas alturas, le habían salido ya cejas y dedos, y de vez en cuando se chupaba el pulgar. Le explicó que aquella criatura sería, a todos los efectos, hija suya; sería su madre de acogida, su tutora legal y la abuela de sus hijos, cuando los tuviera.

La verdad es que tal vez fue un poco brusca con Andrés —a él que tanto le costaba digerir los cambios—, lanzándole aquella bomba sin medir las consecuencias. Luego, cuando él se hubo marchado, tuvo tiempo para reflexionar y entender que reaccionara de la manera en la que lo hizo: levantándose del sofá sin pronunciar una sola palabra y saliendo de la casa dando tumbos.

Tuvo mucho tiempo para darse cuenta de que una decisión como aquella debería haberse tomado en pareja, si es que eso eran ellos: una pareja, y no un apaño para remediar la soledad. Por eso le preguntó si eran novios, porque hasta ese momento no estaba claro hacia dónde iban, ni qué figura geométrica formaban los dos juntos. Su amor acababa de salir del armario, como quien dice; y si en la incertidumbre de su futuro en común se había cruzado la certeza de la maternidad, ¿qué se suponía que debería haber hecho ella?

La primera semana se cansó de esperar a que él la llamara o fuera a verla; la segunda, se acercó en su coche al piso de Juan Bravo y encontró la puerta cerrada y el correo amontonándose ya en el buzón de la portería. La tercera semana recibió una nota —tan breve que Cecilia se negó a llamarla «carta»— en la que Andrés le pedía perdón por haber desaparecido de ese modo tan brusco y por toda explicación le contaba que se había embarcado en su velero con Bicho y que esperaba llegar al puerto de Tánger en menos de un mes, si bien ese cálculo dependía de los vientos y de las corrientes y del estado de la mar. Sabía —se lo había soplado un funcionario de inmigración, amigo de un amigo— que durante su encierro en el calabozo de Madrid, Justice había jurado a voz en grito que regresaría a España, y dado el historial del muchacho, sólo se le ocurrían dos maneras de que lo intentara: o bien saltando la valla de Melilla, o bien a bordo de una patera. El plan de Andrés era dar con él y traérselo de vuelta escondido en su barco. Así de simple.

Se despedía de Cecilia diciéndole que un hijo necesita un padre y que él no estaba seguro de poder serlo para nadie. Y que, por otra parte, la travesía le ayudaría a encontrar una respuesta para su pregunta, porque tampoco confiaba demasiado en sus habilidades como novio.

—Andrés ha ido a rescatar a Justice —le contó Cecilia a Noelia, poniendo la misma voz con la que pensaba contarle cuentos de hadas a su futura hija—. Dice que Teresita necesita un padre.

—¿Y no quiere ser él su padre? —preguntó Noelia decepcionada.

—Me parece que no. Que prefiere traer al auténtico padre de una oreja.

Tuvo mucho tiempo para compartir angustias y dolores con Noelia, ahogándose las dos en las estrecheces del dormitorio por el que los días pasaban como nubes grises, descargando a veces lágrimas de lluvia, otras terribles tormentas de rayos y truenos. Cada una añorando un amor difícil, soñando con el día en que la tempestad remitiera y se abriera sobre ellas un cielo roto por mil rayos de luz.

Cada dos semanas escuchaban el latido de la niña Teresa cada vez más alto y fuerte, y todos los días sentían sus movimientos dentro de la pecera en que se había convertido el vientre de Noelia.

Tuvo tiempo hasta para odiar a Andrés y renegar del día en que le abrió la puerta de su casa y le permitió entrar. Para maldecir, sobre todo, la palabra «adelante», el color blanco y el adjetivo «morena», siendo ella, de toda la vida, castaña sucia.

Las buenas noticias eran escasas e insignificantes; hoy hace sol, mañana es viernes; los miedos, inmensos; la incertidumbre, ancha y larga como un desierto o un océano; la vida en la pensión, silenciosa y vacía: Ivana labrándose un futuro financiado por su solvente marido y Azucena aguardando paciente el momento apropiado para recuperar a su hermana perdida —«No hay prisa, Cecilia. Hemos tardado sesenta y cuatro años en reencontrarnos y digo yo que esperar unos meses más no nos hará daño»—. Tuvo tiempo para fingir que nada importaba y salir a la calle como si Andrés Leal jamás hubiera existido; y tiempo para arrepentirse y echarle de menos, tiempo para desesperarse y tiempo para recuperar la esperanza. Y finalmente, antes de morirse de pena a los cuarenta y tres, tuvo tiempo para tomar una decisión temeraria.

29

PARA AHORRAR ENERGÍA, SE APAGARÁN LAS LUCES CUANDO NO SEAN NECESARIAS Y SE DESCONECTARÁ LA CALEFACCIÓN EL DÍA 15 DEL MES DE MAYO

Había florecido ya el mes de mayo. La sierra desprendía un perfume montuno a pinares húmedos y brotes de romero. La luz descendía en ángulo oblicuo sobre los tejados de pizarra de las casas y había dado comienzo la nueva rutina de los paseos al caer la tarde. Eran más o menos las cinco; los niños se arremolinaban a la puerta del colegio.

Cecilia detuvo el coche bajo la misma encina y se enfrentó al mismo miedo que la primera vez que visitó a los padres de Andrés en El Boalo. En aquella ocasión, la había envalentonado la presencia de Catalina caminando a su lado con aquella determinación en la mirada, pero ahora se sentía más sola que Gary Cooper frente a los forajidos, con el sombrero de ala ancha y la pistola al cinto, y la cadena del reloj de bolsillo colgando del chaleco. Atravesó, como entonces, la senda de arena y hierba que llevaba a la casa y aguardó en la puerta a que vinieran a abrirle.

Danilo Leal apareció enmarcado por el dintel y fue como ver un retrato de Andrés envejecido al óleo. El mismo pelo cortado a cepillo, la misma anchura de hombros y los mismos ojos de niño listo que se camela a la profesora.

—No sé si se acordará de mí —lo saludó Cecilia.

—Claro que sí —respondió él—. Otra cosa no, pero buena memoria tengo un rato. Eres Cecilia Dueñas, la propietaria de la casa de la Ribera del Manzanares.

—La misma.

—Pues pasa, estás en tu casa.

Cecilia obedeció de manera automática. Volvió a cruzarse por el pasillo con las fotografías de niños y abuelos y volvió a dolerle el corazón cuando vio la imagen torturante de Andrés Leal casándose con una mujer que no era ella. Siguiendo las indicaciones de Danilo, tomó asiento en un sofá tapizado de flores y se dejó servir una copita de vino tinto.

—Inmaculada ha bajado hoy a Madrid, precisamente —lamentó el padre de Andrés—. Ella también está muy preocupada.

—¿No les ha llamado?

—La última vez, en marzo.

—Como a mí.

—No es la primera vez que desaparece del mapa —le explicó Danilo, frotándose las manos.

Se levantó de la butaca, cruzó la habitación y agachándose frente a la chimenea encendió un fuego reconfortante que los envolvió a ambos en el mismo abrigo y los acompañó durante el resto de la tarde, hasta que llegó la noche.

—Andrés estuvo casado. Sé que lo sabes porque me fijé en la expresión de tu cara la primera vez que viste la foto de la boda. —Cecilia bajó la vista—. Se llamaba Dulce y el nombre le iba como anillo al dedo. Era una chavalita menuda, muy alegre y llena de ternura. Fueron novios durante diez años y se casaron aquí, en la parroquia de El Boalo, porque los padres de ella son vecinos del pueblo. Andrés siempre ha sido muy sentimental. —Otra vez esa palabra tan poco apropiada para referirse al rudo Leal—. Unos años después de casarse, nos compró esta casa a su madre y a mí para poder reunir a toda la familia alrededor de la misma chimenea. —Señaló el fuego con un movimiento de la cabeza—. Durante algún tiempo, él estuvo intentando recuperar nuestra antigua casa de la Ribera del Manzanares, la casa que nos compraron tus abuelos; tu casa, vaya. Andrés se había hecho la romántica idea de ver crecer allí a sus propios hijos. Tenía hasta los planos dibujados, figúrate. Los fines de semana venía aquí con Dulce y se sentaba conmigo en esa mesa de ahí, extendía los documentos, me iba contando dónde pensaba levantar un tabique, dónde poner un armario empotrado, dónde la habitación del bebé...

—¿El bebé? —se extrañó Cecilia.

—Esperaban un bebé. —Danilo Leal carraspeó. En secreto se alegraba de que su mujer, Inmaculada, hubiera salido. Ella no era capaz de recordar estas cosas sin echarse a llorar—. Dulce estaba embarazada de cuatro meses cuando tuvieron el accidente. —Hubo un silencio prolongado. El fuego chisporroteó como si murmurara. Danilo Leal se movió incómodo en la butaca de flores—. Fue a pocos kilómetros de aquí, al entrar en la autopista. Nada diferente a los miles de accidentes que escuchamos por la radio, que son números, estadísticas, malas noticias cotidianas que ya no nos afectan porque son el pan nuestro de cada día. —Cecilia rompió a llorar. En silencio. Su pena, un chasquido más procedente de la chimenea—. Andrés sobrevivió de milagro. Él y el perro, hay que joderse —se lamentó—. Ya puestos a salvar vidas, podría haber sido la de Dulce, y no la del animal, la que Dios hubiera respetado.

Con la manga de su camisa de lana, la versión madura de Andrés Leal se limpió las lágrimas con rabia y luego se tomó su tiempo para recuperar la dignidad. Miró a ninguna parte a través de la ventana con aislante de aluminio y cristal antirrobo idéntica a las de la pensión y Cecilia pensó que, algunas veces, la tristeza se encuadra en el mismo marco. Ella también contemplaba el horizonte por una ventana como esa.

—Después de aquello, Andrés se marchó con el perro a dar la vuelta al mundo —continuó, por fin, el padre—. No supimos nada de él durante muchos meses. Llegamos a creer que había hecho una barbaridad, que se había tirado al mar o algo así. Hasta dimos parte a la Guardia Costera. Dime, Cecilia. —La miró de frente, implorando sinceridad—. ¿Tú sabes por qué se ha ido esta vez?

—Creo que sí —respondió ella—. Ha ido a buscar al padre, al marido. A sacarlo del mar y traerlo sano y salvo a tierra. La cuestión es que sobreviva esta vez.

—¿Dónde está?

—Calculo que a estas alturas debe de andar cerca de Tánger. Con lo cabezota que es su hijo, probablemente no sepamos nada de él hasta que vuelva —se lamentó Cecilia—. ¿Suele desaparecer a menudo?

Danilo Leal era listo como un zorro. Enseguida supo a qué se refería Cecilia.

—En estos últimos años ha habido muchas mujeres —le confesó—. No siempre las hemos conocido, aunque sí hemos sabido de su existencia por nuestros otros hijos o por amigos de Andrés. Pero nunca, hasta ahora, había vuelto a esfumarse sin decirle nada a nadie. Valbuena, el gerente de la constructora, está tan sorprendido como tú o como yo. Sus hermanos no tienen ni idea, sus amigos dicen que no les coge el teléfono.

—¿Muchas? —La pregunta delató a Cecilia. Danilo sonrió.

—Ninguna que le haya hecho perder la cabeza como tú.

Cuando cayó la tarde, Danilo y Cecilia se separaron con un abrazo y la promesa de volver a verse muy pronto. Era ya de noche, empezaba a levantarse viento. El padre de Andrés Leal la acompañó al coche por el caminito de hierba.

—¿Y tu abuelo encontró por fin a la chica? —le preguntó de repente el hombre que tanto presumía de su buena memoria.

—¿Cómo? —se sorprendió Cecilia.

—Que si dio con la chica esa, la que andaba buscando.

—¿Mi abuelo le habló de Azucena?

—Eso, Azucena. —Como estaba oscuro, Danilo Leal no se daba cuenta de la impresión que sus palabras estaban causando en Cecilia.

—¿Qué le dijo de ella?

—Nos llegamos a coger cariño tu abuelo y yo —se sinceró—. A mí me estaba costando un disgusto tener que vender la casa, la verdad. Le expliqué que había sido nuestro primer hogar, que habíamos sido muy felices allí y que habíamos visto crecer a nuestros hijos entre aquellas paredes. Entonces él me confesó cuál era el verdadero motivo por el que se venían a Madrid. Me hizo llorar el hombre.

Cecilia no quiso interrumpir el relato. Estaba temblando. Sentía un frío de los que no se remedian con abrigos ni sopas calientes. Era frío de huesos, de años a la intemperie.

—Tus abuelos habían adoptado una niña recién nacida, ¿verdad?

—Sí, mi madre.

—Pues me contó que unos meses antes les habían llamado del orfanato donde se la dieron. Por lo visto, la monja que tramitó la adopción estaba a punto de morirse y quería hablar con ellos. Tus abuelos fueron a verla y se llevaron la sorpresa de que su hija tenía una hermana.

—Azucena.

—Sí. Se lo dijeron porque a la monja esa moribunda le daba mucha angustia que la chica se quedara sola en el mundo. Pero cuando llegaron al orfanato, la mujer ya se había muerto y de la chica nadie sabía nada. Tu abuelo me contó que sintió un fuego raro en las entrañas, que sufrió una rabia de perro, una impotencia de años perdidos, un desgarro en el alma. Eso me dijo.

—¿Por eso se vinieron a Madrid?

—Por eso. Creían que Azucena estaba sola e indefensa. Se la imaginaban como si todavía fuera una niña pequeña. Querían encontrarla y que fuera también hija suya. Ocurría además que tu madre no sabía que era adoptada y ellos no querían que se enterara a no ser que la otra niña apareciera. Siempre he sentido mucha curiosidad por saber cómo terminó la historia. ¿Qué pasó? —quiso saber Danilo Leal.

—Nunca la encontraron —dijo Cecilia—. Al final, fue Azucena la que dio con ellos. Pero ya era tarde. Ya habían fallecido los dos.

—¡Qué cosas! —fue la reflexión final de Leal—. ¡Hay que joderse! —remató.

Cecilia condujo despacio aquella noche de vuelta a casa. Redujo la velocidad al entrar en la autopista. Levantó la vista al cielo y creyó ver que las estrellas le guiñaban mil millones de ojos de luz. Una frase retumbaba por encima del ruido de todos los grillos y todos los vientos: «Ninguna que le haya hecho perder la cabeza como tú», decía Danilo Leal una y otra vez en el silencio de su coche, en la soledad de su cama, en la madrugada del día siguiente y del resto de los días en los que Andrés anduvo perdido por esos mares de Dios.

30

Las noches de tormenta se asegurarán puertas y ventanas

Cuando Andrés Leal se embarcó junto con Bicho en su velero de treinta y un pies, dos camarotes y un mástil, no se imaginaba que aquella aventura fuera a durar más de un mes, dos a lo sumo. Pero había hecho los cálculos a ojo, sin tener en cuenta que algunas veces hace falta luchar contra los elementos para poder llegar a buen puerto.

Ni los vientos le fueron favorables, ni las corrientes lo arrastraron en la dirección apropiada, ni los aguaceros le dieron tregua. Pasó hambre, frío, mal de tierra, mal de mar y la humedad se le metió en los armarios y se instaló en su piel de gallina.

Hacer una travesía como esa en esas condiciones era una locura; se lo repetían todos los hombres de mar con los que se cruzaba en el camino. Más le valía refugiarse en algún puerto y aguardar a que amainara el temporal, le aconsejaban, pero él no hacía caso de nada ni de nadie y seguía adelante como un autómata con una sola idea fija en la cabeza: traer a Justice de vuelta a casa.

Ni podía explicar el motivo de semejante comportamiento, a todas luces irracional y temerario, ni entendía por qué el recuerdo de Cecilia, cada día más nítido, le provocaba una mezcla de sentimientos tan difíciles de conciliar. La echaba de menos con una desesperación tal que su subconsciente, acostumbrado al mismo dolor y a la misma intensidad durante años, no lo identificaba como algo nuevo, sino como el estado habitual de su maltrecho corazón. Todavía no estaba seguro de qué sentía por Cecilia. Si era amor, él no recordaba que atormentara tanto.

Algunas tardes creía ver, entre las olas de espuma, la silueta de Dulce brincando con los delfines, diciéndole adiós con sus aletas plateadas y sumergiéndose después para volver a saltar unos metros más allá, y le parecía que iba siguiéndola sin darse cuenta por el camino de agua que ella le dibujaba. Y eso también dolía.

Cuando llegaron al puerto de Algeciras, el aspecto que ofrecían Bicho y Andrés era deplorable. El perro, un engendro flaco y despeluchado. El hombre, un náufrago barbudo, maloliente y sucio, con la ropa hecha jirones. Se abastecieron de lo necesario para la etapa más peligrosa de su largo viaje en un pequeño supermercado del lugar. Tramitaron el papeleo, remendaron velas, aseguraron cabos y poleas, llenaron los depósitos de agua y combustible, y a principios de mayo, una mañana de mucho sol, pusieron rumbo a África.

En el barrio de Boukhalef en las inmediaciones de Tánger, Justice compartía colchón con un grupo de jóvenes somalíes. Se había unido a ellos en Addis Abeba y lo habían tolerado gracias a que dominaba la lengua y las costumbres de sus compañeros de viaje por ser descendiente de somalíes. Los abuelos de Justice habían sido emigrantes, igual que él, y también habían arriesgado sus vidas en busca de un futuro mejor.

Habían hecho escala en Agadez y se habían detenido allí mucho más tiempo del que Justice hubiera deseado. Le explicaron que cruzar hasta Tamanrasset era peligroso, que había que contratar un buen guía y un buen vehículo si querían salir con vida de semejante aventura.

En febrero, por fin, encontraron plaza en un convoy de cuatro *jeeps* dirigido por un fortachón argelino al cual tuvieron que entregar todo el dinero que pudieron conseguir. La travesía del desierto fue agónica: en cada coche viajaban diez muchachos hacinados y medio asfixiados por las altas temperaturas. Hubo que racionar el agua y los alimentos; dormir a la intemperie temblando de frío junto a las hogueras; repeler a tiro limpio el asalto de varios grupos de bandidos armados; apaciguar los ánimos y evitar las peleas internas.

Justice desconfiaba de todos. Sabía que en el fondo estaba solo en su compañía. Que las amistades que se hacen en la necesidad, por necesidad se deshacen; y que llegado el caso, nadie se arriesgaría por él.

Pero en las noches oscuras, le parecía ver bailar entre las llamas la melena roja y amarilla de Noelia, la seda de su ropa, su piel tan clara, su amor primero. El miedo a quererle y también a no saber cómo.

La primera vez que Justice atravesó el vientre de África, lo hizo por hambre de pan y aventuras. Esta segunda vez, le movía el amor. Y no hay fuego que caliente más.

Desde Tamanrasset, donde se detuvieron una temporada, todavía quedaban mil quinientos kilómetros hasta Oujda.

Oujda era la ciudad natal de su jefe de expedición. Su familia vivía en una casa grande, con un patio rodeado por una pared de ladrillo, donde daba refugio final a los viajeros. Era parte del trato.

Allí confluían muchos caminos y muchos otros se separaban para siempre. Justice no quiso perder más de una semana viviendo de sopa y pan. En cuanto recuperó las fuerzas, se puso en camino hacia Tánger.

Al verlo partir con la mirada del tigre, hubo tres chavales que se unieron a su marcha. Él les ordenó que volvieran al patio, que no quería responsabilidades. No le obedecieron.

Después de varios días de caminata llegaron al final de su viaje. No encontraron alojamiento en el centro de la ciudad, pero sí en el barrio periférico de Boukhalef, donde alquilaron una habitación para los cuatro. La vigilancia costera se había endurecido muchísimo desde el verano anterior y la ciudad empezaba a desbordarse de subsaharianos como ellos, en lucha por la supervivencia. Como escaseaba el espacio, había que compartir colchón y plato y era una misión imposible conseguir algún dinero trabajando en condiciones infrahumanas para los jefes de las mafias.

Por fin, a mediados de junio, uno de los muchachos somalíes con los que se alojaba los llamó a todos a cónclave y, en voz baja, a pesar del esfuerzo por no saltar de alegría, les contó que la policía marroquí había insinuado que, durante cuarenta y ocho horas, haría la vista gorda a los valientes que estuvieran dispuestos a embarcarse hacia España. Por lo visto, era necesario soltar la espita y dejar salir el gas antes de que la ciudad entera volara por los aires.

—Abren las compuertas, chicos, todo el mundo se está yendo —les relató—. Se van en botes hinchables, en barcas de remos, incluso en embarcaciones de juguete. Los dueños de los pisos ya están quemando colchones y ropa sucia. Nadie se lleva nada. Salen a toda prisa, con lo puesto, mujeres, niños... No hay vigilancia en setenta kilómetros de costa. Ha llegado el momento.

—Entonces es hora de separarse —dijo Justice—. Ya os advertí que yo viajo solo.

31

La puerta de la pensión permanecerá cerrada con llave desde las doce de la noche hasta las siete de la mañana

En contra de todo pronóstico, Andrés Leal y Bicho cruzaron el estrecho sin demasiados contratiempos en siete horas de sol durante las cuales avistaron delfines y orcas, buques de carga, veleros, ferris y algún que otro crucero de los que llevan turistas a pescar tiburones.

Alquilaron un amarre en el puerto deportivo de Tánger y comenzaron las pesquisas para encontrar a Justice, pero la tarea, después de un mes y medio de búsqueda infructuosa, empezaba a resultar desesperante.

La táctica de ir casa por casa haciendo preguntas se demostró un fracaso: en esa tierra de apátridas nadie sabía nada. Las organizaciones humanitarias tenían algunos datos imprecisos sobre las rutas más apetecidas por los subsaharianos para cruzar el desierto, las ciudades donde solían hacer escala, las mafias que organizaban los convoyes y algunos nombres de guías locales y traficantes.

Sabían, por ejemplo, que algunos transportistas, de manera ocasional y a cambio de una buena cantidad de dinero, pasaban gente en sus camiones, a veces en un doble fondo, otras escondidos entre la carga. Había también quienes estaban dispuestos a tripular pateras abarrotadas de hombres, mujeres y niños, pero estos escaseaban últimamente debido a la intensidad de la vigilancia costera.

Esta circunstancia estaba ocasionando graves problemas en la ciudad.

—Hay demasiada gente desesperada —le explicó la activista con la que habló en un pequeño despacho que más parecía una cueva de contrabandistas—. Ya no quedan habitaciones disponibles ni trabajos con los que subsistir. De un momento a otro tendrán que tomar alguna decisión: o deportar en masa o hacerse los desentendidos y permitir que salgan las pateras. Lo de las deportaciones es más conflictivo; lo otro, sólo les crea problemas con España.

—En ese caso, ¿cómo sabremos cuándo darán luz verde a las pateras?

—Eso no se sabe con mucha antelación —le advirtió—. Suele depender de las corrientes y de la luna, para facilitarles la travesía. Normalmente se lanza el rumor un par de días antes; la policía tiene sus confidentes. Al principio comienza como un murmullo que poco a poco se convierte en una llamada a gritos. Si me deja su teléfono, yo le avisaré cuando sepamos que hay luz verde. Nosotros solemos trasladarnos al cabo Espartel para intentar mediar en los conflictos y evitar que suban niños y embarazadas a los botes. No siempre lo conseguimos, ya lo habrá visto en las noticias.

La llamada llegó una noche de mediados de junio, cuando Andrés dormía acalorado en el camarote de proa, con la pistola de lanzar bengalas a mano, confiado en los ladridos de Bicho para advertirle de posibles asaltos. En aquel náutico no había cámaras de seguridad ni vigilantes nocturnos. Uno se abandonaba a su suerte, cerraba bien todas las escotillas y trataba de dormir un sueño ligero y sobresaltado que solía ser interrumpido por los gruñidos de Bicho, la algarabía de los bares y las discotecas de la zona y la llamada a la oración desde los minaretes de las mezquitas, en cuanto la ciudad recuperaba, por un instante, el silencio.

—Ha empezado ya, esta noche —le avisaron—. Tienen vía libre durante cuarenta y ocho horas. Esto es una auténtica locura.

Grupos de civiles alentados por la policía y armados con palos y machetes habían entrado en los pisos de los arrabales, empujando a familias enteras hacia las playas. Los sacaban de la cama, les obligaban a salir corriendo con lo puesto o sin nada, los bebés en brazos, las mujeres destapadas. Los conducían, como al ganado, hacia el embudo en el que se estaban convirtiendo las tres o cuatro vías de salida, donde ya los esperaban las pateras, las embarcaciones neumáticas y los vendedores de botes hinchables.

Andrés soltó amarras y encendió el motor de su barco. Puso rumbo a cabo Espartel. Sabía que la posibilidad de encontrar a Justice en medio de ese caos era mínima. Ni siquiera tenía la certeza de que el chico hubiera logrado cruzar el Sáhara.

Pero pensó en Cecilia, en el modo como se habían conocido, en el amor que jamás creyó volver a encontrar. Y entonces comprendió que todo formaba parte de una locura más grande e inexplicable.

«Así es la vida —se dijo, contemplando el firmamento y sus infinitos cuerpos celestes en los que la Tierra no pasa de ser un grano de arena en un desierto—. Una inmensa locura, una casualidad tan improbable y, al final, tan cierta, que el hecho de estar vivos hace posible todo lo demás».

Lo mismo pensaba Justice, aunque él no tenía manera de mirar al cielo y filosofar como Andrés, ocupado como estaba en mantener a flote la balsa en la que se proponía atravesar a remo las quince millas que lo separaban de tierra. Cruzar en solitario era, por una parte, más arriesgado que hacerlo a bordo de una de las barcazas que hacían negocio con la desesperación o la esperanza, según se mire, de quienes estaban dispuestos a subirse en ellas; pero, por otra parte, era más factible que las patrulleras no lo vieran, o lo dejaran pasar al ser uno solo y no un centenar de almas en peligro.

Justice sabía que si la Guardia Costera lo atrapaba, sería deportado de nuevo de manera inmediata, y tendría que comenzar desde cero. Su cara, sus huellas y su orden de expulsión estaban en poder de la policía. Era un viejo conocido del departamento de inmigración.

Andrés Leal enchufó el foco a la corriente eléctrica de su barco y con él fue iluminando los rostros aterrados de las personas con las que se cruzó entre las olas. Vio el miedo, la angustia, las manos diminutas de niños y madres, escuchó llantos y oraciones, susurros y llamadas de socorro. Gritó «¡Justice!». Y algunos lo confundieron con un grito de guerra o de ánimo. «¡Justice!». Que suena parecido en todas las lenguas del mundo.

Y en medio de la confusión, surgió la luz. Vino acompañado por un delfín dorado, por una llama de fuego de color rojo, Justice, al amanecer, remando de espaldas en una balsa, sus hombros inconfundibles, en contra del sol naranja.

—¡Justice! —volvió a llamarlo Andrés desde la cubierta de su barco.

El chico dejó de remar. Escuchó el ladrido de Bicho por la borda. Giró la cara incrédulo y se encontró con los ojos de Andrés Leal dentro de la cara de otra persona: un viejo barbudo con la piel cuarteada por el sol y el viento, la frente atravesada de líneas, las orejas ocultas por el pelo largo y descuidado.

—¡Sube a bordo! —le ordenó, iluminando con el foco la popa del barco, donde una pequeña plataforma móvil subía y bajaba y se golpeaba contra el casco.

Había muchas otras barcas alrededor del velero de Andrés, pero nadie hizo ademán de abandonar su asiento, que con tanto trabajo había conseguido. Sólo cuando Justice se lanzó al agua y la balsa volcó dejando caer su carga de bebida, comida y ropa de abrigo, hubo algún intento de acercarse a ellos. Otro chico, más o menos de la misma edad que Justice, tomó posesión de su precaria embarcación y se arriesgó a correr la suerte que no le correspondía.

Andrés y Justice se abrazaron, incrédulos, en el momento del alba en el que el sol apaga la noche y enciende el día. A la luz del amanecer, desde la cubierta del velero, el espectáculo era estremecedor: más de ochenta embarcaciones, entre pateras, lanchas hinchables y barcas de remos, avanzaban en grupo hacia la costa española, llevando a bordo a más de mil personas.

—Parece el hundimiento del Titanic —comentó Andrés Leal, sobrecogido.

Justice, empapado, recuperaba el aliento mientras Bicho lo llenaba de lametazos.

—¿Este es tu famoso barco? —preguntó cuando logró controlar el castañeo de sus dientes—. Es bonito —dijo—, aunque me lo imaginaba mucho más grande.

—Vaya hombre —replicó Andrés con la primera sonrisa sincera en muchos meses—, al niño no le gusta mi barco. ¿No te jode?

—Lo digo por Cecilia —replicó Justice—. Límpialo un poco cuando la invites, ya sabes como le molesta la suciedad.

Volvieron a abrazarse, esta vez entre risas, y dejaron libres las lágrimas que llevaban aguantando desde que salieron de Madrid.

—¡Llévame a casa! —balbuceó el chico.

—Eso voy a intentar, Justice, pero todavía nos queda lo más difícil —le advirtió—. Hay muchas patrulleras vigilando las costas. Si me da el alto la Guardia Civil, estamos perdidos.

En popa, detrás del diminuto cuarto de baño, había un espacio vacío de dos metros de largo y uno de alto, donde Andrés Leal solía guardar las velas de repuesto. Se lo mostró a Justice iluminándolo con una linterna. Era el escondrijo que había previsto para él en el caso de que fueran sometidos a un control policial. Le dijo que se tapara con las velas, que se quedara totalmente quieto y que por nada del mundo se le ocurriera hacer el menor ruido.

—Si entran con perros, no habrá escapatoria ni para ti ni para mí.

—No temas —replicó el chico—. Si me encuentran, les diré que tú no sabías nada. Que me escondí aquí mientras dormías y no te diste cuenta.

—Ya —comprendió entonces Andrés Leal—. Como la primera vez que entraste en España, que el patrón del yate tampoco tenía ni idea, ¿verdad?

El viento arreció, las olas se agigantaron y el mar se tragó las pateras que Andrés y Justice fueron dejando atrás. Al cabo de un rato, el océano Atlántico había recuperado su tránsito normal de buques de carga y pesca, yates, veleros, delfines y orcas. Unas horas después, aquella sería la noticia principal de todos los informativos: «Una nueva avalancha de pateras eleva a más de dos mil el número de inmigrantes subsaharianos que han alcanzado durante la jornada de hoy las costas españolas».

32

EN AUSENCIA DE LA DUEÑA DE LA PENSIÓN ESTÁN PROHIBIDAS LAS FIESTAS, HUELGA EL AVISO

Cecilia sabía que tenía una asignatura pendiente y que no era cosa de seguir posponiéndola: tenía que irle descubriendo poquito a poco a su madre el secreto de su verdadera identidad.

Había pensado en comenzar por hablarle del hallazgo de la medalla emparedada en la casa de los abuelos, la que aparecía en sus sueños, la misma que ahora colgaba de su cuello. Le diría que había seguido la pista hasta un convento de monjas franciscanas que en su día fue un orfanato. Le explicaría que todas las niñas que pasaron por allí llevaban una medalla como esta. Y su madre, en la inopia, le respondería algo así como «qué curioso, qué raro que apareciera en tu casa», y luego le preguntaría por Andrés: que cómo le había conocido, que cuál era su edad y su estado civil, que cuáles sus intenciones, que cuándo pensaba presentárselo formalmente; y le confesaría, después de un suspiro, que aquel médico tan atractivo no podía ser sino la respuesta a sus oraciones.

Entonces ella se echaría a llorar como una tonta, y la historia de Azucena, la hermana Petra y la cruzada de sus abuelos por recuperar a su hija perdida pasarían a un segundo plano. Sus padres regresarían al régimen del chocolate con picatostes y la manta de lana delante de la tele, las miradas de lástima, el encogerse de hombros, el ya me lo temía yo, ya te lo dije, con el que solían hacer frente a los desengaños de su hija.

Pero habían pasado tres meses. Azucena se inquietaba, obsesionada como estaba con los álbumes de fotos que ojeaba de manera compulsiva, sentada en la butaca de la biblioteca; y Noelia, contra todo pronóstico, había superado la semana treinta de su embarazo de alto riesgo.

Cada quince días las visitaba su doctora, armada con el estetoscopio, el aparato de la tensión, el termómetro y poco más. Les aseguraba que la niña Teresa estaba creciendo a buen ritmo, que ya pesaba más de un kilo, más de dos, que la placenta también iba ganando peso y que el desprendimiento podía ser motivo de parto prematuro. Les advertía que nada estaba garantizado, que el peligro era cierto. Que en cualquier momento todo podía irse al traste. Y el resto de la tarde se la pasaba Cecilia consolando a Noelia.

—Andrés volverá pronto —le repetía—. Traerá a Justice, ya lo verás.

Mediaba ya el mes de junio. Cecilia se había ocupado personalmente de cuidar del jardín y del huerto y se había demostrado bastante eficaz. Alrededor de la casa florecían ahora unas alegres petunias de color rosa y junto a la puerta de la cancela, las hortensias que durante el invierno se habían reducido a cuatro palitos enclenques, volvían a ser plantas frondosas de un verde muy intenso en las hojas y unas enormes floraciones azules. En cuanto al huerto, las matas de tomates empezaban a necesitar ya de los tutores para envararse y crecer erguidas, los calabacines habían conquistado terreno, las lechugas se desperezaban y las zanahorias asomaban tímidas sus orejas de hojitas tiernas.

En esa época, los padres de Cecilia solían llenar la casa de flores silvestres. En su tierra, las lilas brotaban más tarde, las peonías salvajes y los lirios montunos y el tomillo florecían a deshora. Sobre la mesa del comedor habría un jarrón enorme lleno de color y perfume. La estarían esperando para celebrar su cumpleaños número cuarenta y cuatro.

—Este sábado me voy a Águila —avisó a Azucena con unos días de antelación—. Creo que ha llegado el momento de la verdad. Me llevo las medallas y el recorte del periódico. Deséame buena suerte.

—Ve con Dios —respondió la huérfana abrazándola con fuerza.

A través de la ventana abierta de Noelia, en el primer piso de la pensión más bonita del mundo, se veía la luna. Era, otra vez, la hogaza de pan dorado que iluminó su primera y última noche de amor con Justice. La misma que, a quince millas náuticas y seiscientos setenta y un kilómetros de distancia, atisbaba entre lágrimas el padre de su hija, el cual acababa de ser rescatado del mar y surcaba ahora las olas para reunirse con ella.

Sonó el teléfono de la pensión. Eran las seis de la mañana del último domingo antes del examen final de sintaxis. Noelia lo escuchó desde la cama y confió en que Ivana oyera el timbre y bajara corriendo a atender la llamada. La hora era intempestiva, la noticia debía de ser importante, se dijo. Como cada vez que llamaban al teléfono, le suplicó al buen Dios que versara sobre Justice. «Con saber que está vivo, me basta —le rogó—, aunque no vuelva a verlo nunca, si está vivo, me basta».

Ivana tenía el sueño ligero. Le había prometido a Cecilia que cuidaría de Noelia durante las veinticuatro horas y pico que ella estaría en Águila. No pensaba moverse de la pensión en todo el fin de semana, le aseguró, el curso estaba a punto de terminar y no estaba dispuesta a suspender una sola asignatura. Desde su boda secreta en diciembre, tenía la impresión de que participaba en una carrera de obstáculos en la que cada asignatura era una valla y ella la saltadora olímpica que debía superarlas sin derribar una sola. Al final del circuito, en lugar de una línea de meta, Ivana esperaba encontrar la puerta de una iglesia adornada de flores y a su adorado Dani esperándola ante el altar.

Le había prohibido las visitas durante el fin de semana. Él había protestado y la había tratado de convencer con el argumento irrebatible de la ausencia de la patrona y la aquiescencia de Noelia, la cual, al contrario que Cecilia, daba al matrimonio secreto la misma potestad para legitimar el sexo que el público y notorio.

Pero Ivana necesitaba concentración y silencio para poder hacer frente a la sintaxis. Ya habría tiempo para el amor durante las vacaciones de verano, que pensaban pasarlas juntos recorriendo Italia en la moto de Dani.

La despertó el teléfono, igual que a Noelia, y al pasar por su cuarto, camino de la escalera, vio que tenía los ojos abiertos y las manos juntas sobre la boca, como una niña que reza arrodillada a los pies de su cama.

Bajó a toda prisa, dieciséis escalones al galope, y al otro lado del hilo, se encontró con la voz agitada de Justice preguntando por Noelia.

—¡Es Justice! —El grito de Ivana le salió del alma. No tuvo en cuenta el efecto que podría causar en la portadora de un embarazo de riesgo.

Noelia se levantó de un brinco, se asomó al hueco de la escalera, se encontró con la respuesta a sus oraciones en la cara de Ivana: está vivo y a salvo.

En el mismo instante en el que Justice le suplicó a Ivana que le pasara con Noelia, Noelia sintió la primera punzada de dolor. Había sufrido mucho durante los siete meses y medio de su embarazo, estaba acostumbrada a todo tipo de padecimientos, pero aquella sensación había sido muy diferente del resto: punzante, aguda, inverosímil. Notó algo líquido y cálido entre las piernas. Miró hacia abajo y la visión de la sangre la aterrorizó.

—Ivana— dijo—, Ivana. —Se estaba desangrando. Así de claro—. Ivana.

Haciendo un ruido sordo, como de saco de harina, se desplomó sobre el suelo. La rusa dejó caer el auricular del teléfono y corrió escaleras arriba.

—¡Estás pariendo! —comprendió al ver la escena de Noelia retorciéndose de dolor en medio de un charco de sangre.

—Llama a la doctora —alcanzó a decir ella con un hilo de voz.

—No hay tiempo —replicó Ivana—. Estás pariendo —repitió.

Se arrodilló sin dar más explicaciones. Se colocó delante de la parturienta y presionó las rodillas de Noelia contra su pecho. Le tomó las manos. La miró a los ojos.

—Noelia —dijo, sin apartar de ella las dos esferas celestes desde las que se asomaba al mundo—. No es la primera vez que atiendo a un parto. Respira. Estás en buenas manos. Mi abuela era la comadrona de mi aldea y yo su ayudante. Mis hermanas nacieron en casa. Respira. Sé perfectamente lo que tengo que hacer. Empuja. Las mujeres del pueblo decían que yo tenía un don. Mis manos pequeñas. Mi voz, su cadencia. Respira. Mis ojos claros. Respira. Que era capaz de hechizar a las parturientas con ellos. Que ahuyentaban el dolor. Empuja. Sé cómo hacer girar al bebé dentro del vientre. Cómo recibir su cabeza resbaladiza en mi regazo. Empuja. Cómo extraerlo y acariciarlo entre los dedos. Cómo recibirlo. Empuja, Noelia. Ya está.

—Me muero, Ivana.

—Esta es tu hija. Tómala.

La misma luna llena que entraba por las ventanas abiertas de aquella pensión, había guiado el barco de

Andrés Leal al encuentro del muchacho. El mismo sol enrojecido que lo empujaba ahora hacia la tierra —la melena roja y amarilla de Noelia— iluminaba, por primera vez, a su hija recién nacida.

—Justice —anunció Ivana, serena a pesar de todo, a la voz que la llamaba a gritos desde el teléfono aún descolgado—. Acabas de ser padre de una niña preciosa. Dile a Andrés que te lo explique. Y cuelga, por favor, que tengo que llamar al médico.

33

Nunca se faltará a la verdad

No hizo falta que Justice le explicara a Andrés que el motivo de sus ojos desorbitados y el temblor de su barbilla era la noticia del nacimiento de la niña Teresa. El otro simplemente se sentó a su lado, en la popa del barco, y comenzó el relato desde el principio. Le contó que Noelia jamás había dudado de su honradez, pero le confesó también que él había sido el primero en acusarle.

—Creí que habías huido con el dinero —se lamentó—. No encontré otro motivo para que desaparecieras así, de la noche a la mañana. Tengo un defecto, Justice, y te pido que me perdones porque estoy dispuesto a cambiar: desconfío de las personas. Siempre me pongo en lo peor. Cecilia, en cambio, es el ser humano más cándido de la Tierra. Ella me ha enseñado a buscar, al menos, una razón, por pequeña que sea, que justifique el comportamiento de la gente.

—Te perdono, *brother*.

Noelia había sido valiente, le dijo, había decidido luchar por la vida de su hija a pesar de estar sola y tener el corazón roto en mil pedazos.

—Pero te ama, Justice. De un modo irracional y absoluto. Ella misma se asusta cuando analiza sus sentimientos y se da cuenta de que jamás será feliz si tú no estás a su lado.

—Hemos tenido una hija —se asombró Justice, incapaz de asimilar tanta información de una sentada.

—Cecilia se hará cargo del bebé. Noelia le ha pedido que sea su madre de acogida, si tú estás de acuerdo, claro. Lo malo es que si la niña ha nacido ya, me temo que el parto habrá sido complicado —replicó Andrés—. No la esperábamos hasta agosto. ¿Qué te ha dicho exactamente Ivana?

—Que iba a llamar al médico.

En la pensión más bonita del mundo, la situación era dramática. Ivana había logrado devolver a Noelia a su cama y le había hecho entrega de un envoltorio precioso que contenía un bebé diminuto, aparentemente sano, aún viscoso y caliente, el cual gimoteaba como un gatito y buscaba a ciegas a su mamá. El problema era que la hemorragia no cesaba, por muchos paños doblados que apretara la partera contra el cuerpo de Noelia.

La chica había perdido mucha sangre. Poco a poco se le fue demudando el color y los labios se le amorataron como si se estuviera muriendo de frío. Dijo que se mareaba y esas fueron sus últimas palabras antes de perder el sentido. Por la calle de la Lanzada bajó una ambulancia ululando, alarmando al barrio entero, que a esas horas de domingo aún no había amanecido del todo. Cuando llegó a la pensión, Ivana rogó al cielo que no fuera ya demasiado tarde.

—Andrés —tartamudeó Justice con el ceño fruncido, señalando con la cabeza al horizonte.

—Cago en la puta —replicó el chico de barrio—. Es una patrullera. Escóndete abajo y no se te ocurra moverte.

Contra el sol de aquella mañana, se recortaba la silueta temible de una lancha semirrígida con dos tripulantes a bordo. Ambos uniformados de verde, con sendos trajes de agua y el distintivo inconfundible de la Guardia Civil. Les dieron el alto desde lejos. Se cuadraron al abordar el barco de Andrés Leal.

El que llevaba la voz cantante era grueso y tenía un fuerte acento andaluz.

—Buenos días —saludó—. Inspección rutinaria. ¿Sería tan amable de enseñarnos los papeles del barco y los permisos de aduanas?

—Por supuesto, agente —respondió él—. Suban a bordo.

—¿El perro muerde?

—No. Qué va. Es un bendito.

Para facilitar el abordaje, Andrés dejó caer la plataforma de popa. Ayudó al sargento a subir a su barco y después se agachó para ofrecer su mano a la agente que le acompañaba. Ella llevaba el pelo recogido en un moño alto y unas gafas de sol muy negras. El anorak le tapaba buena parte de su rostro, pero la boca, esa boca que dibujaba una media sonrisa, le resultó familiar e incoherente. Como si estuviera fuera de lugar.

—Alumna Carrión —dijo ella—. Catalina Carrión.

Su jefe se volvió extrañado. No debía ser reglamentario presentarse de ese modo.

—Andrés Leal —respondió él, incrédulo.

—¿Tiene inconveniente en que la agente compruebe la cabina? —dijo el sargento—. Tenemos orden de registrar los barcos que cruzan el estrecho durante estos días.

—¿Y eso? —preguntó Leal para ganar tiempo, aunque sabía de sobra cuál sería la respuesta.

—Buscamos inmigrantes ilegales —argumentó—. Algunos se esconden en embarcaciones como la suya. Sin conocimiento del patrón —aclaró—. O eso es lo que ellos dicen cuando les pillamos.

Catalina volvió a saludar al estilo militar y después se introdujo con cuidado en las tripas del barco por la escalerilla de madera que conducía a los camarotes.

Al cabo de unos minutos asomó de nuevo la cabeza.

—Todo en orden —dijo.

—¿Ha revisado el compartimento del velamen, detrás de la ducha?

—Sí, señor.

—Pues compruébelo otra vez —dijo él asomándose abajo.

Catalina abrió la puerta del pequeño cuarto de baño a estribor. Al fondo descubrió la puerta que comunicaba con el escondite de Justice.

—Nada.

—Haga el favor de mirar entre las velas.

Catalina se agachó. Levantó una de las fundas azules y descubrió los ojos negros de Justice suplicando piedad sin palabras. También sintió la mirada de su jefe clavándosele en la nuca.

El día en que la expulsaron de la pensión, Catalina comprendió que había llegado el momento de cambiar de vida. No podía seguir como hasta entonces, cubriéndole las espaldas al delincuente que decía ser su padre. Desde que tenía memoria, su vida había consistido en un ir y venir de denuncias, fianzas y condenas. Para poder liberar a su padre y permitirle seguir bebiendo hasta que volvieran a detenerle, Catalina se había visto obligada a robar, engañar, chantajear y estafar a todas las personas con las que se había cruzado en su corta vida. Por eso no tenía amigos. Porque lo que acababa de sucederle con las chicas de la pensión le había ocurrido infinidad de veces antes y no le quedaba ya nadie a quien pedir prestado, nadie a quien acudir y nadie a quien regresar.

Aquella mañana, con la maleta rodando por la calle de la Lanzada y ningún lugar donde cobijarse, Catalina se planteó su vida a largo plazo. Cosas de ir creciendo. Había cumplido ya diecinueve años. La policía no sería en el futuro tan permisiva con ella como lo había sido hasta entonces. El día menos pensado terminarían por detenerla y su padre tendría que robar para poder pagar su fianza. Entonces el círculo se cerraría, porque a él también lo arrestarían y ella tendría que volver a delinquir para liberarlo a él.

Sentada en el bordillo de la acera, llegó a la conclusión de que la historia de su vida era como el juego de los polis y los cacos. Hasta la fecha le había tocado siempre jugar en el equipo de los malos, se dijo, pero esta vez probaría suerte como poli, para variar.

Siempre le había gustado investigar. Estaba segura de que sería mejor detective que filóloga. Al fin y al cabo, la carrera que había escogido era más bien para empollones. Y ella era una chica de acción. Eso —y que no había aprobado ninguna asignatura hasta el momento— terminó de convencerla del siguiente paso que daría en su novela personal. Paró un taxi.

—Lléveme a la Dirección General de la Guardia Civil.

—Ahí por Rodríguez San Pedro, ¿no?

—Usted sabrá, el taxista es usted. No yo.

—Cómo se nota que eres guardia, maja.

La enviaron de prácticas a Cádiz, a recibir a las pateras, le dijeron entre risas, como si se tratara de una novatada. El uniforme le quedaba grande y las botas pesaban como ladrillos. Era la más menuda del cuerpo. Los gaditanos, con guasa, la llamaban «el cuerpecito de la Guardia Civil».

—¡Aquí no hay nadie, mi sargento! —voceó sin dejar de mirar de frente al miedo que podía leer con todo detalle en los ojos de Justice.

Volvió a colocar la funda de las velas sobre el corpachón empapado y tembloroso del muchacho. Se despidió de Andrés Leal sin estrecharle la mano. Sólo con una pequeña inclinación de cabeza. Y se alejó hacia el sur, a bordo de la lancha rápida que, como un grano de arena más en el mismo desierto de cuerpos celestes en los que vaga la Tierra por el firmamento infinito, se perdió en el horizonte azul y blanco.

34

SE PROHÍBE DARSE POR VENCIDO

Todos los domingos, a las ocho menos cuarto de la mañana, tocaba a misa el párroco de Santa Brígida, en Águila, a pesar de que algunos vecinos se quejaban de la hora tan temprana en un día no lectivo, a lo que el cura replicaba que lectivo no, pero sí de precepto, y despertaba sin contemplaciones al barrio entero de la Tierra Perdida, donde se ubicaba la casa de los padres de Cecilia.

Aquella mañana, las campanadas resonaron tan madrugadoras como siempre, pero en esta ocasión encontraron a los tres miembros de la familia Dueñas desvelados y en pie, sin haber pegado ojo en toda la noche.

Tal vez hubiese sido mejor haber dejado descansar a sus padres y haber empezado el relato por la mañana, recapacitó Cecilia al contemplar sus ojeras y sus lagrimales enrojecidos, sus pelos de punta y el frío que parecía haberse instalado en sus cuerpos temblorosos. No eran excesivamente mayores, sus padres. Ambos pasaban de los sesenta, eso era cierto, pero llevaban una vida saludable, activa, sin demasiados sobresaltos, y eso contribuía a su buen aspecto.

Las impresiones fuertes se asimilan mejor de día, se lamentó, pero es que la noche anterior había sido cálida y luminosa, de las de ir paseando desde la alameda hasta el río para ver la luna llena, y saludar a los vecinos por la avenida. De las de pedir un cucurucho de mantecado antes de que cerrara la heladería y regresar a casa agotados por la caminata pero contentos. Agradecidos, precisamente por esa noche y esa luna y ese estar los tres juntos, como antes de que Cecilia volara del nido, callejeando del brazo por su Águila querida.

Habían entrado en casa pasadas las once y se habían acomodado un momento en el salón a recuperar el resuello, y entonces Cecilia había sentido el impulso de hablar.

—Me estoy acordando de los abuelos —había comenzado—. De los motivos por los que se marcharon de Águila y se instalaron en Madrid.

—Yo nunca lo entendí —había asentido Rosa con un encogerse de hombros y un fruncir de labios—. Con lo bien que vivían aquí, tan tranquilos, tan rodeados de amigos, ocupándose de su librería y su jardín. Tuvieron un pronto, yo siempre he mantenido que fue eso, un pronto.

—No, mamá. Un pronto no fue —la había corregido Cecilia, agarrándola de las manos y sentándose tan cerca de su madre que casi respiraba el mismo aire que ella—. Se trató de otra cosa. Algo que he descubierto hace unos meses y no he tenido valor para contártelo hasta ahora.

Entonces había dado rienda suelta a su discurso, el que llevaba meses ensayando en la soledad de su cuarto durante las infinitas noches en vela en las que, a ratos, el miedo por la ausencia de Andrés le permitía pensar en otra cosa. Les habló de la aparición providencial de Azucena en la cancela de la pensión, del colgante que de vez en cuando asomaba estrangulado entre sus tetas y del anuncio del periódico en el que los abuelos lanzaban un mensaje al universo: encuéntrennos, estrellas, a la niña Azucena y tráiganla a nuestro lado iluminando sus pasos; empújenla, vientos; lluévanla, gotas de agua; que vivamos el tiempo suficiente para poder amarla.

Rosa Quintana había llorado y había reído. Había necesitado el abrazo de su marido y el de su hija, gafas para leer la letra diminuta del anuncio por palabras, una manta para arrebujarse a ratos, café para seguir despierta, aire para abanicarse, uñas para morderse y grandes dosis de ternura para entender por qué sus padres le habían ocultado aquel secreto entre tantos recuerdos bonitos: que no había nacido de su amor, pero sí se había alimentado de él y con él había crecido. Y que de ese amor había brotado la niña que fue y florecido la mujer que era, la madre protectora, bondadosa, valiente y entregada.

—Y serás una abuela fantástica —le aseguró Cecilia.

—Hija, por Dios santo —respondió Rosa a punto de la extenuación—, no me irás a decir ahora, además, que estás embarazada, ¿verdad?

—Pues no exactamente, mamá —le susurró—, lo que estoy es a punto de tener un bebé, que no es lo mismo, pero casi.

En esas estaban, asimilando como podían aquel caudal desbordado de información, cuando sonó el móvil de Cecilia con la noticia del nacimiento de Teresita en el descansillo de las escaleras de la pensión.

—La niña está bien. Es pequeña, pero ha nacido muy sana, muy fuerte —dijo Ivana al otro lado de la línea telefónica—. Noelia, en cambio, está muy débil. Le están poniendo sangre y no se despierta. Tienes que venir, Cecilia. Cuanto más rápido, mejor.

Del mismo impulso se montaron los tres Dueñas en el coche: el padre al volante, la madre y la hija en el asiento trasero rezando abrazadas y dudando si avisar o no a la familia Villanueva de Campos. Por una parte, la situación parecía lo suficientemente grave como para romper la promesa que Cecilia le había hecho a Noelia; pero, por otra, si se descubría el secreto, las consecuencias serían imprevisibles para todos. ¿Quién se haría cargo de la recién nacida? ¿Qué pasaría con Justice si los padres de Noelia lo entregaban a las autoridades? Al final, resolvieron esperar hasta hablar con los médicos para tomar la decisión sin precipitarse.

En la zona de urgencias del hospital les salieron al encuentro Ivana y Dani, para conducirles al despacho del jefe del equipo médico, que les saludó muy serio y les comunicó las alarmantes noticias: Noelia había perdido tanta sangre que se temía por su vida.

—Ha sufrido un choque hipovolémico —les explicó—. Estamos intentando restaurar el ritmo cardiaco y la saturación de oxígeno.

—¿Podemos verla?

—Ahora no. Ya les avisaremos cuando haya novedades. De momento, les ruego que esperen en la sala.

—¿Y el bebé?

—La niña está muy bien. —El médico parecía aliviado al poder proporcionarles alguna información positiva—. Vayan al nido y pidan que se la enseñen. —Entonces dudó un momento y añadió—: Porque son ustedes familia de la paciente, ¿verdad?

—¡Sí! —exclamó Cecilia sin dudar un instante—. Estos son los abuelos de la recién nacida —afirmó, señalando a sus padres.

Se dirigieron entonces los cinco hacia la zona de maternidad.

A Cecilia le bombeaba el corazón con una fuerza inusitada y sus pies avanzaban de manera automática por los largos pasillos de la clínica. Al fondo, a la izquierda, en una sala acristalada, se encontraba el nido en el que la niña Teresa estaba a punto de conocer a su familia. Cinco rostros expectantes aplastaron sus cinco narices contra el ventanal y descubrieron, en la tercera cuna empezando por la derecha, el cuerpecito menudo, envuelto en pañales, de una morenita de abundantes rizos de color azabache, que se chupaba el pulgar con la misma fruición con la que lo hacía dentro del vientre de Noelia.

La enfermera, sonriente, la tomó en brazos y salió por una puerta lateral.

—¿Quién quiere tener el honor de darle el primer biberón de su vida a esta preciosidad? —preguntó.

Y todas las miradas se volvieron hacia Cecilia, la cual ofreció sus brazos, su pecho, su regazo, los latidos de su corazón, el perfume de su piel y la risa de su boca a aquella niña de la que estaba ya perdida y profundamente enamorada.

Presa de aquel hechizo, Cecilia se refugió en una habitación en la que instalaron una cuna, la cual no fue utilizada por nadie. Teresa pasó las siguientes seis horas de brazo en brazo, dándose a conocer a sus abuelos y a su madre de adopción y para todos tuvo regalos: un abrir y cerrar de ojos, un bostezo, un apretón de dedos, un llanto bajito, un pipí y el alivio de verla respirar, y moverse, y comer, que hasta las enfermeras estaban sorprendidas de lo vivaracha que era la criatura, a pesar de haber nacido antes de tiempo y en unas condiciones tan extremas.

A Ivana le dedicó su primera sonrisa, aunque alguien dijo que a esa edad no se trataba de una verdadera sonrisa, sino de un acto reflejo, pero qué más le daba a Ivana si fue para ella. Y a la abuela Rosa le dio el gusto de consolarla de su primera rabieta.

Con Cecilia se quedó dormida, y así la encontró Andrés, cuando a media tarde, entró como un huracán en la habitación y vio la escena del amor compartido.

—Cecilia —le dijo desde la puerta—. Vengo a decirte que te quiero. —Ella perdió el pulso—. Que me he dado cuenta de cuánto te quiero. Que no me imagino seguir viviendo si no te tengo. Que eres la mujer de mi vida y la madre de mi hija. —Ella perdió el control de su mandíbula inferior—. ¿Me la enseñas, a nuestra niña?

El velero había atracado en el puerto deportivo de Algeciras pasadas las nueve de la mañana, y a las diez en punto ya estaban Andrés y Justice subidos en un coche de alquiler cruzando la península a toda velocidad, con Bicho dormido en el asiento trasero. Al teléfono viajaba Ivana con ellos, transmitiéndoles noticias alarmantes sobre Noelia y apremiándoles con autoridad de rusa para que no se detuvieran ni a repostar.

En seis horas de carrera, sin haber pegado ojo en toda la noche, sucios, apestosos, harapientos y a punto del desmayo, se habían plantado los dos náufragos en la puerta del hospital y los habían dejado pasar de milagro, sólo por la insistencia de Ivana que, muy seria, daba fe de sus buenas intenciones.

Andrés Leal estaba flaco y ojeroso. Curtido por mil vientos, salado por fuera y amargo por dentro. Más cojo que nunca, envejecido, rendido; las armas al suelo, la espada y el escudo, el yelmo partido por la mitad, la rodilla en tierra, el pecho descubierto.

—Dime que me quieres —le suplicó a Cecilia, agachando la cabeza—. Dímelo o me muero.

—Te quiero —susurró Cecilia—. Te quiero —repitió más alto—. ¡Te quiero! —gritó con toda la fuerza de sus pulmones—. ¡Te quiero! —bramó, voceó y rugió, despertando de un susto a la bebé.

Andrés alargó la mano sucia, la uña mugrienta, hacia la niña, y ella atrapó el dedo áspero entre los suyos tiernos, con una fuerza insospechada. Siguió apretando durante la eternidad que duró el abrazo del reencuentro de sus padres, y no quiso soltarle hasta que volvió a quedarse dormida; y él, con sumo cuidado, fue abriendo uno a uno los barrotes de aquella jaula encantada.

—¿Dónde está Justice? —quiso saber entonces Cecilia.

—Con Noelia. Despertándola con un beso de amor, supongo.

Justice entró en la UCI como un *sheriff* en el *saloon*. Abrió la puerta de par en par, de un golpe seco, y se dirigió hacia la cama de Noelia, antes de que la enfermera jefe pudiera detenerle. La mujer gritaba palabras incomprensibles sobre batas verdes, calzas y mascarillas, jabones antisépticos y permisos médicos. Justice sólo escuchaba el latido sordo del corazón de Noelia, que se apagaba por momentos. Su respiración entrecortada, el susurro del alma buscando la rendija por la que escapar del cuerpo.

Llegó a la cabecera, se inclinó sobre el rostro añorado, soñado, y posó sus labios en los de ella. Le dio, en una sola dosis, todos los besos que había guardado como tesoros en el fondo de su boca. Perdió la cuenta del número exacto porque eran incontables, le proporcionó calor y vida. La resucitó, como quien dice, porque de repente, el ritmo cardiaco se aceleró hasta romperle los esquemas a todo el equipo médico del hospital, y la saturación de oxígeno se desbordó, y los fluidos anegaron las cuencas de sus venas. Noelia abrió los ojos y ya no pudo apartarlos del pozo infinito que eran los de Justice.

—No hay nada que temer —dijo el chico, recordando su primera y única noche juntos—. Te voy a amar toda la vida.

35

SE PROHÍBE DESCONFIAR DEL DESTINO

Rosa Quintana salió del hospital por la puerta de las urgencias y se subió a un taxi. Le pidió al conductor que la llevara a la Ribera del Manzanares y la dejara en la esquina de la calle de la Lanzada. Sabía que Azucena estaría esperándola en la casa porque eso era lo que había dispuesto con Cecilia por teléfono. No sería una sorpresa. Habían tenido demasiados sobresaltos en las últimas horas y había llegado el momento de tomarse las cosas con calma. Azucena no había podido darse el tinte en la peluquería que a ella le daba confianza, pero, al menos, esta vez, su hermana Rosa la vería bien peinada y mejor vestida que antes y, seguro, se llevaría una mejor impresión. Podría descubrir en su rostro alguna similitud con el suyo; era cierto que la forma de la cara era la misma y que ambas tenían los ojos un poco soñolientos, aunque Rosa había aprendido a maquillárselos muy bien y, bajo su frente ancha, parecían más grandes que los de Azucena.

La tarde amarilleaba ya por detrás de los castaños, refrescaba un poco y los vecinos aprovechaban las sombras para regar. Olía a tierra sedienta, a flores agradecidas.

Azucena esperaba nerviosa, ocupada en ahuecar los cojines, arreglar los ramos de rosas, las varas de nardos, las azaleas y peonías en las que se había gastado medio sueldo con la ilusión de convertir la pensión más bonita del mundo en el escenario perfecto para aquel encuentro.

Sonó el timbre. Se miró por última vez al espejo. Se colocó los rizos, se estiró la falda. Abrió.

A un lado de la puerta, bajo el dintel, había una niña pequeña, flaca y patilarga a la que le temblaba la barbilla. Medía poco más de un metro. Llevaba trenzas en el pelo. Pesaba veinte kilos. Extendió los brazos hambrientos de cariño y en el negro de sus ojos se reflejó la imagen de la otra niña, más gordita esta, con mellas en los dientes, hoyuelos en los nudillos y costras en las rodillas. También tenía siete años, o tal vez cinco, y también trataba de controlar el llanto.

Rosa se sumergió en el abrazo como quien se hunde en un baño de espuma y se olvida de todo, únicamente sintiendo el calor que poco a poco va introduciéndose en el cuerpo, acariciándolo, adormeciéndolo, dejándose querer.

Azucena apoyó la cabeza en el hombro de su hermana, y al respirarla, reconoció un perfume familiar y olvidado, nada semejante a ninguna otra sustancia física o química que hubiera percibido antes, sino más bien un recuerdo en forma de olor, como el que se siente al abrir la puerta de la casa de uno: una mezcla irrepetible de aromas varios, única e intransferible, compuesta —quién sabe— de champús y suavizantes, y calcetines usados y betún de los zapatos, y frutas maduras de la despensa, y angustias y descansos y restos de la cena, y migas entre los nudos de la moqueta y pies descalzos y la colonia de tu madre, la espuma de afeitar de tu padre, el resto del asado en el horno, lo que quedó de la *pizza*, los libros de clase, el cigarrillo prohibido, la naftalina de los armarios donde se guardan los abrigos en verano. Ese tufillo casi imperceptible que impregna a todos los miembros de una misma familia y que sólo se reconoce cuando se abre la puerta de la casa de otro y se identifica en lo ajeno.

Un espectador cualquiera que asistiera a esta escena sin tener idea de qué estaba ocurriendo realmente en la puerta de la pensión la describiría como el rencuentro cariñoso entre dos mujeres, ya entradas en años, que se alegran de volver a verse. Lo más probable es que no le dedicara al tema un pensamiento de duración superior a la décima de segundo que su cerebro necesita para levantar el acta de lo que ve.

Jamás imaginaría que detrás de ese abrazo aparentemente sencillo, alguien, durante años, hubiera estado trenzando los hilos de la vida con manos expertas y visión de conjunto.

Si hubiera mirado hacia arriba, habría visto, detrás del cristal inclinado de la buhardilla donde Cecilia coleccionaba libros y álbumes de fotos viejas, a una pareja de ancianos bailando agarrados, igual, igual, que Fred Astaire y Ginger Rogers, que si un bolero, que si un chachachá, que si una pieza de claqué, ella con su delantalillo de flores, él con sus botas de agua, vaya pareja tan bien coordinada y tan salada. Contentos los dos de poder descansar en paz al otro lado de las nubes, dos granitos de arena en el firmamento infinito.

La abuelita Teresa y el abuelito Miguel, según iban subiendo las escaleras del cielo, observaban su obra como Miguel Ángel el techo de la Capilla Sixtina cuando se bajaba del andamio: en perspectiva; y se felicitaban por lo armónico que les había quedado el trabajo.

Qué casualidad, diría la gente, que Cecilia y Andrés descubrieran aquella mañana a Justice escondido en el cobertizo. Qué buena suerte que Azucena regresara de Alemania el día que lo hizo. Qué coincidencia tan azarosa que Andrés Leal tuviera un barco y que Catalina se alistara en la Guardia Civil, y que la abuela de Ivana fuera partera, y que la niña Teresa tuviera previsto venir a este mundo de la manera como llegó. Qué afortunada ventura que los obreros encontraran la medalla escondida en la pared, y que Danilo Leal tuviera tan buena memoria. Hasta habría quien encontrara sentido a la pena y al dolor, al abandono, a la pérdida, a la añoranza. Y quien dijera: muchas veces no se trata de entender el porqué sino el para qué ocurren las cosas. Si no llegas a descubrir aquellas medias en el cajón de tu ropa interior, Cecilia, aún seguirías marchitándote en ese piso con vistas al Retiro.

No había sido fácil, nada fácil, hacer coincidir el espacio y el tiempo, el vacío y el contenido, la necesidad y la abundancia. La Tierra es un planeta grande, las mareas son caprichosas, los niños nacen cuando les da la gana y los corazones se ablandan del mismo modo que el agua: dicen que si la miras, no hierve.

Pero al final lo habían conseguido. Los abuelos emprendieron el vuelo satisfechos y felices. Se elevaron por encima de los tejados y contemplaron, en el mismo plano, el río, el campo, la ciudad de Madrid y la de Águila. Después también Alemania y Kenia, los océanos y los desiertos, la luna llena y el sol naranja.

Impreso en Liberdúplex, S. L.
Ctra. BV 2249, km 7,4 (Polígono Torrentfondo)
08791 Sant Llorenç d'Hortons (Barcelona)